文化人 박용철

지역어와 문화가치 학술총서 ②

文化人 박용철

전남대학교 BK21+ 지역어 기반 문화가치 창출 인재 양성 사업단

역락

이 책은 2013년 교육부 및 한국연구재단 BK21 플러스 사업 (미래기반창의 인재양성형)의 지원을 받아 발간되었음.

서문

<전남대학교 BK21+ 지역어 기반 문화가치 창출 인재 양성 사업단>은 지난 2년간 매래 문화산업의 원천이자 문화가치 확산의 거점으로서 지역어(local language)의 역할과 가능성에 대해 꾸준히 탐구해왔다. 지역어는 단순히 표준어의 대척점에 놓인 변방의 언어가 아니라 민족의 정서와 정체성을 담지하고 있는 문화의 보고로서 탐구의 가치가 있다. 특히 차이와 다양성을 인정하고 창조적 사고를 기반으로 새로운 문화가치를 창출해야 하는 현대사회에서 지역어는 인류의 삶을 아우르는 원천자료이자 문화 동력으로서 기능해야 할 필요성이 강력히 요청되고 있다.

이러한 시대적 요구에 부응하기 위해 우리 사업단은 지역어의 범주와 위상을 새롭게 정립하고, 이를 바탕으로 "정신적, 학문적, 실용적" 문화가치를 창출하고 확산시킬 수 있는 방안을 강구해왔으며, 이는 지난 2014년 간행된 사업단의 첫 번째 학술총서『지역어와 한국어연구』에 적극 반영되었다. 이번에 간행되는 두 번째 학술총서『文化人 박용철』은 1930년대 시인이자 시론가, 번역가, 편집자, 연극인 등으로 그 재능을 유감없이 발휘한 용아(龍兒) 박용철(朴龍喆)의 전방위적 문화 활동을 분석하고 이를 통해 1930년대 지역어로서 한국어의 위상과 그 언어를 기반으로 하는 문화 활동의 의미를 조망해보고자 하는 취지에서 기획되었다.

박용철이 활동한 1930년대 우리 민족은 문화의 전 영역에서 획기적인 변화를 겪었다. 그 핵심에 자리하고 있는 것이 언어의 문제이다. 특히 1933년 확정된 한글맞춤법통일안 등은 민족 문화의 정립을 위해 필수불가결한 것으로 평가되고 있다. 제국의 언어 밖에 위치한 지역어로서 국어가 '지역의 중심어'로 재편되는 1930년대의 특별한 흐름 속에서 박용철은 당대 그 누구보다 다양한 문화 활동을 감행함으로써 민족의 문화 장(場) 형성에 이바지한 바가 큰 인물로 평가된다.

이번 총서에서는 이처럼 다양한 박용철의 문화 활동 전반을 '실천비평', '시론', '창작 활동' 등으로 나누어 살펴보고자 했다. 1부 "1930년대와 '문화인' 박용철"에서는 1930년대 문화 장 안에서 박용철의 실천비평 활동이 어떻게 이루어졌는지를 확인할 수 있을 것으로 기대한다. 2부 "순수와 서정의 시론"에서는 이데올로기와 기교주의를 넘어 순수서정의 언어를 지향하고 있는 박용철 시론의 문학사적 의미와 지역어의 문제를 확인할 수 있을 것이다. 마지막으로 3부 "문화 전략으로서 박용철의 시와 연극"에서는 박용철의 창작물과 번역물을 연구의 중심에 두고 있다. 변방의 언어를 통해 창조된 박용철의 시와 번역을 다양한 관점으로 조망함으로써 '문화인 박용철'의 위상과 지역어의 문제를 두루 고민할 수 있을 것이다.

이번에 펴내는 학술총서는 우리 사업단이 구축해 놓은 <인문형 LAB>, <서당식 멘토링 시스템>, <마중글> 등의 다양한 연구지원 시스템 안에서 구성원 모두가 건전하고 효율적인 학문 공동체를 형성하고 연구에 매진한 결과물이라는 측면에서 의미가 남다르다. 지난 1년간 총서 발간을 위해 고생한 11명의 연구자들, 그리고 그 곁에서 격려와 지원을 아끼지 않은 사업단의 모든 구성원들의 노력으로 이 책을 세상에 내보일 수 있게 됐다. 깊이 감사드린다. 끝으로 총서 발간을 위해 고생하신 역락 출판사 식구들께도 깊은 감사의 말씀을 전한다.

2015년 2월 11일
전남대학교 BK21+ 지역어 기반 문화가치 창출 인재 양성 사업단
단장 **신해진**

✪ 차례

第2部 | 순수와 서정의 시론

제1부

1930년대와 '문화인' 박용철

| 정미선 |

1930년대 문화 장에서의 박용철 실천비평

—연평 활동을 중심으로

1. 서론

연평(年評)은 당대의 현실에 비추어보면 꽤나 낯선 형식이다. 기실, 오늘날과 같이 정보통신기술이 고도로 발전하고 다매체·다채널화가 보편화된 시대에서는 도리어 끊임없이 밀려드는 수많은 형식들과 무형의 정보들이 일종의 공해로 규정되는 모습도 드물지 않다. 그러한 현실에서는 정형화되지 않는 숱한 형식의 교통 양상과 혼종 또한 여상한 것으로 여겨진다. 이와 같은 시점에서 연평이라는 형식을 바라보면, 연평은 신문 매체에 기고하는 문학비평의 한 형식이라는 말로 정의될 뿐 새로울 게 없어 보인다. 오히려 전자 매체에 정보 소통의 지배적 국면을 넘겨준 신문 매체가 연평 형식의 위상을 보다 더 위협하는 듯하다.

실제로 오늘날의 문학 담론들이 갖는 형식과 연평 형식 사이의 간극은 멀고도 멀다. 그러나 매체변화에 대한 축적된 많은 논의들이 예시하는 것처럼, 매체 역사와 시대가 맞물리며 서로의 변화를 이끌어나가듯이 '형식' 또한 새롭고 더 효과적인 방식의 소통을 위하여 계속해서 변화를 모색한다. 1930년대에 그 모습이 처음으로 고안되기 시작했던 연평의 형식 역시 문학의 범주에서 그러한 모색을 위한 한 고민의 소산이자 그로부터 나온 한 기획 양상으로 이해된다.

1930년대, 이 연평 형식을 통한 비평 그리고 더 넓게는 문학 고민의 지점에 서 있는 이가 바로 박용철이다. 특히 박용철은 30년대를 바탕으로 약 8년 남짓의 짧은 문학 활동 속에서도 매우 독특한 이력을 보여준다는 점에서 주목을 끄는데, 이의 핵심으로 있는 것이 바로 문학 내에 구획된 낱낱한 세부 영역들에 대한 개별적 천착보다는 이러한 영역들을 가로지르는 '문화 기획자'로서 면모이다.

박용철은 시 창작과 시론의 정립, 서구시 번역과 시론 번역, 비평가로서의 활동, 문학잡지의 출판과 기획의 총 책임자, 30년대 문단의 주요 인물로서의 면모를 통해 비단 문학사에 한정되지 않고 문화사의 맥락에서 새롭게 이해됨직한 위상을 다분히 갖고 있다. 바로 이와 같은 지점에서 문화의 기획자라는 이해가 나올 수 있는 것인데, 박용철의 비평 활동에 있어서 연평의 형식을 통한 실천비평 역시 이러한 이해의 중요 단서로 자리한다는 점에 주목할 만하다. 그럼에도 기존까지의 박용철 연구에서 연평은 비평이라는 문학 범주의 전체 속에서 부분적으로만 언급되거나 더 크게는 시론 연구에 있어 1차 자료로서 부차적으로 논의되었을 뿐,[1] 연평 형식이 갖는 의미에 대한 논의는 이루어지지

1) 박용철의 비평 활동을 비중 있게 다룬 연구 가운데 이의 대표적인 예는 아래와 같다.
김윤식, 「용아 박용철 연구」, 대한민국학술원, 『대한민국학술원논문집』 9, 1970.
김용직, 「순수와 반기교주의－박용철 비평의 양상」, 류복현 외, 『용아 박용철의 예술과 삶』 下, 광산문화원, 2005.

않았다. 따라서 여기에서는 박용철의 연평 활동을 중심으로 삼아, 연평이라는 당시의 새로운 형식을 통해 그가 품었던 문제의식과 의미화하고자 했던 가치 및 그러한 연평 활동이 1930년대 문화 장과 교호하면서 어떤 효과들을 만들어냈는지에 대해 추론해보면서, 박용철의 비평 분야에서 특히 연평과 관련된 사항들이 어떤 것이었는지에 대해 소개하고자 한다.

2. 1930년대 문단 현실과 비평의 위상

매체의 관건은 소통이다. 문제는 '매체가 곧 메시지'라는 마셜 맥루언의 언명처럼, 이러한 매체는 내용을 실어 나르는 순수한 형식으로서의 위치만을 점하지는 않는다는 것이다. 매체는 소통을 기획하는데, 이 개별 소통의 기획은 단순한 정보의 전달만이 아니라 그 정보의 발신과 수신이라는 소통 회로를 특정하게 조직하고 대상과 그 효과를 통어한다. 가령 새로운 하나의 형식을 만든다는 것은 자신에게 적합한 의미체계를 그 구현된 장 속에 펼친다고 말할 수도 있는 것이다. 형식의 창조는 물론 그 단적인 예이겠지만, 이러한 양상은 어떤 특정한 형식을 '선택'한다는 것이 의미하는 바에 대해서도 많은 말을 해준다.

박용철은 비평 활동에 있어서 실천비평의 구현으로 연평이라는 형식을 계속해서 쓴다. 비평 분야에서 그의 이력은 연극과 소설, 문학 일반에 대한 논설과 특히 시 분야의 두드러진 약진으로 살필 수 있다. 우선적으로 그는 『시문학』과 『문학』지를 통해 시 원론에 대한 탐색과 비평 활동을 병행한다. 그의 시인으로서의 면모가 중점적으로 드러나는 1929

년 이후 1930년에는 『시문학』 1권과 2권이 각기 발행된다. 거기에 박용철은 창작 시와 번역 시 및 편집후기를 실음으로써 본격적인 비평과 시론의 개진을 위한 지면을 확보한다. 박용철의 비평 활동이 시론 탐구와 함께 보다 확장되는 것은 1931년 『문예월간』의 창간 이후부터이다.

박용철의 실천비평 활동은 신문과 잡지에서 월간과 연평의 형태로 양분되어 이루어졌다. 기존 연구사에서 중요하게 언급되는 시론 「시적 변용에 대해서」와 함께 연평 「을해시단 총평」, 기교주의 논쟁 당시의 「기교주의설의 허망」이 이즈음 쓰여졌다. 이 지점에서 중요한 것은 연평 형식을 그가 지속적으로 써나갔다는 점인데, 네 편의 연평이 그 대상이 된다.

1931년 12월 7일자 『중앙일보』에 발표된 「신미시단의 회고와 비판」은 박용철이 연평 형식으로 발표한 최초의 비평이다. 이후 박용철은 1935년 12월 24일에서부터 28일까지 『동아일보』에 「을해시단 총평」, 1936년 「병자시단의 일년성과」 및 1937년 12월 21일부터 23일까지 그 역시 『동아일보』에 「정축년시단회고」을 잇달아 발표한다. 이 네 편의 연평은 박용철의 실천비평 중에서도 특히 한 해 시단을 다룬 평론이었으며, 당시 주류의 신문 매체에 발표되었고, 이를 통해 한 해 동안 문단에 발표된 여러 경향의 시들이 어떤 흐름을 보이는지를 조망하면서 자신의 비평적 안목을 드러낸 글이었다.

이처럼 박용철의 연평 활동은 조밀하게 계속되었다. 그렇다면 박용철이 왜 연평이라는 형식을 선택했을까에 대한 궁금증이 생긴다. 앞서 이야기된 것처럼 박용철은 최초로 연평을 발표한 1931년에 당대 주류 문예지인 『시문학』과 『문예월간』, 『문학』 등의 출판을 책임지고 있었고 이 출판의 소유주이기도 했다. 또한 이 잡지들에 발행후기부터 시와 시론 및 평론 등의 개진에 이르기까지 지속적으로 글을 발표하면서 자신의 문예활동을 자유롭게 펼칠 수 있는 지면을 확보한 상태였다. 이런 정황 속에서 그가 1930년대에 잇달아 연평 형식의 글을 기고한 까닭은 무엇이었을까?

이는 연평이 발표되던 매체가 『중앙일보』와 『동아일보』 등의 주류 신문이었다는 점에 기인한다. 1930년대 근대문학의 초창기 형태, 그것도 일제 식민지 치하의 시대적 현실 속에서 문학과 문단 그리고 특히 문예지의 위상이란 그리 대중적일 수 없었다. 『시문학』의 발매 부수만 보더라도 이는 쉽게 수긍가능하다. 반면에 신문이라는 매체가 갖는 파급력은 이상의 「오감도」의 신문 연재가 일으킨 파문을 보아도 알 수 있듯이, 당대에 허락된 유일한 소통 매체라는 점에서 매우 큰 것이었다.

그렇기 때문에 박용철에게 있어서 연평은 '일차적으로는' 위와 같이 그 의미지평이 매우 협소한 소통 회로만을 갖는 문학 영역과 당대 지배적인 소통 매체였던 신문이 결합함으로써, 그 형식의 변화로 인해 문학의 보다 넓은 소통 가능성을 예시해주는 새로운 형식이었다고 보아도 좋을 것이다. 실제로 박용철이 활동했던 1930년대 문단에서 주류를 이루었던 것은 비평의 영역에서 실천비평과 짝을 이루는 이론비평 쪽이었다.

당대 문학의 지평에서 실천비평에 해당하는 양식으로 있었던 것이 서평과 연평 및 월평 그리고 자유 기고 형태의 작품론이었는데, 이 중에서 서평은 대개가 내용 소개와 의례적인 인사말 및 의의 규정 정도로 끝나는 것이 대부분이었고, 월평은 문단 내 인사보다는 신문사나 잡지사의 기자들이 발행글 소개 정도의 수준에서 그치는 정도에 불과했다. 또한 1930년대 후반기에 이르기까지 시 분야에서 본격적인 자유 기고 형태의 작품론은 드물었던 것으로 나타난다.[2] 결국 당대의 비평 활동에서 연평 형식은 그나마도 드물었던 실천비평 영역의 거의 전부에 해당했다고 해도 과언이 아니다. 이는 물론 전체적인 구도에서 볼 때는 실천비평의 위상이 이론비평에 비해 낮았음을 의미한다.

문제는 이로 인해 문학의 지평이 확장되기가 더욱 어려웠다는 점에 있다. 당대 문학의 협소함은 이렇듯 피치 못하는 상황에서 기인하는 것이기도 했다. 그러나 동시에 박용철이 생각하는 문제의 원인은 단순히 현실적 측면에만 있지는 않았다. 그것은 그 내부에서 협소하게 굳어져 있는 것이기도 했다.

> 또 하나 이런 말이 있다한다. 「문학」지는 조선문단에 대한 관심이 부족하다고. 아닌게아니라 「문학」지는 문단적 관심을 의식적으로 절제하고 있다. 그러나 소위 문단적 관심과 조선문학의 건설을 위한 열의와는 전연별물인 것이다. 우리가 실상 한 줄의 창작을 쓰고 한 줄의 소개문을 쓰고 한 줄의 번역을 하는 것이 모도 조선문학의 건설을 위하는 열의에서 나온 일이 아니면 아니된다. 우리는 그것이 별난 각예도 별난 수입도 가져오는 것이 아닌 줄을 안다. 다만 열의가 있을 뿐이다. 그런데 실상 우리는 갑이 모 월간지 상에 수면의 단편소설을 발표하면 그것이 잘되고 잘못된 점과 걸작이고 태작인 것을 판단해서 그것을 문장으로 인쇄하고 또 을이 모 신문학예란에 수일간평론 문을 게재하면 반드시 그 시비를 따져야하는 류의 문단적 관심의 과다에 의해서 화를 받아왔을 뿐이다. …(중략)… 우리가 제일로 제이로 또 제삼으로 필요한 것은 문학에 대한 진실한 열의 뿐이지, 문단적 관심 같은 것과는 소원해지면 질사록 좋은 것이 아닌가한다—편집자는 감히 이러한 우견을 가지고 있다.[3]

2) 김용직, 앞의 글, 111~112쪽.

3) 박용철, 「후기」(『문학』지 제 3호 편집후기), 『박용철 발행 잡지 총서 3－문학 1~3호(1933.12~1934.4)』, 깊은샘, 2004. 이하 인용 시 원본의 한자어 표현 등에 대한 부분은 원문의 뜻을 저해하지 않는 선에서 가독성을 위하여 가급적 한글 및 현대어 표기로 바꾸어 싣는다.

위의 인용문은 제 3호 『문학』지를 발간하면서 박용철이 쓴 편집후기에 등장하는 대목이다. 박용철은 여기에서 『문학』지에 대한 비판으로 '조선문단에 대한 관심이 부족하다는 것'에 대해 반박하면서 당대 문단의 문제를 역으로 다시금 비판하는 데 주력한다. 그것은 본문에서 '문단적 관심'으로 칭하는, 문학작품에 대한 문단의 소비 방식에 대한 그의 비판 의식이기도 하면서 동시에 협소한 문단 내부에서만 문학작품에 대한 이야기와 담론이 이루어지게끔 하는 주류적 문단 비평에 대한 비판 의식이기도 하다. 요컨대 문단이 갖는 지적 폐쇄성이 박용철에게는 온당치 않은 일로 여겨졌던 것이다.

이와 함께 위의 단락이 실린 『문학』 역시 그 창간 의도가 단지 문단 내부의 이들만을 위한 것이 아니라 대중을 지향하고 있었음을 염두에 둘 수 있다. 이즈음에서 박용철이 연평 형식을 관철하면서 했던 생각은 단지 문학을 당시의 대중적 매체를 통해서 알리고, 새로운 구성원들을 여전히 협소한 문학의 구역에 끌어들여 속하게 하겠다는 의미만은 아닌 것으로 보여서 흥미를 더한다. 비평, 더 넓게는 문학에 대한 박용철의 생각은 그와 같은 정형화된 의도에서 빗겨서고 있는 것이다.

> 예술을 평가함에 있어서 그것이 사회변화에 공헌하는 힘의 방향과 강약에 준거하야 하려하는 현대의 사회적 비평의 가능에 대한 일논고이다. …(중략)… 그대 작품을 읽은 독자는 거기서 어떠한 인상을 받어 얼만큼 심정에 변화를 일으켜서 그는 그 달라진 심정을 가지고 달라진 태도로써 모든 사회적 활동에 참가하야 전사회는 그 영향을 받을 것이다. …(중략)… 예술은 은밀한 가운대 우리 생활의 모든 방면에 영향을 끼친다. 우리의 판별력으로 그것을 측정할 수 있고 없는 문제는 있으나 한 개의 예술적 작품의 효과는 간접 다시 간접으로 우리의 생활에 작용하야 우리의 정치, 경제, 사상, 과학, 종교가 다 그 영향을 입었다고 할 수 있다. 실로 그것은 사회의 호수에 던저진 한 개의 돌맹이다. …(중략)… 비평가의 직능 …(중략)… 그러므로 비평가는

특별히 예리한 감수력을 가지고 자기의 받은 인상을 분석하므로 일반독자의 받을 인상을 추측하야 이 작품이 사회에 끼칠 효과의 민감한 계량기, 효과의 예보인 청우계가 되여야한다.[4]

박용철은 이미 위의 인용문으로 예시되는 「효과주의적 비평 논강」을 통해 비평이 갖는 역할을 논의한 바 있다. 그는 이 글에서 문학작품이 독자에게 읽혀짐으로써 생겨나는 그 '미적 경험' 그리고 이 경험이 갖는 사회적 파급력을 강조한다. 그 영향과 반향은 비록 매우 섬세하고 읽기 어려운 것이어서 누구에게나 손쉽게 포착될 수 있는 것은 아니다. 그럼에도 '예술은 은밀한 가운데 우리 생활의 모든 방면에 영향을 끼친다'는 것이다. 텍스트가 독자와 만남으로써 비로소 그 구획된 경계를 넘어서 '호수에 던져진 한 개의 돌맹이'가 될 가능성을 담지한다면, 비평은 이에 대한 소통적 매개다. 따라서 비평의 과업은 일차적으로는 어떤 방식으로든 '인상비평'을 통과하지 않고서는 성립불가능한 것이 된다.

동시에 박용철에게 있어서 비평의 논점은 앞서 이야기한 문단적 관심과 같은 기준에 있는 것이 아니라, 어디까지나 문학을 통해 미적경험을 겪는 독자 전반의 사회적 파급력을 예지하는 것에 있다. 요컨대 비평은 일반 독자를 향해야 한다는 것이다. 비록 「효과주의적 비평 논강」이 박용철의 비평 활동에 있어서 초기에 쓰인 것이기는 하나, 이러한 비평 그리고 문학에 대한 기본적인 생각은 박용철의 연평 활동 전반에 있어서 지속적인 중심 전략이 되고 있다.

가령 박용철의 첫 연평인 「신미시단의 회고와 비판」에 대해 김윤식은 "이러한 평문은 다분히 인상적(印象的)이며, 작품에 대한 설명이 못되는 것"[5]으로 평가한다. 또한 한계전은 이런 비평 방식이 예시될 수박

4) 박용철, 「효과주의적 비평 논강」, 『박용철 전집』 2, 깊은샘, 2004, 26~29쪽.

에 없었던 이유로 "감상자로서의 시론에 머물고 있던 상태"[6]였음을 든다. 실제로 「신미시단의 회고와 비판」에서 구체적인 시 분석을 통해 그의 비평각이 예리하게 드러나고 있다고 보기는 어렵다. 이처럼 그 작품의 온전한 해명에 초점을 두거나, 혹은 시론의 관점에서 연평을 평가하는 시각에 의하면 박용철의 연평들은 함량미달에 불과하다. 그러나 박용철이 연평이라는 그 형식을 통해 담지하는 문제의식을 중심으로 이러한 연평이 갖는 의미를 재고해볼 수 있으리라 생각한다.

이는 박용철의 이력 가운데에서 상당수의 비중을 차지하고 있는 출판자와 기획자의 지위와 연관성을 갖는다. 요컨대 출판 활동으로서의 문예지 출간, 그것도 다양한 장르와 기획으로 구현되었던 문예지들을 통해 박용철이 구상한 밑그림은 무엇이었을까에 대한 질문을 던질 수 있다. 이는 매체에 대한 고민으로 읽힌다. 기실 문학을 담는 지속적인 그릇이자 동시에 이를 비단 문학의 영역에만 한정시키지 않고 당대 문화 장으로까지 파급할 수 있는 창구로서, 여러 문학지의 형식들과 연평이 기능할 수 있었던 것이다. 소통이라는 매체의 관건은 박용철의 연평 형식에 대한 관심을 단지 일반 독자를 문학으로 흡인하고자 하는 것이 아니라, 문학을 둘러싼 소통 국면을 확장하고자 했던 시도로 이해하게 한다.

실제로 연평이라는 형식은 1930년대의 지반으로부터 점차 실천비평의 한 방식으로 의미화되기 시작해서 1960년대에 이르기까지 월평과 연평으로 분화되는 경향을 거치며, 당대 신문이라는 매체와 밀접하게 연관되어 문학의 지평을 넓힌다. 이를 통해 적어도 연평이라는 형식에

5) 김윤식, 앞의 글, 254쪽.

6) 한계전, 「박용철에 있어서 하우스만 시론의 수용」, 서울대학교 국어국문학과, 『관악어문연구』 2, 1977, 53쪽.

서는, 수용자의 감상이라는 보편에 대한 인식이 끝내 요구되었던 것이다. 박용철의 연평은 이러한 인식을 토대로 삼아서 그 위에 "근년 우리말 시의 현세에 대하여 느끼든 것"[7]에 대한 조망자로서, 또한 이러한 조망을 경유하여 전망에 이르고자 하는 시도였다. 따라서 아래에서는 좀 더 자세하게 박용철의 연평이 갖는 구성과 그 연평이 당대 문화 장에서 어떤 전략을 점유하였는지 살펴본다.

3. 박용철 연평의 구성과 전략

박용철의 연평 활동은 문학이자 문화 장에서의 이중적 층위에서 기능한다. 우선적으로 연평이라는 형식에 합당하게, 한 해 동안 출간된 시집과 시들을 소개하고 이들의 경향과 개략적인 맥락을 조형하려는 시도가 그 기초가 된다. 또한 이외에도 국내외의 시 동인지와 문예지에 대한 동향을 거론하여 지면을 소개하고 있으며, 자유시 뿐만 아니라 동시와 시조, 역시 등을 아우르며 이들 경향을 단평하고 평론의 경향에 대한 비판적 견해 역시 싣고 있다. 이 과정에서 김기림의 비평과 시 경향에 대한 비판을 통해 순수시론의 옹호자로서 박용철의 비평적 관점이 드러나고 있는 제 양상을 살펴볼 수 있다. 특히 이는 「을해시단총평」과 「정축년시단회고」에서 부각된다. 다만 앞서 살펴본 바와 같이 박용철의 연평 형식이 기획하는 소통의 국면이 문단적 관심에 한정되지 않기에, 네 편의 동일 형식의 글에 수록된 내용들을 통해 그가 단순히 순수시론에 천착하여 이를 실천비평의 영역에서도 동일하게 관철하려는 시

7) 박용철, 「을해시단총평」, 『박용철 전집』 2, 깊은샘, 2004, 82쪽.

도만으로 연평을 구성하지 않았다는 점을 상기하면서 읽을 필요가 있다.

우선 실제로 박용철의 연평을 들여다보면, 그의 순수시론에 준하는 문면들이 발견되거나 선취되고 있음을 확인할 수 있다. 그가 특히 관심 있게 거론하는 시인들로 김영랑, 정지용, 신석정, 김현구, 백석이 있고, 비판적 관점을 취하는 시인으로 김기림이 예시된다. 이 중에서 김영랑과 정지용은 박용철의 연평에서 거듭 회자되는데, 이 첫 문면은 첫 연평에 해당하는 「신미시단의 회고와 비판」에서 다음과 같은 단락으로 제시된다.

> 이하 나는 일구삼일년에 발표된 시작 가운데서 발견한 미를 단평해보려합니다. 편석촌의 데뷔는 금년시단의 새로운 수확입니다. 그는 시작외에 시론에도 적지않은 노력을 하였습니다.
>
> 그의 시는 한 개의 독특한 개성입니다. 그는 새로운 도시의 미를 이해합니다. 그를 것핏 모더니스트라 부르지마는 그에게는 그 향락적요소가 없습니다. 거기서 도로혀 간열픈 애상을 추구합니다. 그는 이제 언어의 요술을 연구하고있는 연금학자입니다. …(중략)… 지용은 신여성십일월에 『초ㅅ불과손』이라는 신작을 냈습니다. 『완—투—드리』 하고 손을 펴면 거기서 만국기가 펄펄날리는 『말슴의요술』을 부립니다. 왕년의 센티멘탈리즘은 어디가고 람보가 『시인의시인』이라는 칭을 드름같이 그는 우리의 『시인의시인』 입니다. …(중략)… 영랑의 시를 만나시랴거든 『시문학』 지를 들추십시오. 그의 사행곡은 천하일품이라고 나는 나의 좁은 문견을 가지고 단언합니다. 미란 우리의 가슴에 저릿저릿한 기쁨을 일으키는것이라는 것이 미의 가장 협의적이요 적확한 정의라 하면 그의 시는 한 개의 표준으로 우리앞에 설것입니다. 그의 고귀한 결벽성이 『시문학』 이외의 무대에 얼굴을 나타내지않는 것이 섭섭한 일입니다.[8)]

정지용과 김영랑의 시 경향에 대한 소개와 함께 이 지점에서는 김기

---

8) 박용철, 「신미시단의 회고와 비판」, 『박용철 전집』 2, 깊은샘, 2004, 78~79쪽.

림 역시 고평된다. 보다 더 중요한 것은 1935년의 연평인 「을해시단총평」 이후의 지점에까지 일관되게 이어지는 박용철의 시에 대한 기본적 입장이 드러나는 부분인데, 이는 시 형식으로서의 언어에 대한 관심이다. 그가 고평하는 시인들은 대개 시문학파 동인의 범주에서 설명될 수 있으나, 비평 행위의 내적 의미 차원에서 이들의 시를 공통적으로 묶어줄 수 있는 화두는 '언어의 조탁'으로 모인다. 이는 1931년 첫 연평과 1935년 두 번째 연평 사이에 외국 시론, 특히 하우스만의 시론 번역 작업과 수용을 통해 보다 뚜렷하게 자신의 시론을 정립해가는 과정과 함께 쓰인 「을해시단총평」에서 구체화된다. 「을해시단총평」은 그 해 1930년대 시단에서 중요한 위상을 차지하는 시집들이 대거 간행된 가운데 첫 연평보다 집약적이고 논증적인 형태로 구성되어 있다. 이 연평은 다섯 항목으로 구체화되고 있는데, 김기림과 임화 비판 및 정지용의 옹호가 주요 내용 중 하나이다.

> 김기림씨가 그의 제시론(諸詩論)에서 생리에서 출발한 시를 공격하고 지성의 고안을 말한 때에 이 위험은 내장되어 있었고 그가 「오전의 시론」의 첫 출발에서,
> 『실로 벌서 말해질 수 있는 모든 사상과 논의와 의견이 거진 선생들에 의하야 말해졌다…… 우리에 남어있는 가능한 최(最)의 일은 선생이 말한 내용을 다만 다른 방법으로 설논(說論)하는 것이다.』고 말할 때에 이 위험은 이미 절정에 달한다. …(중략)… 우리는 전생리(全生理)에 있어서 이미 선인(先人)과 같지 않기에 새로운 시를 쓰고 따로이 할 말이 있기에 새로운 시를 쓴다. …(중략)… [「기상도」] 이 시의 인상은 한 개의 모티브에 완전히 통일된 악곡(樂曲)이기보다 필름의 다수한 단편을 몬타쥬한 것 같은 것이다. …(중략)… 시인의 경복할 만한 노력과 계획에 불구하고 시인의 정신의 연료가 이 거대한 소재를 화합시키는 고열에 달하지 못하고 그것을 겨우 접합시키는 데 그쳤든 것 같다. 그중에서도 필자의 가장 불만인 점은 이 시가 명랑한 아침 폭풍경보에서 시작해서 다시 명랑한 아침 폭풍경보 해제에 끝나는 이 완전한 좌

우동형적 구성이다.[9)]

그 중에서도 박용철의 김기림 비판은 매우 구체적으로 논의된다. 앞선 「신미시단의 회고와 비판」에서 '도시의 미'를 이해하는 '언어의 요술을 연구'하는 시인으로 소개되었던 김기림의 시론과 시 「기상도」를 비판하는 과정에서 그의 비평적 관점이 드러나고 있다. 이는 '지성의 고안'을 통한 김기림의 기교로서의 시를 거부하는 데서 시작하는데, 그의 기본적인 시관이 제시되는 부분이 '생리에서 출발한 시'에 있다. 여기에서 '시인의 정신의 연료'와 '소재를 화합시키는 고열' 및 '완전히 통일된 악곡'이라는 음악적 비유로 시를 의미화하는 방식은 그가 「기교주의설의 허망」을 발표하면서 기교주의 논쟁을 거친 1936년 이후 1938년 발표한 시론 「시적변용에 대해서」의 중심 국면들을 선취한다.

> [김기림저기상도(金起林著氣象圖)]다른 시인들이 시험하지 않는 부문에 어떠한 시가 손을 대였다는 것만으로는 즉 어떠한 제재를 시적 수법으로 처리하였다는 정도로서는 그 시의 참 위대를 증(證)할 수 없는 것이다. 그것이 그 제재를 가지고 할 다른 산문적 술작보다 더 심오한 내용을 가지기 전에는 그 제재로서의 위대는 그 시에 돌아갈 것이 아니다. 그러므로 기상도가 갖은 이 시가 시험한 세계정세와 문명비평에 있는 것이 아니라 이 시의 여러 가지 형상을 창주한 시인의 풍자적 정신의 연소의 정도에 있는 것이다.[10)]

이는 「병자시단의 일년성과」에서도 이어져서, 그는 김기림의 시를 비평하는 과정에서 단순히 제재나 시적 수법을 논하는 것만으로는 시의 평가에 있어서 완전한 기준이 될 수 없다는 것을 주장한다. 예컨대

9) 박용철, 「을해시단총평」, 『박용철 전집』 2, 깊은샘, 2004, 83~84쪽 및 95쪽.
10) 박용철, 「병자시단의 일년성과」, 『박용철 전집』 2, 깊은샘, 2004, 110쪽.

「기상도」에 나타난 시의 구성성은 하나의 통일적인 '모티브'가 되지 못하고 '몽타주'의 단편들로 조각나있는 소재들을 시인의 지성을 통한 임의적 배치로 처리한 것에 지나지 않는다는 것이다. 박용철은 후에 그의 시론에서 구체화되는 것처럼 시에서 중요한 것은 이러한 기교가 아니라 일종의 덩어리, 즉 시란 생리와 체험에 근거하여 머리가 아니라 몸 전체로 쓰임으로써[11] '생리에서 출발한 시'의 관점을 확보하고 있다.

이는 「병자시단의 일년성과」와 「정축년시단회고」의 연평에서 김영랑의 시를 '순수감각을 추구한 것이며 이것은 우리의 신경을 변혁시키려는 야심'이라 칭하면서 고평하고, 초현실주의와 이상의 시에 대해서 부정적으로 평가하게 하는 그의 비평적 척도로서 계속적으로 관철된다. 또한 연평을 통해 김기림의 시관 및 시와 거리를 두고 자신의 시관을 정립해나가는 과정에서 그는 김기림과 자신을 함께 싸잡아 사상성이 결여된 기교주의자로 비판한 임화의 시관에 대해 대응할 수 있는 여지를 얻게 된다.

박용철의 비평적 관점이 김기림과 더욱 분별되는 지점은 「을해시단총평」의 같은 문면에서 정지용을 다루는 데서 발견된다. 사실 박용철뿐만 아니라 김기림 역시 '현대문명의 잡답(雜踏)을 멀리 피한 곳에 한 개의 유토피아를 흠모하는 목가적 시인'으로 칭하는 등, 그들이 각기 정박하고 있는 시론의 차이성에도 불구하고 두 평론가 모두 정지용의 시를 높이 평가하고 있다. 또한 박용철은 앞선 「신미시단의 회고와 비판」에서 김기림을 '언어의 요술'을 바탕으로 언어를 조형하는 시인으로, 정지용을 '말씀의 요술'로서 유사하게 의미화했다. 그러나 그는 「을해시단총평」에서는 김기림과 정지용을 같은 문면에서 각기 부정적 · 긍

11) 오형엽, 「박용철 시론의 구조와 계보」, 한국비평문학회, 『비평문학』 18, 2004, 358쪽.

정적인 다른 맥락으로 평가 및 해석하고 있다. '시의 여러 가지 형상'이란 시의 언어에 해당할 텐데, 시는 언어의 조탁이되 여기에는 차이가 있다는 것이다.

박용철은 정지용의 「유리창」을 전문 인용하며 이 시를 그의 비평적 관점에 매우 부합하는 전범으로 내세운다. 그는 「유리창」이 갖는 독창성이 강렬한 감정과 그 감정이 단순히 시에서 호소되는 것이 아니라 유리창을 통해 구체화되었기 때문이라고 해석했다. 이때 「유리창」은 그가 말하는 '전생리'의 시관을 구현한 것으로 평가되는데, 이때 전생리의 의미란 육체, 지성, 감정, 감각 및 기타의 '총합'이다. 여기에서 내용과 형식은 분리되지 않고, 시의 언어는 하나의 '총체'를 이룬다. 이것이 바로 박용철이 말하는 '한 개의 모티브에 완전히 통일된' 시이며, 논리적 구조가 아니라 리듬과 조화를 통해 '음악'에 비유되는 시인 것이다.

시적 변용의 의미가 체험이 시인의 몸 전체에서 충분히 원숙한 끝에 언어와 만나 시가 되는 지점을 말하는 것이라면, 정지용의 「유리창」은 특히 그의 이러한 시론을 실제 시 창작에 있어서 구현한 전범으로 삼을 수 있다는 것이다. 박용철은 연평들을 통해서 정지용뿐만 아니라 김영랑, 김현구, 신석정, 백석 등 시인의 시 언어에 주목하여 그의 시론 및 비평적 관점에 부합하는 시들을 해석하고 평가하면서 당대 시단의 여러 양상들을 의미화해내고 있다. 이처럼 시론과 시의 교호는 박용철의 연평에서 드러나는 한 국면이다.

이때에 더 강조되어야 할 것은 앞서 이야기한 것처럼 연평 형식의 글들에서 그의 순수시론에 대한 단초가 드러나고 있으나, 이러한 국면을 드러내는 실천비평이 당대 문학 장에서 임화 및 김기림의 시각과 계속적으로 교호하며 의미화되고 있다는 점이다. 이는 김기림 역시 마찬가지여서, 그는 시 언어의 구상을 주요 논제로 삼으면서 은연중에 박용철을 주관적인 비평 형태로, 자신을 객관적인 비평 형태로 놓는다. 실제로 비록 임화가 식민지 시대의 제약으로 인해 김기림과 박용철처럼 당대의 주된 매체인 신문의 지면에 글을 싣기 어려웠음을 감안할 때, 김기림과 박용철의 연평 및 신문 매체 상의 활동은 매우 두드러지는 것이었다.

그 예로 비단 박용철 뿐만 아니라 김기림은 「오후와 무명작가들」(『조선일보』, 1930.4.28.~5.3), 「시인과 시의 개념」(『조선일보』, 1930.7.24.~7.30)부터 「1932년 문단 전망」(『동아일보』, 1932.1.10.), 「1933년도 시단의 회고와 전망」(『조선일보』, 1933.12.7.~12.13), 「장래할 조선문학은」(『조선일보』, 1935.1.1.~1.5), 「시에 있어서의 기교주의의 반성과 발전」(『조선일보』, 1935.2.10.~10.14), 「오전의 시론」(『조선일보』, 1935.4.20.~5.2) 등 시론과 연평, 작품론부터 문학 전반에 대한 전망에 이르는 글들을 1930~1938년 사이에 빈번하게 신문 지면에 발표하고 있다.

이는 박용철의 문학 활동 전반이 김기림과 임화로 대표되는 두 시각과 함께 세 관점을 이루면서 1930년대 문학 장을 다각화하고 있었음을 염두에 둘 때 흥미로운 지점을 예시한다. 특히 연평을 거대 신문사에 실을 수 있는 문단사적 위치에 있었던 이들 중 하나로서, 박용철은 임화와 김기림을 그의 지면에서 다룸으로써 오히려 그들의 문학 활동을 지양하는 것만이 아니라 재론하고 있는 셈이기도 한 것이다. 김기림은 물론이고 그 논의의 성격 때문에 당대의 지배적 매체를 경유하지 못하고 문예지들로 우회해야 했던 임화의 논점, 그 중에서도 기교주의 논쟁을 둘러싼 「담천하의 시단 일년」과 그의 시편들이 「을해시단총평」과 「정축년시단회고」에서 지면을 할애해 논의됨으로써 간접적으로나마 그 존재가 거론되고 있다.

시가 언어를 매재로 한 예술인 이상 『언어는 사람 속에 있는 최후의 신의 주처라』 고 신앙에 가까운 생각을 갖는다거나 언어 자체를 그윽한 육체와 같이 사랑하는 데까지는 가지 않는다 할지라도 매재의 성질을 탐구하고 이 깊이모를 심해에 침잠하며 이 완강한 소재와 격투하는 것이 우리 시도의 의무일 것이다. …(중략)… 우리의 현금(現今)에 있어서 매재인 언어에 대한 이리 무자각한 현상은 동시에 그의 예술적 무자각을 표시하는 것이 아닐가한다. 이것은 어떻든 좀 더 이론적으로 여러 사람이 토구(討究)할 문제다.[12]

그러니, 박용철의 연평은 그의 순수시론을 통해 당대 한 해의 시편들을 읽는 것에 국한되지 않았던 것이다. 특히 연평의 대상이 자유시에 국한되지 않았고 여러 시 형식과 동시에 비평, 번역, 문예지의 맥락까지 넓은 범위를 언급하는 것으로 구성되었음을 다시 떠올리면 이는 꽤 분명해진다. 앞선 장에서 박용철이 특히 연평 형식과 관련하여 "문학적 감흥이 아니라 문단인적흥미(文壇人的興味)"[13]로 접근하는 방식에 대한 비판적인 생각을 드러냈음에 관심할 필요가 있을 것이다. 그것은 문단에서의 세 시각이라는 대립각, 즉 상대편에 대한 배제의 논리로 기획되지 않았다.

오히려 연평이라는 형식은 이들을 계속해서 끌어들이면서 세 구심이 문학 장에서 형성했던 논의들을 문화 장에서 담론화하는 플랫폼으로 기능했다고 이해하는 것이 더 설득력 있을 것이다. 가령 임화 · 김기림과 벌인 기교주의 논쟁이 이루어진 주된 지면이 연평의 지면과 겹친다는 점도 염두에 둘 만하다. 이처럼 위의 인용문에서 '토구'를 청하는 것과 마찬가지로, 연평 형식은 상대와 논점을 지속적으로 차별화하면서 논제를 제기하고 논의의 장을 마련하고자 하는 기획에 가까운 것이었다.

12) 박용철, 「정축년시단회고」, 『박용철 전집』 2, 깊은샘, 2004, 115~117쪽.
13) 같은 글, 117쪽.

특히 이러한 연평 활동의 반향을 구성하는 인자들로 당대 문학잡지와는 달리 연평이 신문에 게재되는 보다 넓은 장과 독자층을 확보하고 있었음에 주목하면, 연평 활동을 통한 효과는 비단 문단에 국한되지 않았음을 추론할 수 있다. 당대 문화의 장에서 일차적으로 연평은 한 해의 전체적인 문학적 경향의 판도를 읽어내는 조망자의 위치로서 한 해를 추수하는 역할을 했다. 또한 이는 조망자일 뿐만 아니라 이러한 조망을 바탕으로 또 이듬해를 예비하면서 문단의 헤게모니에 주요한 영향을 주는 기획자의 위치를 점하는 것이기도 했다. 동시에 연평 형식이 문단 너머를 지향함으로써 박용철의 연평은 문단적 관심을 불러일으키는 것 이상으로, 다변화를 추구하고 문단 밖으로 저변을 넓히는 데에 소요되는 구성 전략으로서 기획되었던 것이다.

4. 결론

주지하듯이, 박용철은 그의 문학 활동이 갖는 매우 넓은 스펙트럼을 통해 1930년대 문화사의 맥락에서 빼놓을 수 없는 인물이다. 박용철의 비평 활동에서 중요한 비중을 차지했던 연평은 이러한 1930년대 문화장에서 그가 채택했던 형식으로서, 비단 문단적 관심에 국한되지 않고 문학이라는 영역을 당대 문화의 맥락으로 확장하고자 했던 기획이었다.

일차적으로 연평은 문학적 경계 내에서 그가 갖고 있었던 시 형식에 대한 깊은 애정을 기저로 삼아, 당대 시들의 흐름과 변화 양상을 읽는 문학의 해석자로서 한 해를 추수하는 기능을 했다. 동시에 박용철은 연평이라는 형식을 통해 그가 천착했던 순수시론을 비평적 시각으로 삼아 시단의 한 해를 조망함으로써 다음 한 해를 예비하는 문학의 기획자이기도 했다. 그러면서도 박용철의 연평은 이에 국한되지 않고, 다각적인 구성 방식을 통해 당대 문학의 영역에서 논의되었던 흐름들을 다시 대중적 매체의 장으로 가져와 재론하고 담론화하는 문화의 기획자로서의 면모를 읽을 수 있는 형식이 된다.

이로써 재삼 이야기될 필요가 있는 바는 그의 문학적 이력이다. 박용철은 시인이자 번역가였으며, 1930년대 시사의 지형도에서 순수시론이라는 한 축의 담당자였을 뿐만 아니라 동시에 이를 관철해나가는 과정에서 김기림 및 임화와의 기교주의 논쟁, 활발한 평론 저술과 연평을 통한 문학 활동을 벌인다. 여기에 출판의 핵심적 인사이자 기획자이기도 했던 그의 출판 활동을 더할 때 박용철의 행보는 당대 문학에 대한 파급력을 감싸 안으면서 동시에 당대의 문화적 장에서의 파급력으로 나아가게 된다. 연평은 이러한 박용철의 활동에 있어서 그가 담지하고자 했던 문학과 문학 장에 대한 이해와 규준, 가치를 더 폭넓게 트인 언로에서 발언할 수 있게 하는 토대이자 플랫폼에 가까웠던 것으로 보인다.

✪ 참고문헌

박용철, 『박용철 전집』 1・2, 깊은샘, 2004.

_____, 『박용철 발행 잡지 총서』 1・2・3・4, 깊은샘, 2004.

류복현 외, 『용아 박용철의 예술과 삶』 上・下, 광산문화원, 2005.

김윤식, 「용아 박용철 연구」, 대한민국학술원, 『대한민국학술원논문집』 9, 1970.

오형엽, 「박용철 시론의 구조와 계보」, 한국비평문학회, 『비평문학』 18, 2004.

한계전, 「박용철에 있어서 하우스만 시론의 수용」, 서울대학교 국어국문학과, 『관악어문연구』 2, 1977.

| 강영훈 |

박용철과 기교주의 논쟁

1. 기교주의 논쟁의 문학사적 위치

1930년대의 우리 시단은 양질의 차원에서 부흥의 시기를 맞이하고 있었다. 시전문지들의 창간과 새로운 문예지들의 발간은 부흥의 토대를 마련해 주었고 이로 인해 발표 지면이 확대되고 개인시집의 출판 또한 활발하게 이루어지게 되었다. 동시에 창작과 이론 면에서 질적인 발전을 함께 보여주고 있는데, 특히 1920년 중반 이후 문단의 주류를 형성하고 이끌어 왔던 프로시에 대응하여 1930년대 초 모더니즘과 순수시가 등장하면서 시단은 새로운 국면에 접어들게 되었다. 프로시와 모더니즘 시, 순수시의 세 경향이 공존함으로써 시의 본질과 근대시의 발전방향에 대해 심도 있고 구체적인 논의가 전개될 수 있는 가능성이 열린 무대가 1930년대 시단이라 할 수 있다. 이러한 분위기속에서 1935년에서 1936년에 걸쳐 전개된 '시에서 기교주의와 기술'의 문제를 놓고 김기림·임화·박용철 사이에서 벌어진 기교주의 논쟁도 위와 같은 가능성에 대한 탐구와 모색의 한 과정이었다.

시의 창작 방법론에 대한 본질적 논의라 할 수 있는 기교주의 논쟁은 현실반영의 입장에서 프롤레타리아 정신에 입각한 시가 진정한 의미의 근대시라고 보는 임화와 현실의 반영을 넘어 내용과 기교를 통일하여 자본주의 사회의 문명 비판자로서의 역할을 추구하는 김기림, 순수 서정을 강조하는 박용철까지, 이들의 서로 상충하는 견해가 상호보완·수정되는 과정을 통해 근대시의 발전을 추구 하였다.

기교주의 논쟁은 1930년대부터 시작되어 일제 탄압의 심화로 한국어 활동이 실질적으로 불가능해져 문학의 암흑기가 도래했던 1940년대 초반에 이르기까지, 짧은 기간이지만 문예 부흥기라 평가받는 이 시기에 도화선 역할을 했다는 평가를 받고 있다. 기교주의 논쟁이 문학사나 시사에서 주목 받는 이유는 다음과 같다. 첫째, 1930년대 전반기의 세 시론을 대표하는 이론가 임화·김기림·박용철이 동시적으로 참여했다는 점이다. 30년대 당시 문단을 대표하는 세 이론가의 참여로 인해 논쟁이 가지는 영향력이 증폭되었고 이론적 성숙도 또한 갖춰 질 수 있는 조건이 부여되었다. 둘째는 논쟁의 당사자인 세 명의 이론가들이 자신의 시론을 전개하는 과정에서 논쟁을 계기로 시에 대한 관점과 이론을 체계화 했다는 점이다. 단순한 논쟁에서 그친 것이 아니라 논쟁을 통해 각자의 이론이 발전될 수 있게 상호작용했다는 점이 의미를 가지는 지점이다.

기교주의 논쟁의 연구사를 살펴보면 우리 문학사에서 기교주의 논쟁의 의의와 가치가 인정받고 있는 것에 비해서 초기의 연구 성과는 미비함을 알 수 있다. 개별 시인의 작가론 속에서 부분적으로 다루어지기만 했을 뿐 비평사적으로 이 논쟁을 다룬 연구는 많지 않았다. 근대문학이후의 한국 비평사를 다룬 김윤식의 연구[1]에서 논쟁의 객관적인 정리가 이루어졌지만 초창기 기교주의 논쟁의 연구는 개별 작가의 작가론에서 논쟁을 짧게 언급하는 수준의 연구가 주를 이루었다고 할 수 있다. 또한 이러한 연구 경향은 어떤 이론가의 관점에서 서술하느냐에 따라 논쟁의 의미를 달리 파악하고 있다는 점이 특기할 만한 사실[2]이다. 이러한 연구는 각 이론가의 시론을 설명하는데 의미를 부여하고 필요한 만큼 인용되었을 뿐, 논쟁의 전체적인 의미파악에는 나아가지 못했다고 할 수 있다.

이러한 문제의식 하에 최근 연구에서는 기교주의 논쟁 자체를 심도 있게 분석하려는 시도가 있었다. 이러한 연구들은 기교주의 논쟁의 배경과 전개과정, 이후의 영향 관계 등을 전체적이고 구체적으로 살펴보는 성과를 거두었다. 비평사와 시론사적으로 접근하는 연구,[3] 기교주의 논쟁에서 근대성을 탐구하는 연구,[4] 기교주의 논쟁의 의의를 재해석하는 연구[5] 등의 연구는 기교주의 논쟁연구 중에 가치 있는 연구로 평가

---

1) 김윤식, 『한국근대문예 비평사 연구』, 일지사, 1981.

2) 김용직, 『한국현대시연구』, 일지사, 1974.
   한계전, 「하우스만 시론의 수용과 순수시론」, 『한국현대시론연구』, 일지사, 1983.
   김시태, 「기교주의 논쟁고」, 『현대시연구』, 백문사, 1984.
   서준섭, 『한국모더니즘문학 연구』, 일지사, 1988.

3) 이미경, 「1930년대 <기교주의 논쟁>의 전개양상과 그 의미」, 『어문학』 67집, 한국어문학회, 1999.
   김태석, 「기교주의 논쟁 발단에 담긴 내포적 의미 : 시론사적 측면에서」, 『국어학논집』 17집, 단국대 국어국문학과, 2000.
   한형구, 「30년대 문단 재편과 시론의 비평적 전개 : 기교주의 논쟁 재음미」, 『한국현대문학연구』 17집, 한국현대문학회, 2005.

4) 심선옥, 「기교주의 논쟁을 통해 본 1930면대 시에서 근대성의 탐구」, 『기전어문학』 11집, 수원대국어국문학회, 1996.

5) 윤여탁, 「1930년대 기교주의 논쟁의 전개와 그 의미」, 『한국국어교육연구회 논문집』 52집, 한국어교육학회, 1994.

된다. 이러한 연구들은 기교주의 논쟁의 본질을 파헤치고 담론을 체계적으로 분석해 의의를 재조명한 의미 있는 연구라 할 수 있다.

그렇다면 박용철에게 기교주의 논쟁은 어떠한 의미일까? 박용철은 문학사적 가치를 인정받는 이 논쟁에서 당당하게 한 축을 담당하고 있다. 박용철은 시인이나 비평가로서의 평가 이외에도 뛰어난 문단의 리더로 평가 받고 있다. <시문학>을 중심으로 한 순수시운동이 자리를 잡을 수 있었던 것은 당대의 뛰어난 시인이었던 정지용, 김영랑의 존재와 더불어 리더 겸 뛰어난 기획자였던 박용철이 있었기 때문에 가능한 것이라는 평가가 지배적이다. 박용철은 이 시기에 "창작에 주를 두었다 하기 보다는 시문학파 창립의 리더로서 실무적인 일들-<시문학>, <월간문학>, <문학>을 주재·편집했으며, 시문학동인 시집 발간을 기획하는 것-에 더욱 매진"[6]하였다고 할 수 있다. 다시 말해 순수시의 대표자와 리더로서 이 논쟁에 참가한 것이다.

또한 박용철은 논쟁의 과정 중에 「시적 변용에 대하여」를 통하여 자기 시론을 완성하였다. 시의 창작방법론에 대한 본질적 논의라 할 수 있는 기교주의 논쟁을 통해 자신의 시론을 완성한 것이다. 논쟁을 거치면서 시론의 성격과 특성이 명확해지고 동시에 그 장단점이 구체적으로 드러남으로써 자기반성과 발전의 기회를 갖게 된 것이다. 박용철 시론의 전개를 살펴보았을 때 논쟁을 거치면서 심화된 이론을 모색[7]하게 됨을 확인 할 수 있다. 그렇기에 기교주의 논쟁을 살펴보는 것은 박용철의 시론과 그의 가치관을 탐색하는데 유효한 탐색과정임과 동시에 필수과정이라 할 수 있다.

오형엽, 「1930년대 기교주의 논쟁 연구」, 『논문집』 23집, 수원대학교, 2005.

6) 김태석, 앞의 논문, 304쪽.

7) 박용철 시론의 심도 있는 논의는 본서의 다른 연구들에서 다루고 있다.

본고에서는 기교주의 논쟁에 참여했던 세 이론가들의 담론을 심도 있게 분석하는데 초점을 맞추기 보다는 박용철에게 기교주의 논쟁은 어떠한 의미였는가에 초점을 맞추고자 한다. 먼저 본고는 필자만의 논점을 제시하고 논의를 전개해 나가는 학술논문의 성격이 아닌 글임을 밝힌다. 논의제시가 아닌 정보전달에 더 치우쳐 기교주의 논쟁의 배경과 전개과정에 대해서 기존 연구들을 최대한 종합하여 정리하고자 한다. 그리고 기교주의 논쟁에서 새로운 연구 방향의 가능성을 타진해 보는 정도로 글을 목적을 대신하고자 한다.

박용철 연구에서 기교주의 논쟁은 의미 있는 사건 중의 하나가 될 것이다. 또한 기교주의 논쟁의 의미를 되새기고 문학사적 의의를 조명하는 것은 결국, 논쟁에 참여했던 박용철의 위상을 재조명 한다고 할 수 있을 것이다. 그렇기에 기교주의 논쟁의 검토는 박용철 연구를 총망라하는 본서에서 간과되어선 안 될 부분이라 생각된다. 기교주의 논쟁의 대략적인 이해와 논쟁의 문학사적 의의를 규명하는 것은 박용철 연구에 한 챕터를 담당할 수 있을 것이라 기대한다.

2. 기교주의 논쟁의 배경과 전개과정

임화·김기림·박용철은 각각 「노풍(蘆風) 시평에 항의함」(조선일보, 1930.5.15~19)과 「시인과 시인의 개념」(조선일보, 1930.7.24~30), 「시문학 창간에 대하여」(조선일보, 1930.3.2)에서 각자의 시론을 시작하였다. 시기상으로 세 이론가의 출발 시기가 거의 비슷하다는 것을 확인 할 수 있다. 이후 세 명의 이론가는 각각 카프 계열의 시를 중심으로 한 리얼리즘 시론,

이미지시를 중심으로 한 모더니즘 시론, 시문학파를 중심으로 한 순수 시론을 전개하면서 본인들의 시론을 전개해 나갔다. 당시 각각의 문단을 대표하는 세 이론가는 본인들만의 독자적 세력을 확보해 나간다. 먼저 기교주의 논쟁 이전의 세 이론가의 상황[8]을 대략적으로 살펴보자.

① **김기림의 상황** : 김기림이 주장했던 모더니즘 시론의 완성은 「오전의 시론」(조선일보, 1935. 4.20~5.12)에서 그 윤곽이 드러나기 시작한다. 그 내용을 살펴보면 먼저 그는, 무절제한 감정주의와 특정한 사상을 중시한 내용주의를 비판한다. 그것에 대한 대안으로 지성에 의해 절제된 언어로 제작되는 문학이라는 주지적 방법을 제안한다. 근대 기술 문명의 발달로 인해 변화된 역사적 상황에 대한 대응의 방법으로 단순한 창작 기술의 문제에만 한정되는 것이 아니라 그 속에 문명 비판의 정신을 포함시켜 근대적 감각의 시를 모색하고자 했던 것이다. 이러한 그의 주장은 모더니즘 계열의 신진 시인들에게 지대한 영향을 끼치면서 30년대 문단의 한 축으로 성장하였다. 그러나 모더니즘 수용의 과정에서 특유의 경박성, 난해성 등의 이유로 문제점을 도출되면서 김기림 스스로 자신의 방법론에 대한 반성을 시작한다.

② **임화의 상황** : 1930년대 초반은 프로시 진영의 위기라 할 수 있는 시기였다. 카프의 1차 검거로 인해 그동안 고수해온 볼셰비키화의 방침을 이어나가기 힘들었고 지나친 사상성의 강조는 작품의 경직화·고정화로 이어졌다. 이에 진영 내부에서 스스로 반성의 목소리가 일어나기

8) 이미경, 앞의 글, 251~253쪽.
권영민, 『한국현대문학사1』, 민음사, 2010, 547~555쪽, 참조.

시작했던 시기가 1930년대였다. 프로시를 대표하던 임화도 이러한 위기를 타파하기 위해 새로운 모색을 꾀하였다. 또한 문단에 새롭게 등장하여 세력을 확장하고 있던 모더니즘 계열을 견제하고 리얼리즘 시론을 고수 해 나가기 위해 새로운 방향성을 제시하려 끊임없이 고민하던 시기이다.

③ **박용철의 상황** : 1930년대의 시가 보여준 새로운 가능성 중에 하나는 20년대부터 시단을 장악하고 있던 정치성으로부터의 탈피와 함께 시의 순수성을 지향했다는 점이다. 박용철은 『시문학』 창간과 함께 시적 언어에 대한 감수성을 바탕으로 순수 서정을 구현하고자 하였다. 그는 나름의 시적 순수와 서정의 의미를 규정하면서 시의 순수 경향을 주도한다. 그의 초기 시론은 이론의 협소함으로 인해 존재론적 시관이나 낭만주의적 정서주의에 머물러 있다고 평가를 많이 받지만 하우스만의 시론을 받아들이면서 그 소박성에서 점차 벗어나게 된다. 하우스만 시론의 특성은 시작의 진통과 변용을 강조하는 반지성주의적 창작론과 시의 내용성 강조에 대한 배격을 지적할 수 있는데 박용철의 시론도 이의 연장선상에 있었다. 시 창작에 있어서 기교와 주지적 태도를 강조한 김기림의 모더니즘과 현실반영을 강조한 임화의 리얼리즘계열과는 대척점에 있다고 할 수 있었다. 그는 김영랑을 조선 최고의 시인으로 여기고 경박한 기교를 벗어난 정서론적 순수시를 지향하였다.

위와 같이 각 문단을 대표하며 독자적인 시론을 전개하던 세 이론가는 기교주의 논쟁을 계기로 대립하게 된다. 기교주의 논쟁의 흐름과 논쟁을 통한 그들의 주장에 대해서 알아보면,[9]

이론가	평론	비판(반박)의 대상
① 김기림	「시에 있어서의 기교주의의 반성과 발전」(조선일보, 1935. 2.10~14)	프로시
② 임화	「담천하의 시단 1년」(『신동아』, 1935.12)	김기림의 기교주의
③ 박용철	「을해시단 총평」(동아일보, 1935.12.24~12.28)	임화
④ 김기림	「시인으로서의 현실에의 적극 관심」(조선일보, 1936.1.1~1.6)	임화
⑤ 임화	「기교파와 조선시단」(중앙, 1936.2)	김기림·박용철
⑥ 박용철	「기교주의 설의 허망」(동아일보, 1936.3.18~3.25)	임화·김기림

① 김기림 : 한 개의 학설이나 사상이 그대로 시가 될 수 있는 것처럼 생각하는 지극히 간단한 신념에 기인한 관념주의는 배격되어야만 한다. 그런 면에 있어서 프로시는 비판의 여지가 있다.

② 임화 : 김기림은 시적 내용에 대하여 시적 기교를 우위에 두고 있다. 허나 이는 현실 상황에 대한 관심의 회피자로서 현실이나 자연의 단편에 대한 감각만 있으며 이런 결과로 현실이나 자연에 대하여 단순한 관조의 냉철 이상을 표현하지 않았다. 1930년대 초에서 중반까지 조선 시단의 경향을 나누어 살펴보면 복고주의와 기교파, 프로시로 나눌 수 있다. 김억, 요한, 파인, 월탄 등의 시에 나타난 복고주의적 경향은 보수적 낭만주의 내지 과거에 대한 낭만적 감상의 민족사상일뿐이다. 다음으로 김기림, 정지용, 신석정은 대표적인 기교파 시인으로 지목할 수 있다. 이들은 시의 내용과 사상 보다 시적 기교를 우선시하고 현실과 생활에 대한 관심을 회피하는 예술지상주의자들이라 비판 할 수 있

9) 본고의 참고문헌을 참조・정리.

다. 1930년대 들어 기교파들이 갑작스럽게 융성하게 된 원인은 일제의 탄압에 의해 프로시가 위축되었기 때문이다.

③ **박용철** : 임화의 기교파 비판은 문단 헤게모니의 관점에서 나온 것이다. 임화와 김기림은 모두 시의 본질을 이해하지 못하고 있는 것 같다. 임화가 기교주의라고 함께 내몰았던 김기림과 나는 다르다. 당대의 모더니즘은 새로운 것을 추구하는 것에 매달리며 경박성을 띠고 있다. 김기림 등의 시는 '의식적으로 제작되는 것'임에 비해 우리들은 전생리에 있어 이미 선인과 같지 않기에 새롭게 시를 쓰고 따로 할 말이 있기에 새로이 시를 쓴다. 전생리라는 말은 육체, 지성, 감정, 감흥 기타의 종합을 말한다. 김기림의 모더니즘이 주장하는 것이 주지적 시관이라면 우리 시문학파는 '생리적 시관'으로써 문학의 순수성과 진지성을 강조한다.

또한 임화 등이 주장하는 계급 문학의 시는 시가 아니라 '변설(辨說)'이다. 시란 '특이한 체험이 절정에 달한 순간의 시인을 꽃이나 돌맹이로 정착시키는 것 같은 언어 최고의 기능을 발휘하는 길'이다. 따라서 어떤 이념적 내용을 담고자 창작되는 시는 더 이상 시가 아닌 '변설'이다.

임화는 "시인은 시대현실의 본질이나 그 각각의 세세한 전이의 가장 민첩하고 정확한 인지자 이어야 한다"고 주장하는데, 막연한 현실을 논의하는 것 보다는 그 시대현실을 체험하는 한 개인이 자기의 피를 가지고 느낀 것, 가슴 가운데 뭉쳐있는 하나의 덩어리를 표현하는 것이 중요하다. 임화가 강조하는 시대현실보다는 인간자체의 특이하고 절실한 감정자체, 즉 시인의 '생리'가 중요하다. 그리하여 이런 특이하고도 절실한 감정을 위해서는 산문적이고 일상적인 언어가 아닌 새로운 언어기술이 필요하고 이 점에서 언어기술의 가치를 인정할 수 있다.

④ **김기림** : 임화가 나를 기교파로 분류되어 비판 한 것과 당대 시단의 주류를 이루고 있던 기교주의시들이 현실 도피적 태도를 나타내고 있음은 어느 정도 인정하고 공감이 가는 바이다. 나 역시도 「시에 있어서의 기교주의의 반성과 발전」에서 기교주의에 대한 반성과 비판의 목소리를 낸 적이 있다. 서구 근대시의 역사적 발전과정에서 등장한 기교주의, 예를 들면 상징주의 시, 형태시, 아방가르드 시들은 이들이 지닌 기술편향적인 태도에서 벗어나야 한다. 여기에 대한 대응으로 나는 기술적 가치와 인간적 가치를 종합한 '전체로서의 시'로 나아가야 한다고 주장한바 있다. 다시 한 번 '내용과 기교를 통일한 전체로서의 시'의 필요성을 다시 주장하는 바이다. 더불어 민족문화의 건설과 유지를 위해 조선말의 중요성을 인지하여야 한다. 조선말의 앞날은 조선 문학마저를 포함한 조선 문학 전반의 운명과 일치한다. 민족어에 대한 관심은 문학인으로서 할 수 있는 문학과 시대정신의 결합이다.

⑤ **임화** : 박용철과 김기림의 반론은 시에 대한 근본 입장의 차이에서 기인하는 것이다. 김기림이 기교주의를 반성하고 상당히 명확한 현실적 자각에 도달한 것에 대해서는 환영하는 바이다. 그러나 그의 전체시론이 내용과 형식의 등가적 균형론에 기초한 형식 논리적 결합을 시도하고 있는 점은 아쉬움이 남는다. 박용철을 포함한 당대의 순수시 계열은 보수적 기교주의라 할 수 있다. 이들의 시와 시론은 생활과 유리된 영감설과 신비주의에 빠져 있다. 김기림을 중심으로 한 모더니즘 계열을 정통적 기교파로, 박용철을 포함한 순수시 계열을 보수적 기교파로 분리할 수 있다.

⑥ **박용철** : 임화가 김기림과 본인을 동일하게 기교파로 분류하는 것에 대해서 문제를 제기한다. 김기림의 모더니즘과 자신의 순수시는 시에 대한 근본 입장에서 서로 대립되는 것임을 분명하게 밝힌다. 더불어 기교는 더 이론적인 술어(述語)인 기술로 환치되는 것이 정당할 것이다. '기술'이란 목적에 도달하는 도정이다. 표현을 달성하기 위하여 매재를 구사하는 능력이다. 이 기술에 앞서는 내용적 요소(영감, 영혼, 덩어리)가 중요하다. 그렇기에 나는 기교론자이기 보다는 내용 중시론자라고 할 수 있다. 내용적 요소는 시창작의 출발이고 시의 완성은 기술, 즉 언어 표현의 문제이다. 임화의 내용우위론보다는 언어의 중요성을 강조하는 바이다. 임화에게는 중요한 변설(시의 이념적 내용)이 시의 본원적 요소가 아니라 언어를 통하여 '변설'은 '변설이상'이 되어야 한다. 이런 점에서 경박한 수단 혹은 실험도구로서의 기교를 구사하고 거기에서 문학의 목적을 찾는 김기림도 비판의 대상이 될 수 있다.

이렇게 하여 기교주의 논쟁은 원래의 논쟁 당사자였던 '임화 대(對) 김기림'에서 '임화 대(對) 박용철' 간의 논쟁으로 확산되었고 특히 박용철의 「기교주의설의 허망」은 임화보다는 김기림을 주 공격대상으로 있어서 '박용철 對 김기림'의 논쟁을 예고했지만 침묵하는 김기림의 태도로 이 논쟁은 이뤄지지 않는다. 이 침묵으로 인해 서로간의 반론이 이루어지지 않음으로써 기교주의 논쟁은 끝나게 된다.

3. 논쟁, 그 이후 : 박용철의 결실

기교주의 논쟁은 주지했듯이 세 이론가에게 자신들의 이론을 발전시킬 수 있는 계기가 되었다는 점에서 단순한 의견 다툼으로 논쟁의 성격을 규정하기에는 무리가 있다. 논쟁의 의의를 더욱 강화하기 위해서 기교주의 논쟁 그 이후의 과정을 살펴보는 작업이 필수적일 것이다. 기교주의 논쟁을 거치며 임화와 김기림은 각자 자신들이 제기한 문제의 해결을 모색한다. 임화는 자신의 시론에 따라 『현해탄』(1938)을 출판했고 김기림은 자신이 제기한 '전체시론'의 새로운 돌파구로 학문적 모색의 방법을 택했다.

박용철 또한 본인의 이론과 대척점에 놓여 있던 김기림과 임화와의 논쟁은 순수서정시론을 완성 시키는데 지대한 영향을 끼쳤다. 박용철은 「시적 변용에 대해서」에서 밝혔듯이 선시적인 차원에서의 시작과정은 신이 천지를 창조하고, 인간이 생명을 잉태하고 낳는 일과 같은 선상에 있다고 보고 있다. 이는 과학적·지도적 차원에서 창작방법론을 전개해온 프로시 진영과 비교할 때 명확한 순수서정시의 방향성을 제시하고 있는 것이다. 또한 과학정신, 과학주의, 과학적 세계관을 예술적 영역에까지 강조하던 김기림에 맞서서도 합리와 이성, 과학과 실험으로 해결될 수 없는 시인의 창작과정을 유기체의 관점에서 맞서 순수서정시의 본질을 규정하고자 했다.

또한 시를 하나의 방법적인 존재로 간주하고 목적성을 강조했던 당시 문단의 분위기에 대응하여 하나의 독립적인 존재로 시를 상정하였다. 시는 목적과 시대에 종속된 양식이 아니라 어느 것도 간섭할 수 없고 어느 것에도 종속되지 않는 독자적이며 자족적인 실체로 상정하였다. 창작의 주체인 시인에게 제2의 창조자와 같은 자격을 부여한 것처럼, 그는 시인이 창조한 시의 자리도 높은 곳이라고 생각하였다. “임화와의 논쟁은 시의 지위와 자존심을 확립시키고 시의 위치를 높은 곳으로 들어올리기 위한 노력의 하나”[10]로 이해할 수 있다.

또한 박용철은 시의 기능으로, 직접적으로 사회에 영향을 미치는 것이 아니라 간접적으로 사회에 영향을 미쳐야 한다는 결론을 내린다. “시라고 하는 것은 다른 문제 행위와 달라서 시인이 독자에게 생경한 메시지를 전달하거나 강요하여 그의 이성적 판단행위와 사고 행위에 영향을 미치는 기능을 갖고 있는 것이 아니라, 단순히 메시지 그 자체를 지향함으로써 메시지의 설복적 기능 이상의 것을 행한다는 것”[11]이 박용철의 주장이다. 이는 임화의 시론에 대한 반박에 대한 결실이라 할 수 있다. 시의 본질이 무엇인가를 다시 한 번 정립하면서 시가 가지고 있는 고유한 기능을 제시할 수 있게 된 것이다.

그리하여 비록 시론으로서의 구체성과 체계성을 완벽하게 갖추지는 못했지만 박용철의 시론은 근대적 서정시론의 태동으로 볼 수 있다. 이는 이후의 생명파의 시론, 청록파의 시론 등에 영향을 끼치며 우리 현대시사의 중요한 흐름으로 이어진다. 기교주의 논쟁을 통한 박용철의 결실을 돌아볼 때 본인의 시론을 뒷받침 할 수 있는 시 창작의 단계까지 나아갈 수 있었는지에 대해서는 논쟁의 여지가 있는 부분이지만, 순수 서정시론의 기틀을 잡았다는 사실에는 이의가 없을 것 같다.

10) 정효구, 「1930년대 순수서정시 운동의 시대적 의미」, 『한국현대시사의 쟁점』, 시와시학사, 1991, 291쪽.

11) 같은 글, 293쪽.

4. 기교주의 논쟁 연구의 새로운 가능성 모색

4.1. 문단의 헤게모니 쟁탈에 대한 문제

기교주의 논쟁은 위의 전개과정에서 볼 수 있듯이 임화, 김기림, 박용철 세 명이 각자의 진영-프로시, 모더니즘시, 프로시-을 대표하는 논객으로서 30년대 시단 내에서 각자의 입지점을 확보하기 위한 문단의 헤게모니 장악의 투쟁으로 해석할 수 있다. 세 명의 이론가는 본인들의 이론을 주장하고 앞세운 것뿐만 아니라 그들이 대표하고 있는 진영의 이론을 대변하고 있는 것이다. 기교주의 논쟁의 배경에는 "상당한 심리적 저변과 문화적 헤게모니 쟁투를 위한 전략적 담론 문맥들이 깃들어 작용해 있음"[12]을 확인 할 수 있다. 기교주의 논쟁은 본인들의 시론을 강화하고 다른 이론들과의 우위성을 주장하면서 이 시대 문단의 헤게모니를 장악하기 위한 세 이론가의 경쟁이 그 기저에 내포되어 있는 것이다.

기교주의 논쟁에 대한 그동안의 연구에서 이러한 인식들은 어느 정도 합의를 이룬 상태이다. 당시 문단의 상황을 기교주의 논쟁의 배경으로 인식하고는 있지만 논의의 발전 가능성이 발견될 수 있는 지점은 충분하다. 당시 문단 상황에 대한 심도 있는 분석과, 문단간의 이해관계, 논쟁의 전후관계와 논쟁의 담론 사이의 상관관계를 더욱더 정밀하게 탐색한다면 새로운 의미를 발견해 낼 수 있지 않을까 생각된다.

이 시기 김기림은 독자적인 시론 모색과 개척에 나서고 있었다. 그 모색의 자취가 '오전의 시론'과 '전체시론'으로 어느 정도 윤곽이 드러

12) 한형구, 앞의 논문, 235쪽.

나고 있던 시기였다. 모색의 산물이라 할 수 있는 「시에 있어서의 기교주의의 반성과 발전」이라는 논고를 임화는 반박하고 있는 것이다. 임화는 '기교주의'라는 것이 전대의 '예술지상주의'의 허물을 벗지 못한 것으로 진정으로 시적 진보를 관철하기 위해서는 '문명비평'이라는 허울에 만족할 것이 아니라, 진보적 시의 진영, 곧 임화로 대표되는 프로시의 진영에 합류해야 할 것을 주장한다. 당시 문단의 상황을 앞 장에서 살펴보았듯이 당시 프로시 진영은 내부적 진통을 겪음과 동시에 새롭게 떠오르던 모더니즘 계열을 견제해야 했다. 임화의 주장은 곧 프로시 계열의 생존의 문제와 직결되는 것이다. 김기림을 비판하는 것은 프로시의 우위성을 강조하고 당위성을 확보하고자 하는 움직임으로 해석할 수 있으며 이는 당시 문단의 상황과 함께 고려해야 그 이면이 더욱 명확해 진다.

여기서 주목할 점은 이러한 반박에 김기림은 적극 반박하지 않고 임화의 의견을 어느 정도 수긍하는 태도로 논란을 접고 있다는 사실이다. 이러한 사실 또한 그 이면을 살펴보면 새로운 의미 발견이 가능한 지점이 엿보인다. 이미 기술편향적인 기교에 중점을 둔 모더니즘계열의 시는 비판받고 반성하는 단계에 이른 시점이었다. 그리고 그것에 대한 대응책으로 현실인식을 놓쳐서는 안된다는 '전체 시론'을 주장하기 시작한다. 그러나 아직까지 김기림에게 이 문제는 완전하게 해결되지 못한 상태였다. 본인의 이론이 아직까지는 과도기적 단계였기 때문에 임화의 의견을 어느 정도 수용하는 모습을 보인 것이다. 다시 말하면, 김기림은 문단에서의 모더니즘계열 시의 우위와 위상을 유지하기 위해 논쟁 중에 낮은 자세로 전환한 것이다.

이미 모더니즘에 대한 반성으로 자신의 입지점이 흔들리고 있던 김기림으로서는 논쟁을 계속하기에는 부담감은 높아지고 자신감은 떨어져 있었을 것이다. 혹은 "「기교주의에 대한 반성」에서 밝혔듯 순수시(박용철), 형태시(모더니즘), 시대정신(임화)의 결합으로 이루어진 전체로서의 시를 주장한 그에게 이 논쟁은 소모적으로 여겨"[13] 더 이상의 논쟁은 무의미하다 판단했을 가능성도 있다.

김기림이 '전체시론'이라는 이름으로 임화의 비판에 어느 정도 낮은 자세로 일관한 것에 반해 박용철은 매우 단호한 입장을 취하였다. 이러한 입장을 취한 가장 큰 이유는 정지용 시에 대한 비평의 문제였다. 당대 비평의 구체적인 논제로서 정지용 시에 대한 평가의 문제가 화두로 떠올랐던 시기이다. 정지용은 '시문학파'의 일원으로 활동했지만 김기림과 함께 '구인회'를 대표하는 시인이기도 했기 때문이다. 정지용 시의 평가로 논쟁의 초점이 옮겨 간 이후 김기림으로서는 조심스러워질 수 밖에 없는 상황이 된 것이다. 정지용과는 '구인회'라는 교집합이 성립되어 있었기 때문이다.

반면에 정지용 시를 비판하고 나선 임화의 입장에서는 사상성이 없는 기교만이 남는 시는 알맹이가 없는 시라는 프로시의 이념에 충실하고 이를 비판함으로써 프로시단의 입지를 확보하고자 한 것이다. 카프 해체 이후 많은 맹원들이 전향선언을 하는 가운데서도 그는 프로문학의 대변자로서 위기의식을 갖고 이를 타개해 나가고자 자신의 논리를 굴하지 않고 전개해 나간 것이다.

임화가 박용철의 반박에 더 이상 반론을 제기하지 않은 이유 또한 프로시단의 패배를 시인하고자 한 것은 아니었다. 이미 임화는 리얼리즘의 구현형태로서 서사양식이 가장 적절하다는 것을 익히 인지하기 시작했고 새로운 프로시의 방향성을 제시하기 시작한 시점이었다. 이

13) 이미경, 앞의 글, 264쪽.

렇듯 기교주의 논쟁의 이면에는 각자의 이론만을 무조건적으로 내세우기 보다는 문단에서의 우위를 점하고자 하는 각 시단의 입장과 이해관계가 내포되어 있다. 논쟁의 이면에 숨겨져 있는 담론과 문단의 상황들을 체계적으로 분석하고 논쟁과의 상관관계를 면밀하게 파악할 수 있다면 새로운 의미를 발견해 낼 수 있을 것이라 기대한다.

4.2. 한국비평계의 근대성에 대한 문제

한국 문단에서 근대성에 관한 문제는 많은 연구 성과를 남김과 동시에 고민의 여지를 남겨 두었다. 3·1운동 이후, '근대성'이라는 새로운 문학적 기운이 점차 확산되고 차차 정돈되어 나름의 문학적 경향이 정립되어 갔다. 이 시기에 개인과 현실의 발견－현실을 진단할 수 있는 주체적이고 근대적 자아－이라는 근대적 문학성이 확립되어 갔으며 우리 문단에서 근대성의 출발을 이 시기로 설정하는 것이 일반적이다. 이러한 설정 아래에서 한국 소설과 시에 나타난 근대성을 탐구하는 연구는 많은 성과를 거두었다. 그렇다면 소설과 시가 아닌 한국 문단의 비평에 있어서의 근대성에 대한 탐구는 어느 지점에서 시작되어야 할까?

대부분의 연구자들은 1920년대 초 김환의 소설 <자연의 자각>을 두고 벌인 염상섭－김동인의 비평 논쟁을 근대 문예 비평사의 출발로 보고 있다. 둘의 비평 논쟁은 근대적 의미의 공공영역(신문, 잡지의 지면)을 무대로, 실제적인 작품 평가를 두고 전형적인 대립 양상을 빚은 문학적 논쟁이었다. 이를 통해서 "창조파와 폐허파를 중심으로 한 근대적인 문단이 형성되고 또 이를 통해서 비평에 대한 자의식적 인식이 구체적으로 정립되었다. 근대 비평의 '제도화'라는 관점에서 볼 때, 이 사건만큼 엄숙하게 근대적 문예비평의 사회적 성립 양상을 구체적으로 특화시켜 보여준 사건은 달리 없었다"[14]고 평가 받고 있는 것이 염상섭-김동인의 비평 논쟁이다.

그러나 염상섭과 김동인의 비평 논쟁의 내면을 살펴볼 때 완전하게 근대성을 발현시켰는가에 대한 의구심은 감출 수 없다. 이 논쟁을 통해 한국 비평계의 근대성의 시발점을 논의 할 수 있는 가에 대한 문제제기가 가능하다. 논쟁의 발단이 되었던 김환의 소설에 대해서 두 이론가는 비평의 성격이 다르다고 판단된다. 근대적 의미의 공공영역을 자각했다는 점을 들어 근대성이 태동하였다는 논의도 있지만 염상섭에 비해 김동인은 아직까지 근대적 문단에 대한 이해가 부족하다 생각된다.

김동인은 아무런 친분이 없던 염상섭이 본인의 동인인 김환을 비난한 것을 매우 못마땅하게 여긴 듯 했다. 자신의 공간에 이질적인 사람이 들어와 그의 작품을 비난하는 것은 옳지 못하다고 생각했다. 그러나 염상섭은 김동인과 김환과는 친분이 없지만 그에게는 하나의 '문학장'을 형성하는 근대적 인식이 자리 잡고 있었다. 염상섭은 작가의 문학행위를 공적 영역이라고 주장하고, 이를 『동아일보』 지상에서 천명하고 있다는 것은 그가 이미 문단이라는 영역을 상정하고 있다는 것을 의미한다. 이 공간 속에서 문단과 매체는 선명하게 공적인 것으로 드러났다 할 수 있다. 염상섭은 이미 이러한 근대적 공간 속에 존재하고 있었지만, 김동인의 태도를 통해 그에게는 이러한 인식이 조금 부족하다는 것을 엿 볼 수[15] 있다.

---

14) 한형구, 앞의 글, 226~227쪽.

15) 물론 염상섭-김동인의 비평논쟁에 대한 문제제기는 조금 더 정치한 당시 문단의 상황 검토·담론 분석·'근대성'에 대한 이론적 근거가 필요할 것이라 판단된다. 본고에서는 가능성을 엿보는 수준에 머물러 소박한 논의를 제시하는 수준에 그치고 있다.

이들에 비해 기교주의 논쟁의 세 이론가는 비평의 근대성을 발전시켰다고 할 여지가 충분 해 보인다. 세 이론가는 본인들의 가치나 위상에 대해 독자적인 확보를 시도하였으며 '주체'의 문제에서도 비평가의 '주체'를 확고히 하였다. 또한 비평이 문학의 '주체'로 등장한 것도 이들에게서 근대성의 여지를 찾아 볼 수 있는 근거가 될 수 있다. 경향시를 대표한 임화의 시론, 모더니즘 시파를 대표한 김기림의 시론, 순수시를 대표한 박용철의 시론은 논쟁 중에 자신의 정체성을 드러냈다. 시론의 정체성은 시론 자체만으로는 개성이 잘 드러나지 않는다. 오히려 타자와의 논쟁을 통해서 자기 정체성이 인식되고 강화된다. 근대적 주체의 발견과 자각이라는 표어 아래 자신의 개성과 가치관을 나타내는 것은 근대적 요소의 기본토대라 상정된다. 박용철·임화·김기림의 비평은 이러한 요소를 지니고 있으며 주체의 자기 정체성을 인식하는 작업이라 생각된다.

결과론적으로 이들을 통해 근대적인 문단이 정돈 되어 갔으며, 하나의 균질적인 공간으로서의 문단과 비평가로서의 '주체'라는 것이 확고해졌다. 근대적 비평, 더 나아가서는 근대적 문학이라는 것의 자리를 만들고 그것을 공적인 것으로 확립한 데 결정적인 기여를 했다고 할 수 있는 것이다. 가치나 위상에 대한 독자적인 확보를 통한 근대성의 발현, 비평가의 '주체'의 확립, 비평이 문학의 '주체'로 전면적으로 등장하였다는 점에서 한국 비평계의 근대성의 문제에 대해서 생각해 볼 여지를 준다. 또한 근대 소설의 언어·근대 시의 언어와는 다른 근대적 비평의 언어를 논쟁에서 발견해 낼 수 있다면 기교주의 논쟁의 새로운 연구 방향으로 제시 할 수 있을 것이라 생각된다.

✪ 참고문헌

김시태, 「기교주의 논쟁고」, 『현대시연구』, 백문사, 1984.

김용직, 『한국현대시연구』, 일지사, 1974.

김윤식, 『한국근대문예 비평사 연구』, 일지사, 1981.

김태석, 「기교주의 논쟁 발단에 담긴 내포적 의미 : 시론사적 측면에서」, 『국어학논집』 17집, 단국대학교 국어국문학과, 2000.

서준섭, 『한국모더니즘문학 연구』, 일지사, 1988.

심선옥, 「기교주의 논쟁을 통해 본 1930년대 시에서 근대성의 탐구」, 『기전어문학』 10집, 수원대학교 국어국문학회, 1996.

여태천, 「미적근대성과 언어」, 『어문연구』 53집, 어문연구학회, 2007.

오형엽, 「1930년대 기교주의 논쟁 연구」, 『어문집』 23집, 수원대학교, 2005.

윤여탁, 「1930년대 기교주의 논쟁의 전개와 그 의미」, 『한국국어교육연구회 논문집』 52집, 한국어교육학회, 1994.

이미경, 「1930년대 <기교주의 논쟁>의 전개양상과 그 의미」, 『어문학』 67집, 한국어문학회, 1999.

정효구, 「1930년대 순수서정시 운동의 시대적 의미」, 『한국현대시사의 쟁점』, 시와시학사, 1991,

한계전, 「하우스만 시론의 수용과 순수시론」, 『한국현대시론연구』, 일지사, 1983.

한형구, 「30년대 문단 재편과 시론의 비평적 전개-'기교주의 논쟁 재음미'」, 『한국현대문학연구』 17집, 한국현대문학회, 2005.

| 정다운 |

박용철 연구의 어제, 오늘 그리고 내일
—주제어로 보는 박용철 연구 양상과 과제

1. 머리말

우리는 인터넷으로 모든 정보를 손쉽게 얻을 수 있는, 정보의 데이터베이스화가 공고화된 21세기에서 살고 있다. 누구든지 인터넷 검색창에 '박용철'이라는 세 글자만 입력하면 어렵지 않게 '한국의 시인'이라는 검색어를 획득할 수 있다. 하지만 이렇게 호명된 '한국의 시인'이라는 명칭이 과연 박용철의 모든 것을 설명해 줄 수 있는지에 대해서는 명쾌하게 답을 내리기 어렵다. '한국의 시인'이라는 명칭 옆에 붙은 '문학평론가, 번역가로도 활동했다'라는 부연 역시, 박용철의 문학정체성을 드러내기에 부족해 보인다.

용아 박용철(龍兒 朴龍喆, 1904~1938)은 전라남도 광산군(현 광주광역시)에서 출생하여, 배재고등보통학교를 거쳐 일본 도쿄 아오야마학원과 연희전문에서 수학하였다. 일본 유학 중 시인 김영랑과 교류하며 1930년 『시문학』을 함께 창간하여 문단에 등장하였고, 1931년 『월간문학』, 1934년 『문학』을 창간하며 순수문학 계열에서 활동하였다. 대표작 「떠나가는 배」 등의 시작품은 초기에 많이 발표하였고, 이후로는 주로 극예술연구회의 회원으로 활동하면서 해외 시와 희곡을 번역하고 평론을 발표하는 방향으로 관심을 돌렸다. 즉, 박용철은 한국의 '시인이자, 비평가, 번역가, 문예지 편집인 등' 다방면으로 문학활동을 전개해 나간 것이다. 하지만 그의 다채로운 문학적 생애는 후세 연구자들의 연구에서 균형있게 다루어지고 있지 않다. 박용철을 주제로 하는 지금까지의 연구들은 어느 한 쪽으로 천착되어 있는 것으로 보인다. 이러한 연구의 불균형은 '한국의 시인'이라는 데이터베이스화의 결과물을 박용철 문학정체성의 전부로 수용하게 만드는 오류를 범하게 한다.

이 글의 목적은 박용철의 문학과 문학활동을 중심으로 진행된 그동안의 연구 성과를 주제어 중심으로 검토하고, 이를 바탕으로 앞으로의 연구 방향을 제시하는 데 있다. 이는 박용철을 연구의 중심에 둔 학위논문 및 학술지논문들을 살펴본 후, 현재 박용철 연구 성과의 위치를 조망하고 앞으로 나아가야할 연구 방향을 제시하는 것으로 구체화하고자한다. 박용철 연구의 어제와 오늘을 살펴보는 작업은 앞으로의 박용철 연구의 새로운 시야를 제시하고, 그동안 저평가되어 온 박용철의 위상을 높이는 내일의 연구에 긍정적인 영향을 미칠 것으로 기대된다.

2. 학위논문에서의 연구 양상

박용철의 문학적 생애는 그의 유고집 『박용철 전집』과 주변 사람들의 증언을 통하여 단편적으로 전해져오고 있다. 그들을 통해 증언되는 박용철의 9년간의 문예활동은 『시문학』이 창간된 1930년을 기점으로 주로 다음과 같이 정리되어진다.

첫째, 박용철은 100여 편에 달하는 '시, 시조, 한시' 등의 왕성한 시작 활동을 하였고, 시조와 한시를 옹호해야 할 민족문학으로 수용하는 문학적 태도를 지녔으며, 시어의 조탁과 아름다운 우리말의 발견에 앞장섰다. 둘째, 『시문학』(통권3호), 『문예월간』(통권4호), 『문학』(통권 3호)을 비롯하여 극예술연구회의 기관지 『극예술』(통권 5호)발행과 이하윤의 번역시집 등을 발행하여 '정지용, 김영랑, 이하윤 등'의 활동무대를 제공하고, '김현구, 신석정'을 비롯한 신인작가들에게 문호를 개방하여 문학의 저변을 확대시켰다. 셋째, 시론의 정립과 왕성한 비평 활동으로 1920년대의 한국 문단의 두 흐름의 폐단으로 본, 즉 민족주의 문학의 한계성과 신경향파의 계급주의 문학관을 극복한 순수시 옹호에 나섰다. 넷째, 탁월한 외국어 능력으로 300여 편의 시와 5편의 희곡을 포함하여 방대한 양의 영·독·불·중·일시와 산문을 번역하여 독자에게 제공하였다. 다섯째, 극예술연구회의 사업 간사로서 공연자금을 마련하고 공연대본을 번역하였으며 셰익스피어의 「베니스의 상인」과 유치진의 「버드나무 선 마을의 풍경」에서는 직접 출연도 하고, 기관지 ≪극예술≫을 발행하여 한국 현대극 발전에 기여한 점을 들 수 있다. 특히, 극예술연구회가 박용철이 1938년 35세의 나이로 타계하자마자 그 이름이 '극연좌'로 바뀌고, 기관지 ≪극예술≫이 타블로이드판 신문 형식으로 제6호가 한 번 나오고서는 끝났다는 사실만으로도, 극예술연구회 안에서의 그의 역할이 얼마나 컸는지를 가늠할 수 있다.[1]

1) 임영무, 「나의 기억 속에 새겨진 용아 박용철의 초상」, 『시문학파의 표층과 심층』,

이처럼 다채로운 박용철의 문학적 생애를 전제로, 그동안 축적되어 온 박용철의 문학활동에 관한 연구성과를 주제어를 중심으로, 학위논문과 학술지논문으로 나누어 살펴보고자 한다. 학위논문에서의 연구 양상은 2장에서, 학술지논문에서의 연구 양상은 3장에서 살펴본다.

박용철을 주제로 한 학위논문은 박사학위논문 4편, 석사학위논문 18편, 총 22편이다. 학위논문이 연구주제를 종합적이고 체계적으로 조망한다는 특성을 염두했을 때, 박용철 연구를 주제로 한 학위논문을 살펴보는 것은 지금까지 진행되어 온 박용철 연구의 연구사를 종합적으로 조망할 수 있는 지점을 제시해주는 데 유용할 것이다. 먼저, 박용철 연구를 주제로 한 박사학위논문 4편[2]의 주요 연구 내용을 살펴보면 다음과 같다.

김효중은 박용철의 하이네시 번역과 그 수용 과정에 주목하고 있다. 하이네시의 이입 양상을 시대별로 나누어 정리하고, 하이네시의 문학적 특징이 박용철의 창작시에 영향을 미치었음을 밝히고 있다. 특히, 박용철의 번역 작품을 선정하는 목적 등의 번역 태도를 살피고, 번역시와 원시의 대조 작업을 통하여 박용철의 번역이 또 다른 문학창작 활

강진군시문학파기념관, 2012, 77~78쪽 참고. "용아가 이러한 왕성한 문예운동을 할 수 있었던 배후에는 부친 박하준 공의 후원이 있었기 때문인데 공은 약 5천석을 추수하는 대지주에다 호남은행을 설립에 참여하고 감사역을 맡은 대주주였다." (임영무, 같은 책, 78쪽.)

2) 김효중, 「박용철의 하이네시 번역과 수용에 관한 연구 : 박용철의 창작시와 한국문단에 미친 영향을 주로하여」, 영남대학교 박사학위논문, 1986.
오형엽, 「1930년대 시론의 구조적 연구 : 김기림 · 임화 · 박용철을 중심으로」, 고려대학교 박사학위논문, 1998.
염 철, 「김기림과 박용철의 시론 대비 연구 : 주체 인식 양상을 중심으로」, 중앙대학교 박사학위논문, 2004.
박남희, 「한국현대시의 유기체적 상상력 연구 : 박용철, 정지용, 조지훈을 중심으로」, 고려대학교 박사학위논문, 2009.

동이었음을 설명하고 있다.

오형엽은 1930년대의 시론의 구조를 '김기림과 임화, 박용철'을 중심으로 분석하였다. 이 글에서는 소위 1930년대 '기교주의 논쟁' 당사자들의 시론 전개 과정 비교를 통하여, 시에 대한 관점과 이론을 체계화할 수 있었다는 점을 역설하고 있다. 그리고 한국 근대시론의 전개과정에서 '모더니즘 시론, 리얼리즘 시론, 유미주의 시론'이 어떻게 정립되었고, 이후 현대시론으로 전개되어가는 지를 분석하고 있다.

염철은 김기림과 박용철의 시론에 나타난 주체 인식의 양상을 검토하며, 현대시가 나아가야 할 새로운 방향을 모색하고 있다. 연구의 방향은 1930년대 시론의 방향을 박용철을 중심으로 하는 순수시론, 김기림을 중심으로 하는 주지주의 시론, 임화를 중심으로 하는 카프 계열의 시론으로 나누어 각 시론의 양상을 분석하는 것으로 구체화되었다. 특히, 박용철의 '차이의 시론'을 '생리(生理)'와 '무명화(無名火)' 개념을 근간으로 시인과 독자의 고유성을 강조하는 개인의 고유한 본질 혹은 차이를 가리키는 개념이라는 점을 강조하고 있다. 그리고 시인이 언어적 형상화를 통해 자신의 고유성을 드러낸다는 점을 설명하며, 박용철이 언어의 조탁을 강조하는 것 역시 이 고유성과 관련된 것으로 이해할 수 있다고 이야기한다. 그리고 박용철의 시적 고민이 내용과 형식, 정신과 언어의 완벽한 일치를 꿈꾸고 있던 것이라고 평가한다.

박남희는 1930년대를 기점으로 시작된 순수시 운동의 핵심에 유기체 시론이 자리잡고 있었음을 역설하며, 서구적 낭만성을 뛰어넘어 동양적 정신주의의 핵심 시론으로서의 유기체 시론을 자리잡게 하는 데 영향을 미친 '박용철, 정지용, 조지훈'의 시론을 분석하고 있다. 특히, 하우스만의 시론을 수용하고 발전시키는 과정에서 유기체 시관이 정착되었고, 우리 문단에 낭만주의 시관을 소개하여 시를 내용과 형식이 분리되지 않는 유기체로 바라봄으로써, 기존의 편내용주의나 편형식주의 문학관의 불균형을 바로잡고 올바른 시창작방법을 이론적으로 정착시키는 토대를 마련한 박용철의 역할을 긍정적으로 평가하고 있다.

그리고 비록 학위논문의 제목에 박용철을 가시화시키지는 않았지만, 다음의 박사학위논문 10편[3]에서도 현대시사에서의 박용철의 위상을 확인할 수 있는 지점이 발견된다. 여기에서는 주로 시문학파와 순수서정시와의 관계에서 박용철의 문학사적 위치가 포착되어진다.

조병춘은 민족문학의 건설을 위한 당대문학의 정리와 체계화 작업 속에서 박용철의 시세계를 간략하게 언급하고 있다. 1930년대 시의 전개양상을 정리하는 도중에 시문학파의 기수로 박용철의 시와 시세계를 소개하고 있다. 박용철 시의 시어가 김영랑과 정지용의 것과 비교하여 밝지 못하다고 분석하는데, 그 이유를 서정시의 밑바닥에 깔려있는 민족의식과 사상성에서 찾고 있다. 또한 키에르케고르나 릴케와 같은 서구 시인들의 시론이 박용철에게 큰 영향을 끼쳤다고 이야기하며, 박용철을 '순수 서정시에 대한 집념이 강했고, 기교적인 것보다는 정신적인 것을 앞세웠으며, 외국문학의 이론을 폭 넓게 수용하고자 하는 자세로

---

3) 조병춘, 「한국 현대시의 전개양상 연구」, 명지대학교 박사학위논문, 1979.
유윤식, 「시문학파 연구」, 한양대학교 박사학위논문, 1988.
정영호, 「1930년대 문예비평관 연구」, 동아대학교 박사학위논문, 1991.
진창영, 「시문학파 연구」, 동아대학교 박사학위논문, 1994.
신명경, 「일제강점기 로만주의 문학론 연구」, 동아대학교 박사학위논문, 1999.
김병호, 「한국 근대시 연구 : 주제의식을 중심으로」, 중앙대학교 박사학위논문, 2001.
김형준, 「시문학파시연구」, 대구가톨릭대학교 박사학위논문, 2001.
최윤정, 「1930년대 "낭만주의"의 탈식민성 연구」, 서강대학교 박사학위논문, 2008.
김종훈, 「한국 근대시의 서정 : 기원과 변용」, 고려대학교 박사학위논문, 2008.
강민희, 「동인지 문학의 스토리텔링 방안 연구 : '시문학파'의 지역성을 중심으로」, 단국대학교 박사학위논문, 2013.

일관한 시인'이라고 평가했다.

유윤식과 정영호, 진창영, 김형준, 강민희의 연구에서도 시문학파와의 관계성에서 박용철의 문학적 위치가 정리되고 있다. 그리고 정영호, 신명경, 김병호, 최윤정, 김종훈의 연구에서 낭만주의와 순수서정시 탐색의 연장선에서 박용철 연구가 진행되었다는 것을 확인할 수 있다.

지금까지 위에서 살펴본 14편의 박사학위논문을 그 주제어를 중심으로 분류해보면 다음과 같은 결과를 얻을 수 있다.

표 1 박사학위논문 주제어 분류

주제어	시문학파	한국시사	기타
논문수	4	9	1
총 합	14		

시문학파와 관련된 학위논문이 4편, 한국시사 혹은 문학사와 관련된 학위논문이 9편, 기타 학위논문이 1편이다. 종합적이고 총체적인 연구를 요구하는 학위논문의 성격 때문인지, 박용철 문학의 평가는 주로 시사적 위치에서 이루어졌음을 확인할 수 있다. 또한 시사에서 두드러지는 '시문학파'의 성과가 박용철 평가에 적지 않은 영향을 미쳤음을 확인할 수 있다. 여기서 흥미로운 것은, 박용철을 주제로 한 석사학위논문[4]은 이와는 정반대의 양상을 보인다는 것이다.

4) 다음은 박용철을 주제로 한 석사학위논문의 목록을 발표연도 순으로 정리한 것이다.

1. '박용철' 단독 주제(16편)

정양완, 「박용철 연구 : 주로 북교문학적인 견지에서」, 서울대학교 석사학위논문, 1964.

이기서, 「용아 박용철 연구 : 시사적 위치를 중심으로」, 고려대학교 석사학위논문, 1971.

석사학위논문의 목록을 살펴보면, 박용철을 단독 연구 주제로 삼은 학위논문이 16편, 기타주제로 삼은 학위논문이 2편이라는 것을 알 수 있다. 이는 박사학위논문의 결과와는 정반대의 양상을 보이는 것이다. 박사학위논문에서 박용철만을 연구의 단독 주제로 삼은 논문은 1986년에 쓰여진 김효중의 「박용철의 하이네시 번역과 수용에 관한 연구 : 박용철의 창작시와 한국문단에 미친 영향을 주로하여」 1편만 존재한다. 하지만, 석사학위논문에서는 대부분의 연구가 박용철을 단독 연구 주제로 설정하고 있다. 물론 이와 같은 양상은, 박사학위논문이 석사학위논문보다는 비교적 더 큰 주제를 연구의 장으로 가지고 온다는 일반적 판단에서 도출된 결과로 볼 수 있다. 하지만 이와 같은 결과는 여전히

추방원, 「용아 박용철의 시세계 고찰」, 조선대학교 석사학위논문, 1981.
박영순, 「박용철의 시와 비평에 관한 연구」, 연세대학교 석사학위논문, 1982.
유은선, 「박용철 연구」, 우석대학교 석사학위논문, 1990.
김상윤, 「박용철 시론 연구」, 인천대학교 석사학위논문, 1991.
김미경, 「박용철시 연구」, 동덕여자대학교 석사학위논문, 1995.
김창호, 「박용철의 시와 시론의 상관성에 대한 연구」, 전남대학교 석사학위논문, 2001.
조영희, 「박용철 시의 죽음의식 연구」, 이화여자대학교 석사학위논문, 2003.
이임규, 「박용철 시의 한 연구」, 공주대학교 교육대학원 석사학위논문, 2005.
유다미, 「박용철의 문예운동 연구」, 인천대학교 석사학위논문, 2006.
오경수, 「박용철 시 연구」, 호남대학교 석사학위논문, 2007.
서경수, 「용아 박용철 시 연구」, 목포대학교 교육대학원 석사학위논문, 2008.
김종란, 「박용철 시론과 미적 근대성 연구」, 충남대학교 석사학위논문, 2009.
홍영기, 「용아 박용철 연구 : 시와 시론을 중심으로」, 고려대학교 교육대학원 석사학위논문, 2009.
박청호, 「용아 박용철 연구」, 호남대학교 석사학위논문, 2010.

2. 기타 주제(2편)
김원향, 「1920년대 경향문학의 특성 : 특히 『개벽』 지를 중심으로」, 건국대학교 석사학위논문, 1972.
안영숙, 「시문학파 연구」, 상지대학교 석사학위논문, 2007.

박용철의 문학과 생애가 단독 연구주제로 삼기에는 부족한 지점이 있다는 연구자들의 주관적인 판단의 반향이지는 않는지 살펴볼 필요성을 촉구한다.

또한, 박용철의 단독 연구 주제로 삼은 석사학위논문 18편의 주제어를 분석해 보면, 대부분의 연구가 '박용철의 시'에 초점을 맞추고 있음을 확인할 수 있다.

표 2 석사학위논문 주제어 분류

<table>
<tr><th>주제어</th><th>시</th><th>시론</th><th>기 타</th></tr>
<tr><td rowspan="2">논문수</td><td>9</td><td>2</td><td rowspan="2">4</td></tr>
<tr><td colspan="2">3</td></tr>
<tr><td>총 합</td><td colspan="3">18</td></tr>
</table>

박용철의 시를 주제로 삼고 있는 학위논문은 총 9편이다. 그리고 시론을 주제로 삼고 있는 것이 2편이고, 시와 시론을 함께 다루고 있는 것이 3편이다. 총 18편의 석사학위논문 중에서 14편이 시와 시론에 치중되어 있다. 이렇게 시에 기울어진 연구 주제 설정은 박용철의 문학과 삶을 균형있게 조망하는 데 균열을 일으킨다. 여기서 지금까지 축적된 연구의 부족한 점과 앞으로의 연구가 나아가야하는 지점을 발견할 수 있다.

3. 학술지논문에서의 연구 양상

이상에서 학위논문에서 드러난 박용철 문학의 연구 양상을 살펴보았다. 이번 장에서는 학술지논문에서 나타나는 박용철 문학의 연구 양상을 살펴보고자 한다. 학위논문과 학술지논문은 '연구목적, 연구성격, 할당된 지면 등'의 이유로 많은 차이가 나타난다. 학위논문에서는 종합적으로 정리되어 있었던 주제어들이, 학술지논문에서는 개별적으로 세분화되어 나타나게 된다. 따라서 학술지논문의 주제어 분석은 학위논문에서 가시화시킬 수 없었던 연구의 중심 주제어들을 구체적으로 분류하는 데 효과적일 수 있다. 그동안의 연구 성과의 불균형을 한 눈에 살펴볼 수 있기 때문이다. 이는 기존의 한 쪽 방향으로 치우쳐져 있었던 연구 방향을 살펴보고, 앞으로 연구되어야할 방향을 확인하는 데에 도움이 될 것이다.

1977년 한계전의 논문을 시작으로 지금까지 약 43편[5]의 학술지논문

---

5) '박용철'을 중심 주제어에 둔 학술지논문에서의 축적된 연구 결과는 다음과 같이 정리할 수 있다.

한계전, 「박용철에 있어서 하우스만 시론의 반용」, 『관악어문연구』 제2집, 서울대학교 국어국문학과, 1977.

김명인, 「순수시의 성격과 문학적 현실－박용철의 시적 성취와 그 한계」, 『경기어문학』 제2집, 경기대학교인문대학국어국문학회, 1981.

김진경, 「박용철비평의 해석학적 과제」, 『선청어문』 제13집, 서울대학교 국어교육과, 1982.

김효중, 「용아 박용철시의 여성적 이미지 고찰」, 『여성문제연구』 제12집, 대구효성가톨릭대학교 사회과학연구소, 1983.

김효중, 「용아 박용철의 역시고(譯詩考)」, 『국문학연구』 제7집, 효성여자대학교 국어국문학연구실, 1983.

김효중, 「박용철의 번역시론」, 『어문학』 제43집, 한국어문학회, 1983.

한영옥, 「용아 박용철의 시연구」, 『연구논문집』 제22집, 성신여자대학교, 1985.

김효중, 「박용철 시에 미친 하이네의 영향에 관한 연구」, 『연구논문집』 제34집, 대구효성가톨릭대학교, 1987.

정봉래, 「용아 박용철의 변용의 시학」, 『문예운동』, 문예운동사, 1989.

김경복, 「박용철 시의 공간의식 연구」, 『한국문학논총』 제11집, 한국문학회, 1990.

진창영, 「시문학파의 유파적 의미 고찰」, 『동아어문논집』, 동남어문학회, 1992.

양혜경, 「박용철 시론의 전통지향성 연구」, 『동남어문논집』 제3집, 동남어문학회, 1993.
신명경, 「박용철 시론의 낭만주의적 성격」, 『동남어문논집』 제4집, 동남어문학회, 1994.
김동근, 「박용철 시론의 변용적 의미」, 『한국언어문학』 제34집, 한국언어문학회, 1995.
김병택, 「박용철의 시논고」, 『인문학연구』 제3집, 제주대학교 인문과학연구소, 1997.
안한상, 「박용철의 순수시론고」, 『인문과학연구논총』 제19집, 명지대학교 인문과학연구소, 1999.
김병택, 「박용철 시론－서구 시론의 수용을 중심으로」, 『영주어문』 제2집, 영주어문학회, 2000.
손광은, 「박용철 시론 연구」, 『용봉인문논총』 제29집, 전남대학교 인문과학연구소, 2000.
오형엽, 「김수영 시론과 박용철 시론의 관련성 연구－한국 근대비평의 구조와 계보」, 『어문연구』 제39집, 어문연구학회, 2002.
박익수, 「박용철선생 생가의 부원적(復元的) 고찰」, 『산업기술연구논문집』 제11집, 호남대학교 산업기술연구소, 2003.
윤동재, 「박용철 시에 나타난 한시의 영향」, 『국제어문』 제27집, 국제어문학회, 2003.
신재기, 「박용철의 시적 언어론」, 『어문학』 제83집, 한국어문학회, 2004.
오형엽, 「박용철 시론의 구조와 계보」, 『비평문학』, 한국비평문학회, 2004.
유윤식, 「박용철의 문예운동연구」, 『한국시문학』 제15집, 한국시문학회, 2004.
김재혁, 「박용철의 릴케 문학 번역과 수용에 관한 연구－릴케의 문학이 박용철의 창작에 미친 영향을 중심으로」, 『독일문학』 제93집, 한국독어독문학회, 2005.
김효중, 「박용철의 블레이크 시 번역 고찰」, 『번역학연구』 제7집, 한국번역학회, 2006.
안삼환, 「박용철 시인의 독문학 수용」, 『비교문학』 제38집, 한국비교문학회, 2006.
최박광, 「박용철의 외국 문학 수련과 그 위상」, 『인문과학』 제37집, 성균관대학교 인문과학연구소, 2006.
김재혁, 「새로 발굴된 박용철의 번역 원고의 번역문법적 분석」, 『독일문학』 제107집, 한국독어독문학회, 2008.
김종란, 「일반논문 및 평론 : 박용철의 "존재(存在)로서의 시론(詩論)"과 "변용(變容)의 시론(詩論)"에 대한 소고(小考)」, 『문예시학』 제19집, 문예시학회, 2008.
정 훈, 「박용철 시론 연구」, 『동남어문논집』 제26집, 동남어문학회, 2008.
남진숙, 「'박용철 시전집'에 대한 재검토」, 『한국문학이론과 비평』 제45집, 한국문학이론과비평학회, 2009.
남진숙, 「박용철 시론에 나타난 "상상력 이론" 연구」, 『우리어문연구』 제35집, 우리어문학회, 2009.

이 박용철을 논문의 주제어로 선택하였다. 여기에는 논문 제목에 직접적으로 언급하지는 않았지만, 박용철을 간접적으로 언급한 '시문학파' 혹은 '순수서정시' 연구를 분석의 장으로 소환하지 않았다. 본고의 목적은 '박용철' 개인의 문학적 성과를 치밀하게 살펴보기 위한 토대를 마련하는 데에 있기 때문에 후자의 경우는 잠시 옆으로 제쳐두고자 한다. 위의 전제를 바탕으로 학술지논문 43편의 주제어를 '시, 시론, 번역, 문예지, 기타' 항목으로 분류해 보면 다음과 같은 결과를 얻을 수 있다.

표 3 학술지논문 주제어 분류

주제어	시	시 론	번 역	문예지	기타
논문수	10	25	7	1	1
총 합	44				

송기한, 「박용철 시의 순수성과 그 한계 연구」, 『개신어문연구』 제31집, 개신어문학회, 2010.
강웅식, 「박용철의 시론 연구」, 『한국학연구』 제39집, 고려대학교 한국학연구소, 2011.
조성문, 「박용철(朴龍喆) 시의 음운론적 특성 분석」, 『동북아 문화연구』 제28집, 동북아시아문화학회, 2011.
주영중, 「박용철 시론 연구」, 『한국시학연구』 제32집, 한국시학회, 2011.
오문석, 「박용철 시론의 재구성」, 『비평문학』, 한국비평문학회, 2012.
이상옥, 「박용철 시론의 내적 논리」, 『우리말 글』 제55집, 우리말글학회, 2012.
강웅식, 「'서정시의 고고(孤高)한 길', 혹은 창조적 주체의 길」, 『한국학연구』 제47집, 고려대학교 한국학연구소, 2013.
김춘식, 「박용철 시론 연구」, 『국문학연구』 제45집, 동국대학교 한국문학연구소, 2013.
김미미, 「박용철 시론 연구 – "순수"의 의미지평을 중심으로」, 『현대문학이론연구』 제57집, 현대문학이론학회, 2014.
주숙희, 「한국 근대시론 특집 : 박용철의 시론 고찰」, 『문예시학』 제30집, 문예시학회, 2014.
이임규, 「박용철 시론의 내적 장치와 시적 거리」, 『비평문학』 제53집, 한국비평문학회, 2014.

학술지논문의 주제어 분류는 학위논문의 주제어 분류와는 조금 다른 양상을 보인다. 종합적인 성격의 학위논문과는 다르게, 보다 세부적으로 주제가 나뉘고 있음을 확인할 수 있다. 시와 시론을 주제어로 한 논문이 각각 10편과 25편, 번역과 문예지 활동을 주제어로 한 논문이 각각 7편과 1편, 기타 박용철의 생가 공간에 주목한 논문이 1편이다.

보다 구체적인 주제로의 세분화가 이루어졌음에도 불구하고, 여전히 박용철의 연구들은 대부분 시와 시론에 주목하고 있음을 확인할 수 있다. 이는 시인과 시이론가로서의 박용철의 문학사적 평가가 비교적 더 우위에 있음을 확인할 수 있는 부분이다.

위의 44편의 학술지논문의 성과는, 1970년 후반부터 시작되어 30여 년이 넘는 시간동안 이어져온 후세 연구자들의 후속 연구로 축적되어 온 것이다. 이상에서 주제어로 살펴본 박용철 연구의 성과를 시대적으로 다시 구분하여, 시대적 성격을 간략하게 정리해보면 다음과 같다.

1980년대에는 박용철의 시와 시론에 관한 연구가 주를 이루었다. 주로, 박용철 시의 이미지와 공간 등을 분석하는 순수시에 대한 탐구가 연구의 주된 주제어로 등장하였다. 시세계에 대한 탐구는 시인의 생애와 관련된 전기비평적 관심으로 이어졌고, 박용철에게 영향을 미친 외국의 이론과 번역물 등에 관심 역시 연구의 표면에 드러나기 시작되었다.

김명인은 순수시의 분석을 통하여 박용철의 시적 성취와 한계를 드러냈고, 김효중은 박용철 시의 여성적 이미지에 대하여 고찰하였다. 이외에도 한영옥은 모더니즘적 특성을 바탕으로 시를 분석하고, 김경복은 박용철 시에 드러난 공간의식을 정리하였다. 또한, 시에 대한 탐구와 더불어 시론에 대한 탐구도 함께 이루어지고 있는데, 이는 주로 외국 문학과 이론에서 받은 영향을 정리하는 데 집중되어 있다. 한계전은 하우스만 시론의 반용을, 김효중은 하이네시의 영향을 설명하고 있다.

1990년대에는 시론에 관한 관심이 두드러졌다. 80년대에는 비교적 시에 집중되어 있었던 무게중심이 시론에 대한 관심으로 옮겨간 것이다. 이 시기에 발표되었던 8개의 학술지논문 중에 7개의 논문이 박용철의 시론을 연구주제로 삼고 있다. 박용철 시론의 의미를 '전통지향성, 낭만주의적, 변용적 등'의 다양한 관점에서로 살펴보았다는 것이 이 시기 연구 성과이다. 이는 양혜경, 신명경, 김동근, 김병택, 안한상, 손광은의 논문에서 확인할 수 있다. 이외에도 시문학파의 유파적 의미를 고찰하는 연구가 진창영에 의하여 진행되었다.

2000년대에는 비교적 다양한 주제의 연구가 생산되기 시작했다. 물론 이 시기의 연구 역시 박용철 시론에 관한 관심을 이어가고 있다. 다만, 박용철 개인의 시론을 탐구하는 데에 그치는 것이 아니라 다른 시인과의 비교 연구를 통해 연구의 폭을 점차 확장해 나가고 있다. 오형엽은 김수영 시론과 박용철 시론의 관련성을 분석하며, 한국 근대비평의 구조와 계보를 정리하고 있다. 그리고 어학을 전공하는 연구자들이 박용철 시의 언어 연구에 관심을 보이고 있는 점도 주목할 만하다. 조성문의 글에서는 박용철 시의 음절구조를 중심으로 음운론적 특성을 분석하고 있다. 시어의 '초성・중성・종성'을 구분하여 소리 사용의 빈도를 조사하고 확인하여, 박용철이 공명성이 높은 소리를 선호했다는 점을 제시하고 있다. 어학 연구자들이 문학을 연구 대상으로 삼아 연구를 진행하는 것은 통합적 연구의 가능성을 보여주어 시사하는 바가 크다고 볼 수 있다. 뿐만 아니라, 2000년대 중반부터 독문학 연구자들을 중심으로 독일문학의 번역과 수용 여부에 대한 연구가 활발하게 진행된 부분도 눈여겨 볼 지점이다. 김재혁은 박용철의 릴케 문학 번역과 수용을, 김효중은 박용철의 블레이크 시 번역을 고찰하였다. 뿐만 아니라, 안삼환은 박용철 시인의 독문학 수용과정을, 최박광은 외국 문학 수련의 양상을, 김재혁은 발굴된 번역 원고의 문법적 분석을 정리하고 있다. 이는 외국 문학을 적극적으로 수용한 박용철의 시론에 대한 이해를 높이는 데 더욱 긍정적인 영향을 미칠 것이라 여겨진다.

그리고 최근에는 다시 시론에 대한 재평가가 주를 이루고 있다. 주영중, 오문석, 이상옥, 강웅식, 김춘식, 김미미, 주숙희, 이임규의 연구가 여기에 해당된다. 그동안의 연구 성과를 통하여 자리매김한 시론의 의미를 재구성하고, 그 의미지평을 넓히는 작업이 진행되고 있다.

지난 30여 년의 연구 성과는 다양한 측면에서 박용철의 시와 시론을 고민해 볼 수 있는 지점을 마련해 주었다. 하지만 여전히 그의 문학적 성과가 박용철 연구의 성과로 이어지고 있는지는 고찰해 볼 필요가 있다. 위에서 정리된 연구사를 살펴보면, 기존의 연구가 박용철의 삶을 편견을 가지고 분석하고 있었음을 알 수 있다. 단순히 '시인 혹은 시이론가'로서의 박용철만을 연구의 주 대상으로 삼기보다는 그의 다양한 문학활동에 대칭되는 연구들이 균형있게 진행되어야 한다. 그리하여야 박용철의 문학정체성의 실현이 보다 완전에 가깝게 구현될 수 있을 것이다. 이는 과거로부터 이어져오는 오늘의 문학을 이해하고, 내일의 문학으로 나아갈 수 있는 방향을 예측할 수 있는 하나의 토대가 될 것이다.

4. 맺음말

박용철에게 있어서 진정한 시란 '형태가 없는 것이 아니라 한 개의 시에 한 개의 형태를 발명하는' 무명화이었다. 이는 그의 다채로운 문학활동에도 자장을 미치는 말이 될 것이다. 박용철에게 있어서 진정한 문학활동이란 문학의 무명화에 도달하는 것이었다. 각 문학적 요청에 알맞는 각각의 형태를 구사하는 것은 넓은 문학장을 펼쳐나간 박용철의 생애와 관련이 있다. 따라서, 박용철의 문학활동 성과를 '시와 시론의 창작'에 국한하여 평가할 것이 아니라, '시와 극의 번역, 잡지 발행 등'의 다양한 문학활동을 통해 다채로운 성과를 구현했다는 데에서 그의 위상을 재고찰할 필요가 있다.

이상의 연구사 검토에서 드러났듯이, 박용철의 폭넓은 문학 생애는 연구의 장에서 한정적으로 다루어졌다는 한계를 지닌다. 기존의 학위 연구들은 박용철을 단독 연구주제로 삼지 못하고, 시사적 혹은 문학사적 위치에서 박용철을 조망하거나 시문학파의 테두리 안에서의 역할만을 평가하였다. 물론 박용철이 ≪시문학≫의 발간으로 등단하게 되었고, 이로부터 파생된 힘이 문학장에 지대한 영향을 미쳤다는 점은 부인할 수 없는 그의 문학사적 위치를 보여주는 지점이 될 수 있다. 하지만 이로는 박용철의 다양한 문학활동에서 집약되는 문학정체성을 보여주는 데 현저히 부족하다. 최근의 연구논문들에서는 이와 같은 문제제기가 받아들여져 다양한 연구가 진행되기 시작하였다. 그동안 '시인과 시이론가 박용철'의 모습에 가려져 있었던, '문학인'으로서의 박용철이 연구의 중심에 드러나기 시작한 것이다. 하지만 여전히 많은 연구들이 시와 시론, 그리고 시문학파에서의 역할에 천착되어 있다는 점은 앞으로의 연구들이 나아가야할 방향성을 간접적으로 제시해 주고 있다.

여기에서 박용철의 '시작활동, 시론 전개, 비평 활동, 번역문학활동, 연극 운동, 출판 활동 등' 다방면에서 활약상에 대한 보다 세밀한 연구들의 축적이 요구되어짐을 짐작할 수 있다. 이번에 발간되는 학술연구서 역시 박용철의 문학정체성을 균형있게 살펴보고자 하는 시도라 볼 수 있다. 이러한 연구의 축적은 박용철을 단순한 시인이 아닌 '문화인'으로 재평가 할 수 있는 계기를 마련해 줄 것이라 기대한다.

✪ 참고문헌

강민희, 「동인지 문학의 스토리텔링 방안 연구 : '시문학파'의 지역성을 중심으로」, 단국대학교 박사학위논문, 2013.

강웅식, 「'서정시의 고고(孤高)한 길', 혹은 창조적 주체의 길」, 『한국학연구』 제47집, 고려대학교 한국학연구소, 2013.

_____, 「박용철의 시론 연구」, 『한국학연구』 제39집, 고려대학교 한국학연구소, 2011.

김경복, 「박용철시의 공간의식 연구」, 『한국문학논총』 제11집, 한국문학회, 1990.

김동근, 「박용철 시론의 변용적 의미」, 『한국언어문학』 제34집, 한국언어문학회, 1995.

김명인, 「순수시의 성격과 문학적 현실—박용철의 시적 성취와 그 한계」, 『경기어문학』 제2집, 경기대학교인문대학국어국문학회, 1981.

김미경, 「박용철시 연구」, 동덕여자대학교 석사학위논문, 1995.

김미미, 「박용철 시론 연구—"순수"의 의미지평을 중심으로」, 『현대문학이론연구』 제57집, 현대문학이론학회, 2014.

김병택, 「박용철의 시논고」, 『인문학연구』 제3집, 제주대학교 인문과학연구소, 1997.

_____, 「박용철 시론—서구 시론의 수용을 중심으로」, 『영주어문』 제2집, 영주어문학회, 2000.

김병호, 「한국 근대시 연구 : 주제의식을 중심으로」, 중앙대학교 박사학위논문, 2001.

김상윤, 「朴龍喆 詩論 研究」, 仁川大學校 석사학위논문, 1991.

김원향, 「1920年代 傾向文學의 特性 : 特히 『開闢』 誌를 中心으로」, 建國大學校 석사학위논문, 1972.

김재혁, 「박용철의 릴케 문학 번역과 수용에 관한 연구—릴케의 문학이 박용철의 창작에 미친 영향을 중심으로」, 『독일문학』 제93집, 한국독어독문학회, 2005.

_____, 「새로 발굴된 박용철의 번역 원고의 번역문법적 분석」, 『독일문학』 제107집, 한국독어독문학회, 2008.

김종란, 「일반논문 및 평론 : 박용철의 "존재(存在)로서의 시론(詩論)"과 "변용(變容)의 시론(詩論)"에 대한 소고(小考)」, 『문예시학』 제19집, 문예시학회, 2008.

_____, 「박용철 시론과 미적 근대성 연구」, 충남대학교 석사학위논문, 2009.

김종훈, 「한국 근대시의 서정 : 기원과 변용」, 고려대학교 박사학위논문, 2008.
김진경, 「박용철비평의 해석학적 과제」, 『선청어문』 제13집, 서울대학교 국어교육과, 1982.
김창호, 「박용철의 시와 시론의 상관성에 대한 연구」, 전남대학교 석사학위논문, 2001.
김춘식, 「박용철 시론 연구」, 『국문학연구』 제45집, 동국대학교 한국문학연구소, 2013.
김형준, 「詩文學派詩硏究」, 대구가톨릭대학교 박사학위논문, 2001.
김효중, 「용아 박용철시의 여성적 이미지 고찰」, 『여성문제연구』 제12집, 대구효성가톨릭대학교 사회과학연구소, 1983.
_____, 「용아 박용철의 역시고(譯詩考)」, 『국문학연구』 제7집, 효성여자대학교 국어국문학연구실, 1983.
_____, 「박용철의 번역시론」, 『어문학』 제43집, 한국어문학회, 1983.
_____, 「朴龍喆의 하이네詩 飜譯과 受容에 관한 硏究 : 朴龍喆의 創作詩와 韓國文壇에 미친 影響을 주로하여」, 영남대학교 박사학위논문, 1986.
_____, 「박용철 시에 미친 하이네의 영향에 관한 연구」, 『연구논문집』 제34집, 대구효성가톨릭대학교, 1987.
_____, 「박용철의 블레이크 시 번역 고찰」, 『번역학연구』 제7집, 한국번역학회, 2006.
남진숙, 「'박용철 시전집'에 대한 재검토」, 『한국문학이론과 비평』 제45집, 한국문학이론과비평학회, 2009.
_____, 「박용철 시론에 나타난 "상상력 이론" 연구」, 『우리어문연구』 제35집, 우리어문학회, 2009.
박남희, 「한국현대시의 유기체적 상상력 연구 : 박용철, 정지용, 조지훈을 중심으로」, 고려대학교 박사학위논문, 2009.
박영순, 「朴龍喆의 詩와 批評에 관한 硏究」, 延世大學校 석사학위논문, 1982.
박익수, 「박용철선생 생가의 부원적(復元的) 고찰」, 『산업기술연구논문집』 제11집, 호남대학교 산업기술연구소, 2003.
박청호, 「용아 박용철 연구」, 호남대학교 석사학위논문, 2010.
서경수, 「용아 박용철 시 연구」, 목포대학교 석사학위논문, 2008.
송기한, 「박용철 시의 순수성과 그 한계 연구」, 『개신어문연구』 제31집, 개신어문학회, 2010.

신명경, 「일제강점기 로만주의 문학론 연구」, 동아대학교 박사학위논문, 1999.
안삼환, 「박용철 시인의 독문학 수용」, 『비교문학』 제38집, 한국비교문학회, 2006.
안영숙, 「시문학파 연구」, 상지대학교 석사학위논문, 2007.
안한상, 「박용철의 순수시론고」, 『인문과학연구논총』 제19집, 명지대학교 인문과학연구소, 1999.
양혜경, 「박용철 시론의 전통지향성 연구」, 『동남어문논집』 제3집, 동남어문학회, 1993.
염 철, 「김기림과 박용철의 시론 대비 연구 : 주체 인식 양상을 중심으로」, 중앙대학교 박사학위논문, 2004.
오경수, 「朴龍喆 詩 研究」, 湖南大學校 석사학위논문, 2007.
오문석, 「박용철 시론의 재구성」, 『비평문학』, 한국비평문학회, 2012.
오형엽, 「1930年代 詩論의 構造的 研究 : 金起林·林和·朴龍喆을 中心으로」, 고려대학교 박사과정, 1998.
_____, 「김수영 시론과 박용철 시론의 관련성 연구–한국 근대비평의 구조와 계보」, 『어문연구』 제39집, 어문연구학회, 2002.
_____, 「박용철 시론의 구조와 계보」, 『비평문학』, 한국비평문학회, 2004.
유다미, 「박용철의 문예운동 연구」, 인천대학교 석사학위논문, 2006.
유윤식, 「시문학파 연구」, 한양대학교 박사학위논문, 1988.
_____, 「박용철의 문예운동연구」, 『한국시문학』 제15집, 한국시문학회, 2004.
유은선, 「朴龍喆 研究」, 우석대학교 석사학위논문, 1990.
윤동재, 「박용철 시에 나타난 한시의 영향」, 『국제어문』 제27집, 국제어문학회, 2003.
이기서, 「龍兒 朴龍喆 研究 : 詩史的 位置를 中心으로」, 고려대학교 석사학위논문, 1971.
이상옥, 「박용철 시론의 내적 논리」, 『우리말 글』 제55집, 우리말글학회. 2012.
이임규, 「朴龍喆 詩의 恨 研究」, 공주대학교 석사학위논문, 2005.
_____, 「박용철 시론의 내적 장치와 시적 거리」, 『비평문학』 제53집, 한국비평문학회, 2014.
임영무, 「나의 기억 속에 새겨진 龍兒 朴龍喆의 초상」, 『시문학파의 표층과 심층』, 강진군시문학파기념관, 2012.
정봉래, 「용아 박용철의 변용의 시학」, 『문예운동』, 문예운동사, 1989.

정양완, 「朴龍喆 硏究 : 主로 北較文學的인 見地에서」, 서울대학교 석사학위논문, 1964.
정영호, 「1930年代 文藝批評觀 硏究」, 동아대학교 박사학위논문, 1991.
정 훈, 「박용철 시론 연구」, 『동남어문논집』 제26집, 동남어문학회, 2008.
조병춘, 「韓國 現代詩의 展開樣相 硏究, 明知大學校」 박사학위논문, 1979.
조성문, 「박용철(朴龍喆) 시의 음운론적 특성 분석」, 『동북아 문화연구』 제28집, 동북아시아문화학회, 2011.
조영희, 「박용철 시의 죽음의식 연구」, 이화여자대학교 석사학위논문, 2003.
주숙희, 「한국 근대시론 특집 : 박용철의 시론 고찰」, 『문예시학』 제30집, 문예시학회, 2014.
주영중, 「박용철 시론 연구」, 『한국시학연구』 제32집, 한국시학회, 2011.
진창영, 「시문학파의 유파적 의미 고찰」, 『동아어문논집』, 동남어문학회, 1992.
_____, 「詩文學派 硏究」, 동아대학교 박사학위논문, 1994.
최박광, 「박용철의 외국 문학 수련과 그 위상」, 『인문과학』 제37집, 성균관대학교 인문과학연구소, 2006.
최윤정, 「1930년대 "낭만주의"의 탈식민성 연구」, 서강대학교 박사학위논문, 2008.
추방원, 「龍兒 朴龍喆의 詩世界 考察」, 朝鮮大學校 석사학위논문, 1981.
한계전, 「박용철에 있어서 하우스만 시론의 반용」, 『관악어문연구』 제2집, 서울대학교 국어국문학과, 1977.
한영옥, 「용아 박용철의 시연구」, 『연구논문집』 제22집, 성신여자대학교, 1985.
홍영기, 「용아 박용철 연구 : 시와 시론을 중심으로」, 고려대학교 석사학위논문, 2009.

제2부

순수와 서정의 시론

| 김동근 |

박용철 시론의 변용적(變容的) 의미(意味)*

1. 머리말

1930년대 초두 우리 시단의 방향성이 순수시운동에서 찾아지고 있음은 주지의 사실이다. 즉 30년대의 한국 시단은 전시대의 문예사조 혼류와 서구시 경험을 반성하고, 계급주의와 민족주의 등 이데올로기 문학으로부터 탈피함으로써 시의 본질에 도달하고자 했던 시인들의 개별적 각성과 인식의 확산에 의해서 형성되었다고 볼 수 있다.

용아(龍兒) 박용철은 시문학파의 일원으로써 이러한 순수시운동을 주도하였던 시인이다. 그는 모든 기교나 이데올로기를 배격하고 시를 미적 가치의 추구 대상으로 보는 예술적 심미적 태도를 견지한 시문학파 시인들에게 이론적 배경을 제공하였다. 따라서 그리 길지 않은 문학적

* 이 논문은 지난 1995년 한국언어문학회에서 발간한 『한국언어문학』 제34집에 게재된 글이다.

연륜에도 불구하고 박용철은 시인이자 시론가로서 우리 문학사에서 자신의 영역을 확보하고 있으며, 관심의 대상이 되고 있는 것이다. 박용철에 대한 문학사적 관심의 이유는 김윤식교수의 다음과 같은 평가에서 잘 보여지고 있다.

> 첫째, 시문학파의 옹호와 관련된 탁월한 시론의 전개
> 둘째, 『시문학』, 『문예월간』, 『문학』 등 순문예지를 발간 주재하면서 문학의 본질과 함께 시대를 파악했던 뛰어난 안목
> 셋째, 외국의 작품과 문학이론의 번역 소개를 통한 한국 문학에의 기여
> 넷째, 시작활동을 통한 순수시의 표방[1)]

물론, 이상의 이유를 가감 없이 긍정할 수 있는가 하는 데에는 이론의 여지가 있을 수 있다. 가령 김명인은 박용철의 제반 문학 활동이 소수의 분파주의에 머물렀음을 지적하고, 그의 시론 역시 그 실천에 있어서는 오히려 현실과의 괴리와 갈등구조를 심화시킨 것으로 파악한다.[2)] 그러나 박용철의 문학적 성과에 대한 평가가 얼마간 상반된 거리를 갖고 있음에도 불구하고, 박용철에 관한 대다수 연구들의 출발점이 위의 이유를 전제하고 있다는 점 또한 사실이다.

1920년대의 문단이 계급주의 이데올로기와 민족주의 이데올로기의 입장에서 그 시대의 요청사항이 무엇이었나를 파악하려는 정론성(定論性)에만 급급하여 예술의 특성을 스스로 축소하였던데 반해, 『시문학』의 등장이 문학에서 이데올로기를 반성케 한 하나의 구심점이었다고

1) 김윤식, 「서구문학의 비평과 딜레탕티슴」 『근대한국문학연구』, 일조사, 1973, 332~335쪽.

2) 김명인, 「순수시론의 환상과 현실」 『어문논집』 제22집, 고려대 국어국문학연구회, 1981.

한다면,[3] 이러한 반성운동의 일환이었던 30년대의 순수시운동[4]과 그 방향성을 제시한 것으로 평가될 수 있는 박용철의 순수시론은 결코 과소평가될 수 없을 것이다.

지금까지 이루어진 박용철 연구는 크게 두 갈래로 나눌 수 있을 것 같다. 그 첫째는 『시문학』 지와 박용철과의 관계, 나아가서 이들의 시사적 의의에 관한 연구이다. 이에 대해서는 그동안 여러 사람에 의해서 논의되어 왔다. 그 가운데서도 김용직의 「시문학파연구」[5]와 김윤식의 「용아 박용철 연구」[6]는 괄목할 만한 업적들로, 전자가 박용철이 주재했던 『시문학지』 를 중심으로 한 시문학 동인에 대한 종합적 연구라면, 후자는 박용철의 시를 위시한 문단활동의 전반을 고찰한 것이라 할 수 있다.

둘째는 박용철의 시와 시론에 대한 분석적 연구이다. 정태용[7]과 김학동[8]이 박용철 시를 주제와 기법면에서 분석하였다면, 한계전,[9] 김명

3) 같은 글, 238쪽.

4) 1930년대에 순수시 또는 순수문학이 대두하게 된 요인은 대체로 다음과 같이 설명된다.

① 일제의 문화정치 종식과 만주사변 이후의 공포정치는 지식인의 사상・사고 및 언론을 통제하여 시인들로 하여금 현실과 거리가 먼 심미적 문학세계로 빠져들 것을 강요하였다.

② 계급주의나 민족주의의 목적성과 도식성을 탈피한 세련된 문학을 요구하는 인텔리 독자층과 문학을 전공한 전문적 문인의 출현으로 인해 예술성이 강조된 시작품이 창작되었다.

③ 모국어의식의 고조에 의한 시어의 재발견 노력과 저널리즘의 양적 팽창으로 인해 대중문학과 구별되는 순수문학이 요청되었다.

5) 김용직, 「시문학파연구」 『한국현대시연구』, 일조사, 1974.

6) 김윤식, 「용아 박용철 연구」 『학술원논문집』 제9집, 1970.

7) 정태용, 『한국현대시인연구・기타』, 어문각, 1976.

8) 김학동, 『한국현대시인연구』, 민음사, 1977.

9) 한계전, 『한국현대시론연구』, 일지사, 1983.

인,[10] 김진경,[11] 정종진[12] 등의 연구는 박용철 시론의 실체에 대한 파악을 그 목적으로 하였다. 한계전은 하우스만과 박용철의 시론을 비교하고 창작과정의 시론, 페러프레이즈 反論, 형이상학파시 비판 방법론의 측면에서 그 영향관계를 설명하였다. 김명인은 E. A. 포우의 심미주의 문학관에서 박용철 순수시론의 근거를 찾고 있으며, 김진경은 해석학적 관점에서 초기시론의 문제점을 지적하였다. 한편 정종진은 전형기 예술파 시론이라는 테두리 속에서, 박용철의 유기체 시론이 김환태, 김문집의 시론을 선도하였음을 주장하였다.

본고에서는 박용철 시론의 핵심이 '先詩的 體驗(선시적 체험)'과 '辯說以上(변설이상)'에 있음을 주목하고자 한다. 이러한 선시적 체험과 변설이상의 의미는 그의 시론에서 보이는 전통지향성과 서구시론의 수용양상을 밝혀봄으로써 추출될 수 있을 것이다. 박용철 시론은 한 마디로 '선시적 체험'을 '변용'시킨 것이 시이고, 그 시적 변용의 기준은 '변설' 이상이어야만 한다는 것으로 요약된다. 그의 시론의 이러한 핵심적 요소들은 그의 마지막 시론인 「시적 변용에 대해서」(1938)에 이르기까지 끊임없는 탐구의 대상이었던 것이며, 시작품으로 변용되어야 할 자아의 실체였다고 볼 수 있다. 따라서 필자는 박용철의 시작품과 비평문을 텍스트로 하여 그의 시론의 성립배경과 본질, 아울러 그 변용적 의미를 고찰하고자 한다.

______, 「용철에 있어서 하우스만 시론의 수용」 『관악어문연구』 제2집, 서울대, 1977.

10) 김명인, 앞의 글.

11) 김진경, 「박용철 비평의 해석학적 과제」 『선청어문』 제13집, 서울사대, 1982.

12) 정종진, 『한국현대시론사』, 태학사, 1988.

2. 심미적 문학관의 형성배경

2.1. 동양미학적 요소

지금까지 박용철 시론의 정체를 밝히고자 한 일련의 연구들은 거의 대부분 E. A. 포우, A. E. 하우스만, R. M. 릴케 등의 서구시론과의 영향관계에 그 초점을 맞춰 왔다. 물론 곳곳에서 이들 시론의 흔적을 엿볼 수 있음이 사실이고, 이들 시론에 대한 수용의 측면을 떠나서는 박용철 시론에 대한 완전한 규명이 불가능하다는 점 또한 명백하다 할 수 있다. 그러나 그의 시론에서 보이는 '선시(先詩)'나 '무명화(無名火)'라는 용어가 다분히 도교적인 색채를 띠고 있으며, 또한 영랑시를 시적 변용의 전범으로 삼고자 했다는 점에서 우리 전통시의 서정정신과 맥락이 닿고 있기도 하다. 즉 그의 심미적 문학관은 서구 낭만주의 유기체시론의 심미적 경향뿐만 아니라 동양적 예술관, 특히 도가(道家)의 형이상학적 측면을 강하게 내포하고 있다고 보여 진다.

박용철의 시론은 표면상으로는 유기적 생명론에 닿아 있고 실상은 플라톤적 모방론에 근거해 있다는 김윤식의 언급[13]은 그의 의도와는 달리 오히려 박용철 시론에 대한 도가적 이해의 단초를 제공하고 있는 것 같다. 플라톤이 『이상국』 제10편에서 예술적 모방행위를 맹렬히 비난하였던 것은 그의 예술관이 초월적 형이상학론에 입각해 있었기 때문이다. 결국 김윤식의 논평은 박용철의 시론이 형이상학에 바탕하고 있음을 주장하는 것이고, 따라서 동양에서 형이상학적 측면을 가장 강하게 드러내고 있는 도가사상과 연결 지어 볼 수 있기 때문이다.

13) 김윤식, 『한국근대문학사상연구1』, 일지사, 1984.

유가(儒家)가 '인위(人爲)'를 선으로 보는 인간중심 사상이라고 한다면, 도가(道家)는 '무위(無爲)'를 선으로 보는 자연중심 사상이라 할 수 있다. 특히 도가사상은 노자에 의해서 보다 높은 형이상학적 차원에 이르게 된다. 노자는 '도(道)'를 사유의 극치로 끌어 올리고 '무(無)'의 개념을 최초로 도입함으로써 우주 사물들의 변화를 다스리는 불변의 법칙을 마련코자 하였다. 이 법칙을 이해하여 인간의 행동을 이 법칙에 맞추게 되면 모든 것을 인간에게 이롭게 할 수 있음을 밝히고자 한 것이다.

道可道 非常道　도를 도라고 할 수 있으면 영원한 도가 아니며
名可名 非常名　이름할 수 있는 이름도 영원한 이름이 아니다.
無名 天地之始　무명은 천지의 시작이며
有名 萬物之母　유명은 만물의 어머니다.[14]

이는 본체로서의 도와 현상으로서의 도를 말하고 있는 것이다. 노자는 본체의 도인 '상도(常道)'를 현상의 도인 '가도(可道)'보다 중시하고 있다. 현상은 '명(名)'의 것들로 나타나지만 본체는 '명(名)'으로 나타나지 않는다. 그러므로 무명이 본체의 도를 말함이며 유명은 현상의 도를 말함이다.[15] 노자(老子)의 이러한 본체론적 도의 개념은 박용철의 존재로서의 시론과 무관하지 않은 것으로 보인다.

시라는 것은 시인으로 말미암아 창조된 한낱 존재이다. 조각과 회화가 한 개의 존재인 것과 꼭 같이 시나 음악도 한낱 존재이다. 거기에서 받은 인상은 혹은 비애・환희・우수, 혹은 평온・명정, 혹은 격렬・숭엄 등 진실로 추상적 형용사로는 다 형용할 수 없는 그 自體數대로의 無限數일 것이다. 그러

14) 『老子』 제1장.
15) 윤재근, 『시론』, 둥지, 1990, 170～171쪽.

나 그것이 어떠한 방향이든 시란 한낱 高處이다. 물은 높은 데서 낮은 데로 흘러 나려온다. 시의 심경은 우리 일상생활의 수평 정서보다 더 고상하거나 더 우아하거나 더 섬세하거나 더 激越 하거나 어떠튼 「더」를 요구한다. 거기서 우리에게까지 그 「무엇」이 흘러 「나려와」야만 한다 (그 「무엇」까지를 세밀하게 규정하려면 다만 편협에 빠지고 말 뿐이나).16)

위의 인용문은 박용철의 최초 시론인 「시문학 창간에 대하야」의 일부이다. 여기에서 시란 한낱 '존재'일 뿐이며, 물을 흘려보내는 '고처(高處)'일 뿐이다. 그렇다면 존재로서의 시는 바로 창조된 현시(現詩)인 것이며, 동시에 미래에 전달될 후시(後詩)인 것이다. 그러나 존재로서의 시에서는 그 무엇이 흘러내려와야만 한다. 그 '무엇'이란 무엇인가? 바로 "다 형용할 수 없는 그 자체수대로의 무한수"인 것이며, 곧 선시적(先詩的)인 것이다. 또한 그 선시적인 것이 무어라 이름(名)할 수 없는 본체를 의미한다는 점에서 노자의 '상도(常道)'와 상통하고 있는 것이다.

이러한 도가적 취향은 박용철의 마지막 시론인 「시적 변용에 대해서」에 이르러서는 '무명화(無名火)'의 개념으로 확산되고 있는 바, 무명화는 선시적 체험의 시적 변용을 이끌어가는 원형적 질료라고 볼 수 있다. 이에 대해서는 다음 장에서 좀더 구체적으로 검토하기로 하되, 우선적으로 우리가 발견할 수 있는 사항은 이러한 간략한 대비만으로도 박용철의 시론이 단순히 서구의 심미주의적 문학관의 수용에 의해서만 형성된 것이 아니라 동양미학, 특히 도가적 사유방식에 그 근저를 두고 있다는 점이다.

박용철의 심미적 문학관에서 보이는 또 다른 동양미학적 요소는 김영랑을 위시한 시문학파 시인들과의 관계에서도 찾아 진다. 박용철이

16) 『박용철전집』 2, 143쪽.

주재한 『시문학』 창간호에는 김영랑, 정지용, 이하윤, 정인보 등이 동인으로 참가하였으며, 2호에는 변영로와 김현구가 가세하고 있다. 이 중 정인보와 변영로의 『시문학』 참가는 박용철과의 연희전문학교 인연으로 이루어진 것이다.[17] 특히 정인보와 박용철은 사제지간이었던 까닭에, 중국에서 동양학을 전공했던 국학자 정인보에게서 박용철은 동양학과 한시, 시조에 대한 견식을 넓히게 되었다.[18] 이러한 영향성이 그의 시작과정에서 드러나고 있는 바, 박용철시집 제 4부가 시조와 한시로 구성되어 있으며, 대부분 초기에 쓰인 이들 작품에 대해서 스스로 '습작(習作)'이라 이름하고 있음은 그의 문학정신의 뿌리가 어디에 있었는가를 짐작하게 한다.

또한 박용철의 순수시론은 김영랑의 시를 전범으로 하여 그 이론적 틀을 형성한 것으로 이해된다. 박용철은 평론을 통해서 한결같이 영랑의 시를 높이 평가하였고, 심지어는 자작시의 대부분을 영랑과 상의하려고 애썼다.[19] 본래 수학을 전공하였던 박용철이 문학의 길로 들어선 것은 "윤식이가 나는 오입을 시켰다"[20]는 그의 진술에서 보이듯이 영랑의 권유에 의한 것이었다. 따라서 서구이론에 영향 받기 이전 박용철의 문학행위의 출발선이 영랑에서 비롯되었다고 할 때, 영랑적 요소가 박용철의 문학관에 유형 · 무형으로 투사되었다고 볼 수 있는 것이다.

박용철은 영랑시집을 해설하는 자리에서 키이츠의 "아름다운 것은 영원한 기쁨이다"라는 구절을 신조로 삼고 있는 영랑의 시를 서정주의의

17) 이하윤, 「박용철의 변모」 『현대문학』, 1962. 12, 231쪽 참조.
18) "용아의 문학은 시조로 시작되었다 함이 정당할 것이다. 위당의 영향으로 인하여 서도 벗은 시조와 시를 한 시대에 같이 하여 왔었는데……" (김영랑, '인간 박용철' 『조광』 5권 12호, 1939. 12, 318쪽.)
19) 김명인, 앞의 글, 245쪽.
20) 김영랑, '후기' 『박용철전집』 1, 746쪽.

극치라고 평가하면서 영랑시의 핵심을 유미주의라고 단정한 바 있다.

> 그는 唯美主義者다 …(중략)… 그는 不自由·貧窮 가튼 물질적 현실생활의 체취, 작품에서 추방하고 될 수 있는 대로 純粹한 感覺을 추구한다. 그는 의식적으로 언어의 華奢를 버리고 시에 形態를 부여함보다 떠오르는 香氣와 같은 자연스러운 호흡을 살리려 한다.[21]

이는 영랑의 시에 대한 감상으로서의 해설이지만, 의미 있는 감상이란 결국 비평의식에 의해 가능한 것이기에 이를 통해 박용철 자신의 문학관 역시 유미주의에 바탕하고 있음을 알 수 있다. 박용철의 이러한 심미적 문학관은 『시문학』 3호의 편집후기에서 적나라하게 드러난다.

> 美의 추구 …… 우리의 감각에 녀릿녀릿한 기쁨을 일으키게 하는 자극을 전하는 美, 우리의 심회에 빈틈없이 폭 들어 안기는 感傷, 우리가 이러한 시를 추구하는 것은 현대에 있어 흰 거품 몰려와 부디치는 바위 위의 古城에서 있는 감이 있습니다. 우리는 조용히 걸어 이 나라를 찾아볼까 합니다.[22]

이는 전시대부터 이어져 온 계급주의와 민족주의, 그리고 기교주의 논쟁이라는 1930년대의 문학적 현실 속에서 순수한 서정으로서의 미의 추구가 '고성에 서 있는' 것 같이 위험하고 외로운 작업임을 토로하고 있는 것이다. 시인이 이러한 순수서정의 세계에 몰입하게 될 때, 시는 자연히 절대적이고 개성적인 미의 세계에 경도되지 않을 수 없게 된다.[23] 우리는 이 두 편의 글에서 박용철 문학관의 심미적 경향을 살필

---

21) 『박용철전집』 2, 106~107쪽.

22) 『시문학』 3호, 1931, 32쪽.

23) 김 훈, 「박용철의 순수시론과 기교」 『한국현대시사연구』(정한모 박사 화갑기념논총), 일지사, 1983, 247쪽.

수 있다. 이는 박용철이 영랑의 작품을 통해서 시론의 입각점을 찾았으리라는 것을 암시하는 것이며, 그러기에 "너 참 아름답다. 거기 멈춰라고 부르짖는 한 순간을 표현하기 위하야, 그 감동을 언어로 변형시키기 위하야 그는 사신적(捨身的) 노력을 한다"[24]는 영랑에 대한 평가에는 그가 시도한 순수시론의 중점이 그대로 반영되어 있게 된다. 요컨대, 김영랑을 유미주의에 결합시켜 평가한 박용철의 태도는 바꾸어 말하면 그의 시론의 바탕이라 할 수 있으며, 영랑시는 박용철 시론의 형성에 계기적인 단초를 제공하였다고 생각된다.

2.2. 서구의 심미주의 문학론 수용

박용철 시론의 형성에 가장 직접적으로 작용한 요소는 서구의 심미주의 문학론이라 할 수 있다. 번역시 및 시론이 『박용철전집』에서 가장 많은 지면을 차지하고 있다는 사실과, 385편의 번역시가 주로 19세기 낭만주의 시인들의 심미적이고 애상적인 서정시라는 점은 그의 문학적 관심의 방향과 영향성을 대변하고 있다. 따라서 번역시의 수준적 고하를 따지기 이전에, 이들 번역시의 심미적 태도나 서정주의가 박용철의 시론 형성에 자양분으로 작용하였을 것이고, 자연히 이들 번역시의 바탕을 이루고 있는 서구 문학이론은 박용철에 내재된 동양미학적 관심과 상호 감응하였던 것으로 보여진다. 이러한 점 때문에 그의 시론은 외래성과 전통성의 조화를 추구[25]하고 있으며, 그의 시 역시 19세기 초의 낭만주의를 그 주조로 하고 있으나 서구적인 영원과 신비에 찬 시

24) 『박용철전집』 2, 108쪽.

25) 양혜경, 「박용철 시론의 전통지향성 연구」 『동아어문논집』 3, 동아대, 1993, 114쪽.

를 지향한 것이 아니라 한국적인 영탄정신과 현실주의에 젖어 있다[26]는 평가를 받아 왔다.

『박용철 전집』에서 거명되고 있는 외국 이론가로는 E.A.포우, A.E.하우스만, R.M.릴케 세 사람이 있다. 물론 박용철이 그들에 대해 언급하였다고 해서 직접적인 영향관계로 파악하고자 하는 것은 섣부른 오류를 범할 수 있는 위험성을 내포하고 있지만, 그러나 포우와 하우스만의 경우 그들의 이론이 박용철의 시론과 실증적으로 대비된다는 점에서 중요한 의미를 띤다고 하겠다.

박용철의 시론에 보이는 포우의 영향성에 대해서는 앞에서 언급한 김명인의 논문에서 거의 유일하게, 그리고 본격적으로 다루어진 바 있다. 본고에서는 김명인의 논지를 바탕으로 하되 여기에 몇 가지의 실증적인 측면들을 첨언하고자 한다. 포우는 영어권에서 심미주의적 견해를 제창한 최초의 비평가로 알려져 있거니와, 그의 문학론은 예술을 위한 예술 및 순수시의 기본적 관념을 예기케 한다.[27] 포우의 이러한 시론이 박용철에게 영향을 주었으리라는 점은 그들의 시론을 대비하지 않더라도, 박용철이 영랑에게 자신의 시 「부엉이 운다」의 작시과정을 설명한 편지[28] 속에도 드러난다. 여기에서 박용철은 「부엉이 운다」를 창작할 때 포우의 「까마귀」를 참고하고자 했음을 말하고 있다. 「까마귀」는 포우의 문학이론서인 『시작원리』[29]에 그 작시 경위와 함께 실린 작

26) 김명인, 『한국근대시의 구조연구』, 한샘, 1990, 209쪽.

27) R.V. Johnson, 이상옥 역, 『심미주의』, 서울대출판부, 1979, 80쪽.

28) 六年冬(1926년 겨울)에 초잡힌 것을 이제야 맨들었네. 3에서 부엉이 우름 부엉이 우름 해 봤으나 통일시키는 것이 나을 듯 해서 전부를 부엉이 우름으로도 해보고 싶지마는 너무 절박할 것 같데. Poe의 鴉는 nevermore에, Leonore로 韻을 마처서 공포의 효과를 얻었다고 하데마는 첫머리만 읽어 본 일이 있으나, 이 시를 맨들기 전에 전부를 참고할랴든게 이루지 못했네. (『박용철전집』 2, 340쪽)

품으로서, 박용철이 비록 불완전하게나마 이 책을 읽었으리라는 점을 짐작하게 한다.

「시문학 창간에 대하야」(1930), 「辛未 시단의 회고와 비판」(1931), 「효과주의적 비평론강」(1931)에는 박용철의 초기시론이 피력되어 있다. 여기에서 박용철이 강조하고 있는 것은 시를 조각, 회화, 음악 등과 같이 일종의 객관적 '존재'로 보는 이른바 순수시적 관점이다. 시를 객관적 존재로 본다는 것은 일차적으로 시에서의 어떠한 이데올로기적 요소도 불순한 것으로 간주 배격해야 하며, 아울러 시의 심미적 예술성을 추구하는 입장이다.

> 시의 가치는 거기에 담긴 교훈에 따라 판별되는 것이 아니라, 시 자체만을 위해서 판별된다. … 시는 그 자체에 있어서의 시, 오직 시일 뿐 그 이상의 아무 것도 아니며, 단순히 그 시 자체를 위해 쓰인 시보다 더 완벽한 존엄성이 있고, 더 고귀한 시는 존재하지 않을 뿐더러 존재할래야 할 수도 없다. …… 교훈은 시의 진정한 목표에 이바지 해야 하고, 그 목표는 아름다움을 명상하는 가운데 우리의 영혼을 흥분시키는 것이며, 아름다움에 대한 갈망은 곧 인간이 영원한 존재의 결과인 동시에 그 증거이기도 하다.[30]

위의 인용문에서 우리는 포우의 논지를 세 가지로 요약해 볼 수 있다. 첫째, 시의 가치는 교훈성에 있지 않다는 것이고 둘째, 시는 그 자체에 있어서의 시일뿐이며 셋째, 시의 진정한 목표는 아름다움에 대한 갈망에 있다는 것이다. 이러한 포우의 입장이 박용철 시론에서는 '변설이상', '한낱 존재', '미의 추구' 등으로 나타난다. 이는 결국 박용철의 존재로서의 시론이 포우의 심미적 문학관으로부터 심대하게 영향 받았

29) E. A. Poe, 「The Poetic Principle」 *Poems & Essays*, 1948.

30) 같은 글, 95~97쪽.

음을 의미하는 것이며, 그에 있어서의 시란 "존재라는 것, 그것은 일상적 정서로부터 분리된 특수한 느낌, 예외적인 순간에서 다루어진다는 것, 그리고 분석을 거부하는 감상자의 입장에서만 접근될 수 있다는 것"[31] 등으로 설명되어진다. 이러한 존재론적 시론을 대변하는 대표적 자작시가 「떠나가는 배」이다.

나 두 야 간다
나의 이 젊은 나이를
눈물로야 보낼거냐
나 두 야 가련다

안윽한 이 항구-ㄴ들 손쉽게야 버릴거냐
안개가치 물어린 눈에도 비최나니
골잭이마다 발에 익은 뫼ㅅ부리모양
주름쌀도 눈에 익은 아-사랑하든 사람들

버리고 가는이도 못닞는 마음
쫓겨가는 마음인들 무어 다를거냐
돌아다보는 구름에는 바람이 회살짓네
앞대일 어덕인들 마련이나 잇슬거냐

나 두 야 간다
나의 이 젊은 나이를
눈물로야 보낼거냐
나 두 야 간다

-「떠나가는 배」 전문

31) 김명인, 앞의 글, 1981, 251쪽.

이 시의 작시동기를 박용철은 "꿈같이 드러누운데 어쩐지 눈물 흘리며 떠나가는 배가 보이데. 그저 떠나가는 배일 뿐이야. 그래 그대로 풀어놓은 것이 그 시가 되었네. 잘잘못은 두고라도 성립의 과정은 상징의 본격이야"[32]라고 설명한다. 꿈과 같은 상황, 즉 환상적 세계 속에서 눈물 흘리며 떠나가는 배를 보았고, 그 환상을 그대로 풀어놓은 것이 이 시라는 것이다. 환상이란 무의식의 세계이고, 무의식 속에서는 인간의 자아가 대상이나 현상을 구속하려 하지 않는다. 자아로서의 '나'와 대상으로서의 '배'는 일정한 거리를 유지하며 서로를 관조할 따름이다. 즉, 이 시의 시작과 끝은 그 전체가 시인의 환상 속에 어느 한 순간 스쳐 지나간 선시적 체험으로서의 미적 영감이며, 글로 풀어놓은 상태에서는 하나의 존재일 뿐이기에, 그 작시과정을 '상징의 본격'이라 할 수 있는 것이다. 여기에서 그의 심미주의적이고 존재론적인 시론의 일단을 확인할 수 있다.

박용철의 후기시론, 즉 그의 발전된 순수시론은 하우스만과 릴케의 수용을 통해 이루어지게 되었다. 유일한 번역 논문인 하우스만의 「시의 명칭과 성질」[33]을 통해 박용철은 자신의 시론에 명석성을 부여한 것으로 생각되며, 논리 전개의 방법론을 깨우쳐 간 것으로 이해된다. 포우에 대한 강한 편향성을 보였던 박용철의 초기시론은 시를 존재로 생각하는, 즉 시에서 심미적 예술성을 찾아내려는 소박한 낭만주의적 시관에서 크게 벗어나지 않았었다.

그러나 하우스만의 시론을 번역하고 난 이후의 후기시론에서는 시의 창작과정에 관해 논함으로써 좀더 체계적이고 발전된 이론적 틀을 보

32) 『박용철전집』 2, 327~328쪽.

33) A. E. 하우스만, 『박용철전집』 2, 51~75쪽.

여주고 있는 바, 초기시론이 감상자의 입장에서 써진 것이라면, 후기시론은 창작자의 입장에서 써진 것이다. 그 후기시론의 대표적인 비평문이 바로 「을해시단총평」(1935), 「기교주의설의 허망」(1936), 「시적 변용에 대하여」(1937) 등이다.

하우스만의 「시의 명칭과 성질」은 순수시 이론을 전개한 논문으로써 박용철이 종래에 생각하고 있던 정서 위주의 존재로서의 순수시론과 유사한 점이 많은 것이었다.[34] 가령, 시작의 성공은 "본능적 분별과 청각의 자연적 우수에 의거하는 것"이라거나 "시는 말해진 내용이 아니요, 그것을 말하는 방식이다", 또는 "의미는 지성에 속한 것이나 시는 그렇지 않다"라는 하우스만의 말[35]에서 박용철은 자신의 순수시론이 나아가야 할 지향점을 확인하였다고 볼 수 있다. 즉, 하우스만의 시론이 정교한 감수성에 그 바탕이 있고, 삶에 대한 어떤 기준과도 무관한 것이라고 한다면, 그것은 박용철의 순수시론의 핵심과 맞닿아 있게 된다.

한편, 릴케에 대한 언급은 박용철의 시론 「시적변용에 대해서」에서 이루어진다. 그는 "시는 보통 생각한 것같이 단순히 감정이 아닌 것이다. 시는 체험인 것이다."고 한 릴케의 표현[36]을 빌어 시는 체험이며,

---

34) 김　훈, 앞의 글, 247쪽.

35) 『박용철전집』 2, 60쪽.

36) 「시적 변용에 대해서」에 인용된 릴케의 말을 빌면, 시는 감정이 아니라 체험이지만, 체험만으로는 부족해서 온갖 일상사에 대한 기억이 있어야 한다고 말하면서 또다시 다음과 같이 이어간다.
"그러나 이러한 기억만으로도 넉넉지 않다. 기억이 이미 많아질 때는 기억을 잊어버릴 수 있어야 한다. 그리고 그것이 다시 돌아오기를 기다리는 말할 수없는 참을성이 있어야 한다. 기억만 으로는 시가 아닌 것이다. 다만 그것들이 우리 속에 피가 되고 눈짓과 몸가짐이 되고 우리 자신과 구별할 수 없는 이름없는 것이 된 다음이라야- 그 때에라야 우연히 가장 귀한 시간에 시의 첫말이 그 한가운데서 생겨나고 그로부터 나아갈 수 있는 것이다." (『박용철전집』, 52쪽)

그리고 그 체험을 순수화시키는 기다림의 순화이고, 그 끝에 시가 탄생한다고 말한다. 그러나 이것은 실상 릴케의 본질과는 무관한 것이며, 박용철의 순수시론의 핵심 또한 체험론에 있는 것은 아니다. 따라서 박용철 순수시론의 지속적인 바탕은 '미의 추구'로 결집된 심미적 편향성이라고 할 수 있으며, 이는 포우와 하우스만의 시론에서 그 연원을 찾음이 더 타당할 것이다.

3. 순수시론의 변용적 의미

박용철의 시론을 가리켜서 우리는 흔히 순수시론, 존재로서의 시론, 혹은 창작과정의 시론, 변용의 시론이라 부른다. 앞의 두 가지가 시는 무엇인가라는 총론적인 물음에 대한 박용철의 입장을 대변하는 것이라고 한다면, 뒤의 둘은 시가 어떻게 써지는가라는 각론적 문제를 다루고 있다는 점에서 붙여진 명칭이다. 이렇게 이름하는 것은 그의 시론이 시의 교화적 기능을 배격하고 시를 하나의 존재로 인식하는 순수시 지향의 유기체시론이기 때문이며, 또한 시인으로부터 시가 탄생되는 과정, 즉 선시적인 것이 시적으로 변용되기까지의 과정을 다루고 있기 때문이다. 여기서 우리는 박용철이 의도한 순수시, '존재로서의 시'로의 변용이란 무엇이며, 어떠해야 하는가라는 명제에 부딪치게 된다. 따라서 이에 대한 해명은 박용철 시론의 의미를 파악하기위한 가장 본질적이고 궁극적인 작업이 될 것이다.

3.1. '선시적 체험(先詩的 體驗)'과 변용의 시론

어떠한 시이든, 시는 그것이 문자로 기록되어 독자에게 전달되기 이전부터 이미 시인의 내면에서 시의 모습을 갖추기 시작한다. 모방론적 관점에서든 표현론적 관점에서든 간에, 예술행위의 한 분야로서, 문학의 한 장르로서의 시는 시인의 창작과정을 거쳐 나오기 때문이다. 이러한 시 이전의 것을 '선시적'인 것이라 한다면, 그것이 시인과의 관계 속에서 어떻게 작용하는가에 따라서 각각의 시는 서로 다른 모습으로 구체화되는 것이다. 예컨대, 선시적인 것의 표출이 직접적인가 형상적인가에 따라서, 혹은 그것이 정서에서 배태된 것인가 이성에서 배태된 것인가에 따라서 그 창작물은 낭만시, 주지시, 서정시, 사회시 등 여러 모습으로 나타나게 될 것이다. 그렇다면 박용철에 있어서 선시적인 것과 그 변용의 문제는 어떠한 의미망을 갖고 있는가. 그 실마리는 '선시적'이란 용어가 직접적으로 등장한 비평문 「시적 변용에 대해서」에서 찾아진다.

> 靈感이 우리에게 와서 시를 잉태시키고는 수태를 告知하고 떠난다. 우리는 처녀와 같이 이것을 경건히 받들어 길러야 한다. 조금이라도 마음을 놓기만 하면 消散해버리는 이것은 鬼胎 이기도 하다. 완전한 성숙이 이르렀을 때 胎盤이 회동그란이 돌아 떨어지며 새로운 창조물 새로운 개체는 탄생한다.
>
> …(중략)…
>
> 羅馬古代에 성전가운데 불을 貞女들이 지키던 것과 같이 은밀하게 작열할 수도 있고 연기와 화염을 품으며 타오를 수도 있는 이 無名火 가장 조그만 감촉에도 일어서고, 머언 향기도 맡을 수 있고, 사람으로서 우리가 아무 것을 만날 때에나 어린 호랑이 모양으로 미리 怯함없이 만져보고 맛보고 풀어볼 수 있는 기운을 주는 이 無名火, 시인에 있어서 이 불기운은 그의 시에 앞서는 것으로 한 先詩的인 문제이다.[37]

시를 체험이라고 했던 박용철은 그 체험을 무명화의 개념으로 확산시켜 선시적인 문제로 다루고 있다. 여기에서 우리는 다시 老子의 道의 개념을 떠올려 볼 필요가 있다. "영감이 우리에게 와서 시를 잉태시키고는 수태를 고지하고 떠나"는 체험은 황홀한 미적 체험이며, 그리고 이 황홀한 상태는 노자에게 있어서 도의 경지이다.[38] 노자가 지적한 황홀의 경지란 일상적인 것이 아니라 절대의 생각에 이르렀을 때 그 절대의 것에 순종하는 마음의 상태에 속한다. 이러한 황홀은 실존에서 벗어나야만 가능하다는 점에서, 결국 존재의 문제로 귀결된다.

노자는 존재의 문제를 유·무의 관계 속에서 파악한다. "천지의 모든 것은 유에서 생하고 그 유는 무에서 생한다.(天地萬物生於有 有生於無)"[39]라고 하여 모든 사물의 존재양상을 유·무의 개념으로 수렴하고 있다. 말하자면 있는 것(有)만을 인정하는 것이 아니라 없는 것(無)까지 포함해서 유무의 상호관계에서 인정해야 도(道)가 내포하고 있는 존재성에 접근할 수 있는 것이다.[40] 이에 비추어 볼 때 바용철이 시를 '한낱 존재'라고 한 것은 유로서의 존재를 말함이며, 그것이 무로서의 존재인 선시적 체험으로부터 잉태됨을 인식하였던 것으로 볼 수 있다.

앞 장에서 언급하였던 무명천지지시(無名天地之始), 유명만물지모(有名萬物之母)라 함은 박용철의 위의 인용문과 상통하고 있다. 이름할 수 없는(無名) 영감으로부터 시는 잉태하는 것이요, 시인의 산고(產苦)를 거쳐 창조된 시는 그 존재를 이름할 수 있는(有名) 만물과 같은 것이다. '가장 조

37) 『박용철전집』 2, 8～10쪽.

38) 老子, 『도덕경』 21장.
"道라는 것은 황홀할 뿐이다. 황홀한 그 속에 모든 물상이 있고, 황홀한 그 가운데 사물이 있다. (道之爲物 惟恍惟惚 惚兮恍兮 其中有象 恍兮惚兮 其中有物)"

39) 위의 글 40장.

40) 윤재근, 앞의 글, 73쪽.

그만 감촉에도 일어서고', '머언 향기도 맡을 수 있고', 사람으로서 우리가 아무 것이나 '만져보고 맛보고 풀어볼 수 있는' 기운을 주는 무명화(無名火)는 노자의 도에 있어서 무명의 개념과 다름 아닌 것이다.

한편, 박용철의 시론은 원론적인 것에 입각해 있고, 사회의식이나 시대의식의 배제, 순수성과 선시적(先詩的)인 자리를 마련하는 데 그 특색이 있다. 시가 짓는 기교보다는 '속의 덩어리'에서 나온다고 한 박용철의 말은 기교 이전의 상태, 곧 정서의 중요성을 각성한 것으로 보여 진다. 이러한 선시적인 것으로서의 그의 정서의 본질은 하우스만의 창작과정에 대한 시론과 대비되어야만 명백해질 수 있는 것이다.

> 내 생각에는 詩의 산출이란 제 1단계에 있어서 능동적이라는 것보다 오히려 수동적 非志願的 과정인가 한다. 만일 내가 시를 정의하지 않고 그것이 속한 사물의 種別만을 말하고 말 수 있다면, 나는 이것을 分泌物이라 하고 싶다. 縱나무의 樹脂같이 자연스런 분비물이던지 貝母속에 진주같이 현명하게 그 물질을 처리했다고 할 수는 없으나, 나는 내가 조금 건강에서 벗어난 때 이외에는 별로 시를 쓴 일이 없다. 作詩의 과정 그것은 유쾌한 것이지마는 一般으로 불안하고 피로적인 것이다.[41]

이는 하우스만 시론의 기본 입장으로서, 작시상의 비밀을 재현시킨 창작과정으로서의 시론이라 할 수 있다. 하우스만의 이러한 기본입장은 박용철의 「시적변용에 대해서」에 나타난 시론 발상과 밀접한 유사성을 보여준다. 박용철에 의하면, 시에 앞서서 닦아지는 경험의 순수화에 대한 기다림과 참을성, 즉 '선시적(先詩的) 체험'은 새로운 창조물로서의 시의 모체가 되며, 이 필연성의 변용에 의하여 시를 탄생시킬 수 있다는 것이다.

41) A. E. 하우스만, 앞의 글, 72쪽.

흙 속에서 어찌 풀이 나고 꽃이 자라며 버섯이 생기고? 무슨 솜씨가 피 속에서 시를, 시의 꽃을 피여나게 하느뇨? 變種을 만들어 내는 園藝家 하나님의 다음가는 創造者. 그는 실로 교묘하게 배합하느니라. 그러나 몇곱절이나 더 참을성있게 기다리는 것이랴![42]

하우스만과 박용철은 시가 의도적으로 만들어지는 것이 아니며 시의 창작이 자연적 생리적 성격을 지니고 있다는 점에서 일치한다. 시 창작이 어떤 의도성이나 목적성에 좌우될 수 있는 것이 아니며 생명의 수태를 기다리듯이 오직 참을성 있는 기다림에 의해서만 가능하다는 박용철의 논리는 하우스만의 '수동적 비지원적 과정'에 대한 해설이다. 결국 시의 창작과정에 있어서 기교보다 우선하는 것이 하우스만의 '분비물'이라 한다면 박용철에 있어서는 '피'이다. 피란 곧 우리의 영혼이나 정신을 의미하는 것이기에 박용철은 모든 체험이 '피 가운데'로 용해되며 그 피 속에서 '시의 꽃'이 피어난다고 한다.

하우스만과 박용철 시론은 공통적으로 시의 방법론보다는 시의 원형으로서의 정신적 정향(定向)을 밝히는 데에 더 관심을 두고 있으며, 그 구체적인 근거를 시작(詩作)의 진통으로서의 선시적 체험에서 찾는다는 점에서 유사성을 보여준다. 시는 송진이나 조개 속의 진주와 같은 '분비물'이며 시가 태어나는 곳을 '위의 명치'라고 한 하우스만의 관념이 박용철에 와서는 '영혼'과 '피'로 치환되어 있으며, 이는 다시 '속의 덩어리'로 표현된다. 즉 박용철 시론에서 볼 수 있는 '덩어리'→'영혼'→'피'로서의 변이란, 하우스만에서의 '덩어리'→'영혼'→'위의 명치'와 서로 밀접하게 대응되는 관계라 볼 수 있다. 그러나 이것은 어떤 사상의 덩어리가 아니라 일종의 정서의 덩어리라는 점에서 상징주의 시론이나

42) 『박용철전집』 2, 4쪽.

모더니즘 시론과는 상당한 거리에 있음을 알 수 있다.[43)]

'선시적 체험'이 이처럼 존재로서의 시를 가능하게 하는 원형질, 즉 상도(常道)라 부를 수 있는 무명(無名)의 것이며 그것이 시 이전의 생명적 또는 생리적 현상으로서의 정서를 가리킨다면, 박용철 시론에 있어서 시적 변용의 의미는 무엇이며 어떻게 이루어지는 것인가?

> 기묘한 配合 考案 技術 그러나 그 위에 다시 참을성있게 기다려야 되는 變種發生의 챈스.[44)]

이는 박용철이 시 창작과정의 마지막 단계를 설명하는 말이다. 언뜻 선시적 체험의 시적 변용이 기교에 의해서 이루어짐을 말하는 것 같다. 그러나 사실은 시의 기교를 중시한다기보다 '기다림'을 중시하고 있다. 체험의 변종, 그것은 곧 변용이 이루어진 현시(現詩)인 것이며 이러한 변종 발생의 챈스는 의도적인 기교나 목적에 의해서 만들어지는 것이 아니라, 참을성 있는 기다림 속에서 어느 한 순간에 찾아오는 것이다. 그러므로 선시적 체험과 그 체험의 불길인 무명화에 의해 다시 시가 진전된다는 '교호작용'으로서의 변용은 계기적이라기보다는 동시적으로 이루어진다.

또한 박용철에 있어서 시의 기교는 선시와 현시를 연결하는 매개물이 아니라 이미 선시적으로 내재되어 있는 체험의 방식이라 할 수 있다. 「떠나가는 배」의 작시 동기를 스스로 설명하면서 시적 변용의 과정을 '상징의 본격'이라 하였던 점은 바로 여기에서 기인한다. 따라서 박용철 시론에서의 변용의 의미 역시 기교적인 것이 아니라 체험적인 것

---

43) 한계전, 앞의 글(1977), 59~60쪽 참조.

44) 『박용철전집』 2, 4쪽.

이다. 즉 선시적 체험의 시적 변용이라는 것은 체험의 정서적 순화과정이며, 그것이 자연의 법칙처럼 시로 전화되기 때문이다.

릴케로부터 그 기본적인 의미를 차용하고 하우스만에게서 논리 전개의 근거를 도움 받은 박용철의 변용의 의미는 그러나 실제로는 그들과 구분되는 면을 가지고 있다. 시를 체험의 변용이라고 할 때, 반기독교적 사상의 소유자인 릴케의 체험이 사회적 이성적인 것이라면 영감(靈感)으로 표현되는 박용철의 체험은 개별적 정서적인 것이다. 또한 형이상학과 시에 대한 반박으로 제기된 하우스만의 시론이 "시는 말해진 내용이 아니요, 그것을 말하는 방식이다", "언어와 그 지적 내용 즉 의미와의 결연은 상상할 수 있는 가장 긴밀한 결합이다"[45]라 하여 변용과정에서의 '기교'에 관심을 보이고 있다면, 박용철의 시론은 기교까지도 선시적 체험으로 포괄함으로써 오히려 형이상학적 성격의 일단을 보여준다. 이는 앞에서 제시한 바 있는 동양미학적 관심, 특히 도가적 소양과 그의 문학 활동 초기에 수용했던 포우의 영향성이 후기까지지도 지속되고 있었던 까닭으로 생각된다.

3.2. '변설이상(辯說以上)'의 반이성 · 반기교주의

박용철 시론에서의 변용의 의미는 선시적 체험과 더불어 '辯說以上'을 통해서도 그 핵심적 요체가 파악된다. '변설이상'의 시론은 「을해시단총평」(『동아일보』 1935.12.25)으로부터 전개되는데, 이는 임화가 「담천하의 시단일년」(『신동아』 1935.12)에서 김기림, 정지용, 신석정류의 시를 기교주의라 비판한데 대한 반론으로 제기한 것이다. 동시에 임화가 주창한

45) 같은 글, 60쪽.

계급문학으로서의 시란 시가 아니라 '변설'일 뿐이며, 시는 "특이한 체험이 절정에 달한 순간의 시인을 꽃이나 혹은 돌멩이로 정착시키는 것과 같은 언어 최고의 기능을 발휘시키는 길"이어야 한다고 논박한다.

또한 박용철은 변설과 대척점에 서 있는 것으로 생각할 수 있는 '기교'까지도 비판한다. 김기림의 기교주의가 대중과 영합하여 시를 경박한 수단 혹은 실험의 도구로 전락시키고 있음을 「기교주의설의 허망」(『동아일보』 1936.3.18)에서 지적하고 있는 것이다. 이런 점에서 '변설이상'은 반이성·반기교적 성격을 갖는, 박용철 나름대로의 순수시의 방향성과 시적 변용의 기준으로 제시된 것이라 할 수 있다. 그렇다면 '변설이상'은 그의 시론의 맥락 속에서 어떠한 의미로 작용하고 있는가?

> 현실의 본질이나 刻刻의 전이를 敏速 正確히 인지하는 것은 인간 일반에게 요구되는 이상이오 시인은 이것을 인지할 뿐 아니라 영혼의 가장 깊은 속에서 그것을 體驗하는 사람이어야 한다. 그러나 이것까지도 思考者 일반에게 요구될 수 있는 것이요, 그 위에 한걸음 더 나아가 최후로 시인을 결정하는 것은 이러한 모든 깊이를 가진 자신을 한송이 꽃으로 한마리 새로 또는 한개의 毒茸으로 변용시킬 수 있는 능력에 있다.[46]

위의 인용문은 "시인은 시대현실의 본질이나 그 각각의 세세한 전이의 가장 민첩하고 정확한 인지자이어야 하고 그것을 시적 언어로 반영 표현해야 한다"고 한 임화의 논지에 대한 반박이다. 박용철에 따르면 시대현실을 시적 언어로 반영 표현하는 것은 '설명적 변설'일 뿐이며, 이는 시인이 아닌 일반인이라도 가능하다. 이를 영혼 속에서 체험하고 한 송이 꽃으로 한 마리 새로 변용할 수 있어야만 진정한 시인으로서

46) 같은 글, 87쪽.

변설이상의 시를 창조할 수 있는 것이다. 따라서 시인은 '하느님의 다음가는 창조자'로서 道의 경지에 이르러야 한다.

전술한 바 있지만 도가에서의 시, 즉 시도(詩道)라 함은 유명과 무명을 통한 본체로 이해된다. 도가에서의 시표현은 그러므로 자연이며 자유이고 무위(無爲)인 것이며, 노자가 말한 '공덕지용(孔德之容)'[47]의 용(容)이라 할 수 있다. 용이란 멈추어진 모습이나 모양이 아니라 끊임없는 창조적 작용이기 때문이다. 또한 도가에서는 체험을 결정하는 것이 아니라 체험의 가능성을 부단히 약속하여 변용하는 것을 시적 표현이라 보고 있다.[48] 이러한 도가의 시관이 박용철의 시론과 일맥상통하고 있음을 긍정할 때, 박용철의 '변설이상'의 시란 유명(有名)만의 변설이 아닌 유명과 무명이 상통하는 자연 그대로의 것, 무위의 것이라 하겠다.

> 아름다운 辯說, 적절한 辯說을 누가 사랑하지 않으랴, 그것은 우리 인생의 기쁨의 하나다. 시가 언어를 媒材로 하는 이상 최후까지 그것은 일종의 辯說이라고 볼 수도 있다. 그러나 그것은 결정되고 응축되어서 그 가운데의 一語一語가 일상용어와 외관의 상이함은 없으나 시적 구성과 질서 가운데서 승화된 존재가 되어야 한다.[49]

시를 순수예술로 보려는 생각은 시의 교화적 기능을 가장 완벽하게 배격한다. 임화의 시론이 '생활의, 현실의, 문제의 변설(辯說)'을 주창하는 내용우위론 시관이라 한다면, 「을해시단총평」에 나타난 박용철의

47) 노자는 『도덕경』 21장에서 '孔德之容'으로 도를 설명하고 있는 바, '孔德'은 유·무의 상관을 통한 도의 해명이며 동시에 그 해명이 바로 '容'으로써 암시되고 있다. 노자는 容이란 황홀하고 그윽한 것이며, 그 속에 象·物·精·信이 있다고 한다.

48) 윤재근, 앞의 글, 89~90쪽 참조.

49) 『박용철전집』 2, 87쪽.

시론은 그 본질이 현실생활과 시대정신을 대변하는 데 있는 것이 아니라 "영혼의 가장 깊은 속에서 체험"한 것을 시적으로 여하이 변용시킬 수 있는가의 여부에 있는 것이다. 박용철의 이러한 변설이상의 시론은 하우스만의 '언어와 의미와의 긴밀한 결합'과도 일치되며, 하우스만 시론이 지니고 있는 '패러프레이즈 반론'(heresy of paraphrase)[50]적 성격을 그대로 보여주고 있기도 하다.

하우스만은 시비평에서 想(내용)이 그리 중요한 요소가 아니라는 점, 또한 산문으로 표현하기에 너무 고귀한 진리란 있을 수 없다는 점, 그러므로 시에서의 내용은 시적 표현과의 긴장된 결합에 의해서만 이루어질 수 있다는 점[51] 등을 말하고 있다. 이는 패러프레이즈(辯說)에 대한 반론인 것이며, 이러한 영향성이 박용철의 임화에 대한 비판에서 극명하게 보여주고 있는 것이다.

한편 박용철의 변설이상의 시론은 역설적으로 기교주의에 빠지는 것도 경계한다. 이러한 태도는 김기림에 대한 비판에서 구체화되는데, 박용철은 선시적인 정신이 언어와 부딪치면서 표현의 가능성을 찾는 접합점으로서의 기교의 의미를 검증하고, 그것은 "수련과 체험의 축적의 결과 얻어지는 것"이라 하여 '기교'라는 용어를 '기술'로 대체할 것을 주장한다. 그에 의하면 기술은 "목적에 도달하는 도정으로서의 매재(媒材)를 구사하는 능력"으로 정의되는데, 그러한 기술은 선시적인 강렬한 충동이 있어야만 존재 의의를 갖는다. 따라서 예술 이전의 충동, 즉 영감의 잉태가 "완전한 성숙에 이르렀을 때 태반이 회동그란이 돌아떨어지며 새로운 창조물 새로운 개체가 창조"되게 되고, 이것이야말로 진정

50) 한계전은 '박용철에 있어서 하우스만 시론의 수용'에서 하우스만 시론의 성격을 C. Brooks의 용어를 빌어서 패러프레이즈반론에 해당한다고 규정한다.
51) 『박용철전집』 2, 82~84쪽.

한 의미의 기술이라는 것이다.

결국 박용철은 인간 혹은 자연적 존재의 부분이나 모습을 변설적 전달이나 의도적 가공을 통해 변형시키는 것에 목표를 두는 것이 아니라,[52] 선시적 체험이 변설 이상으로 변용된 시를 창조하고자 하였던 것이다. 이는 반이성·반기교의 시 지상주의적 자세이며 그가 그토록 열망하였던 순수시론의 성과이자 동시에 한계라고 할 수 있다. 그럼에도 불구하고 박용철의 시론이 임화와 김기림을 비판하는 실천비평으로 전개되었던 까닭에, 프롤레타리아 문학론과 모더니즘 시론을 동시에 거부하는 독자적인 위치에서 1930년대 예술파 문학론을 선도하는 역할을 담당하였다고 보여 진다.

4. 맺음말

시문학파의 유일한 이론분자였고 1930년대의 우리 시단에서 시의 창작과정을 밝히고자 한 독보적 존재였던 박용철의 시론은 지금까지 순수시론, 존재의 시론, 창작과정의 시론, 변용의 시론 등으로 언급되어져 왔다. 이는 박용철 시론이 보여준 심미주의적 존재 탐구, 그리고 시적 변용에의 끊임없는 관심 등에 기인한다. 따라서 박용철 시론의 변용적 의미를 이해하기 위한 요체는 '선시적 체험'과 '변설이상'에 있게 된다. 이러한 두 가지 핵심적 요소들은 박용철의 문학관이 심미적이었던 데서 발아되었던 것이고, 전자가 시적 변용의 대상이었다면 후자는 그 기준으로 작용하여 왔다.

52) 이명찬, 「박용철 시론의 의미」 『한국현대시론사』, 모음사, 1992, 278쪽.

박용철의 심미적 문학관이 포우, 하우스만 등의 영향에 의해 형성되었음이 주지의 사실이기는 하지만, 그러나 기존의 논의에서처럼 서구 시론의 영향으로만 파악하여서는 그 본질에의 완전한 접근이 불가능하다. 그것은 박용철의 성장환경에서 뿐만 아니라 그의 시론에서 보이는 주요 개념들이 동양적 예술관, 특히 도가의 형이상학적 측면을 강하게 내포하고 있기 때문이다. 즉 박용철이 시를 하나의 존재로 파악하고자 한 것은 노자의 본체론적 도의 개념과 상통하고 있다. 따라서 동·서양 시관에 대한 박용철의 소양과 영향관계에 의해서 형성된 박용철 시론의 변용적 의미는 다음과 같이 요약될 수 있다.

첫째, 박용철의 존재로서의 시는 도가(道家)의 존재 개념인 유·무의 상관관계로 설명될 수 있다. 선시적 체험은 무(無)의 존재인 것이며 여기에서 현시(現詩)에로의 변용이 이루어진다. 즉 선시적 체험은 존재로서의 시를 가능하게 하는 원형질인 무명(無名)의 것이다.

둘째, 선시적 체험은 새로운 창조물로서의 시의 본체가 되며, 이 필연성의 변용에 의하여 시가 탄생된다. 즉 시의 창작과정을 자연적 생리적 성격으로 파악한다는 점에서 하우스만의 시론과 유사성을 갖는다.

셋째, 박용철에 있어서의 변용의 의미는 릴케, 하우스만과 구분된다. 릴케의 체험이 사회적 이성적인 것이라면 박용철의 체험은 개별적 정서적인 것이다. 하우스만의 시론이 변용과정에서의 '기교'에 관심을 갖는데 반해 박용철의 시론은 기교까지도 선시적 체험으로 포괄하는 형이상학적 측면을 보여준다.

넷째, '변설이상'의 의미는 임화와 김기림에 대한 동시 비판을 담보함으로써 반이성·반기교적 성격을 갖는, 박용철 나름의 순수시의 방향성과 시적 변용의 기준으로 제시되고 있다. 그러나 선시적 체험이 변설 이상으로 변용된 시를 창조하는 데에만 몰두한 나머지 인간의 본질적 문제를 도외시한 시 지상주의적 태도를 견지함으로써 그의 시론이 본격적인 창작방법론으로 성립되는데 스스로 장해 요인을 안고 있었다는 점에서 그 한계가 있다 하겠다. 그럼에도 불구하고 박용철의 시론은 목적론적 창작 태도를 보인 프롤레타리아 문학론과 기교주의에 흐르고만 모더니즘 문학론을 거부한 정서이론으로써, 1930년대의 김환태, 김문집 등 예술파 시론가들의 입지를 제공한 선도적 시론으로서의 역할을 담당하였다는 점에서 그 의의를 찾을 수 있다.

❂ 참고문헌

『박용철전집』 1·2, 시문학사, 1940.

김명인, 「순수시론의 환상과 현실」『어문논집』 22집, 고려대, 1981.

김용직, 『한국현대시연구』, 일지사, 1974.

김윤식, 『근대한국문학연구』, 일조사, 1973.

김 훈 외, 『한국현대시사연구』, 일지사, 1983.

윤재근, 『시론』, 둥지, 1990.

이명찬 외, 『한국현대시론사』, 모음사, 1992.

정종진, 『한국현대시론사』, 태학사, 1988.

정태용, 『한국현대시인연구·기타』, 어문각, 1976.

정한모, 『한국현대시문학사』, 일지사, 1978.

한계전, 「박용철에 있어서 하우스만 시론의 수용」, 『관악어문연구』 2집, 서울대, 1977.

R.V. 존슨, 이상옥 역, 『심미주의』, 서울대출판부, 1979.

| 김미미 |

박용철 시론 연구*

—'순수'의 의미지평을 중심으로

1. 들어가는 말

M. 칼리니스쿠에 따르면, 베르나르는 우리를 거인의 어깨 위에 올라앉아 있는 보잘 것 없는 난장이에 비유하곤 했다. 우리는 자신의 천부적 능력으로 전진했기 때문이 아니라 다른 사람들의 정신적 힘에 의해 뒷받침되었기 때문에, 그리고 우리 조상으로부터 물려받은 유산을 소유하고 있기 때문에 더 많이 알게 되는 경우가 많다.[1] 이 말은 고대인과 근대인의 관계설정에만 적용되는 것이 아니다. 좁게는 학문분야에서도 대부분의 연구자들은 이전 연구자들의 연구업적을 토대로 삼아

* 이 글은 지난 2014년 6월 현대문학이론학회에서 발간한 『현대문학이론연구』 제57집에 게재된 글이다. 지난 1년간 '문화인 박용철 세미나'에 참가해 조언을 아끼지 않으신 사업단 구성원들께 감사의 마음을 전한다.

1) M. 칼리니스쿠, 『모더니티의 다섯 얼굴』, 이영욱 외 역, 시각과언어, 1994, 25쪽.

연구를 수행해 간다. 하지만 그 과정에서 비판적 관점이 사라진다면 그 연구는 균형을 잃고 말 것이다. 본고는 이러한 문제의식에서 출발한다. 박용철의 시론을 대상으로 삼는 본 연구는 기존 연구사의 영향관계와 박용철 시론에 대한 평가에 대해 비판적 관점으로 접근하여 시각의 전환을 꾀할 것이다.

짧은 생을 살다간 용아 박용철(1904~1938)은 30년 『시문학(詩文學)』지의 창간을 계기로 본격적으로 문단의 주목을 받기 시작한다. 그는 이후 시인, 번역가, 비평가, 문예지 편집인으로 활발한 활동을 하며 현대시사에 한 획을 긋는다. 그의 문학 활동에 대한 연구는 크게 창작분야와 비평분야로 나뉘는데 일반적으로 창작분야보다는 비평분야에 더 많은 비중을 두고 진행되었다.[2] 이 중에서 비평분야 즉 그의 시론에 대한 일반적 연구는 첫째, 독문학도로서 박용철의 전기적 사실과 더불어 창작시보다 더 많은 번역시의 존재로 인해 외국문학과의 영향관계를 따져보거나[3] 둘째, 30년대 시단에서 모더니즘 계열과 사회주의 계열의 시파와

2) 박용철에 관해 최초로 그의 전반적인 문학활동을 정리한 연구는 김윤식의 것으로(「용아 박용철 연구」, 『학술원논문집』 9, 서울대학교, 1970.) "시인으로 출발한 박용철이 의외에도 시작품을 많이 남기지 못한 이유와, 훌륭한 시론을 쓴 그가 그 시론을 감당할 만한 작품을 이룩하지 못한 이유"(198쪽)라는 평가가 연구자들 사이에서 지속적으로 반영된 결과일 것이다. 하지만 이와 같은 평가는 차후에 다시 검토되어야 할 문제라고 여긴다.

3) 한계전, 「박용철에 있어서 하우스만 시론의 수용」, 『관악어문연구』 2, 서울대학교 국어국문학과, 1977.
김병택, 「박용철 시론-서구 시론의 수용을 중심으로」, 『영주어문』 2, 영주어문학회, 2000.
김재혁, 「박용철의 릴케 문학 번역과 수용에 관한 연구」, 『독일문학』 93, 한국독어독문학회, 2005.
안삼환, 「박용철 시인의 독문학 수용」, 『비교문학』 38, 한국비교문학회, 2006.
최박광, 「박용철의 외국 문학 수련과 그 위상」, 『인문과학』 37, 성균관대 인문과학연구소, 2006.

대별되는 새로운 조류를 대변하는 순수문학 계열의 토대를 마련한 이론가로서 그의 시론을 낭만주의와의 연관성 속에서 평가하는 연구와[4] 마지막으로 시론 자체에 집중하여 내적 원리를 밝히려는 연구로 나눠 볼 수 있다.[5]

본고는 박용철에 관한 수많은 연구논문들이 각자 방향을 달리하여 접근하고 있음에도 불구하고 대개의 경우 공통적으로 전제하고 있는 점에 대해 주목하고자 한다. 첫째는 그의 문단활동의 특성을 1934년 하우스만의 시론 「시(詩)의 명칭(名稱)과 성질(性質)」을 번역・수록한 것을 계기로 분절적으로 인식하려 하는 점이며 둘째는 그의 시론에 미친 낭만주의의 영향을 공통적으로 인정하되 그 효과에 대해서는 긍정적 평가에 인색하다는 점이다. 이러한 전제들이 일정부분은 나름의 타당성을 지니고 있겠지만 근본적으로는 초기 연구자들의 논의를 무비판적으로 반복・재생산한 것에서 비롯되었음을 밝히고 재평가하고자 한다.

구체적으로 먼저 전자와 같은 평가에 대해 그 영향관계를 밝힐 것이다. 그리고 박용철의 실제 글을 통해 확인하여 초기부터 그의 시론에는 일관성이 있었다는 점을 드러내어 짧은 활동기간에도 불구하고 그의

---

4) 김윤식, 『근대한국문학연구』, 일지사, 1973.
김명인, 「순수시론의 환상과 현실」, 『어문논집』 22, 고려대 국어국문학연구회, 1981.
신명경, 「박용철 시론의 낭만주의적 성격」, 『동남어문논집』 4, 동남어문학회, 1994.
정 훈, 「박용철 시론 연구」, 『동남어문논집』 26, 동남어문학회, 2008.
오문석, 「박용철 시론의 재구성」, 『비평문학』 45, 한국비평문학회, 2012.

5) 김동근, 「박용철 시론의 변용적 의미」, 『한국언어문학』 34, 한국언어문학회, 1995.
신재기, 「박용철의 시적 언어론」, 『어문학』 83, 한국어문학회, 2004.
오형엽, 「박용철 시론의 구조와 계보」, 『비평문학』 18, 한국비평문학회, 2004.
강웅식, 「박용철의 시론 연구」, 『한국학연구』 39, 고려대 한국학연구소, 2011.
이상옥, 「박용철 시론의 내적 논리」, 『우리말글』 55, 우리말글학회, 2012.

시론이 타인을 설득할 만한 힘을 지닐 수 있었음을 밝힐 것이다. 그리고 그의 시론을 관통하는 요소 중에서 '언어'를 중요한 특질의 하나로 상정하고 '언어'에 대한 천착이 외적인 요소를 배제한 순수한 문학적 차원임을 밝혀 그를 따라 다니는 '순수'가 갖는 의미의 복층을 분별할 것이다. 다음으로 후자와 같은 평가에 대해서도 그 영향관계를 밝힐 것이다. 그리고 낭만주의에 대한 확장된 시각을 제시하는 프레데릭 바이저의 논의를 수용하여 박용철 시론과 낭만주의의 영향관계에 대해 기존 논의에서 한계로 지적되어온, 당대 현실에 대한 무관심과 관련한 평가가 전복의 여지가 있음을 드러낼 것이다.

이와 같은 논의 과정을 통해 본고는 박용철 시론에 관한 기존 연구에 대해 비판적 시각을 덧붙이고 동시에 앞으로 전개될 박용철 시론 연구에 가능성을 더해 줄 것으로 기대한다. 또한 박용철 시론이 갖는 '순수'의 다양한 면을 살펴봄으로서 그의 시론이 비교적 짧은 문단활동에도 불구하고 당대에도 또한 현재에도 계속 사유될 수 있는 힘이 어디에서 비롯되는지에 대해 확인케 될 것이다.

2. 시적언어의 탐구와 문학적 '순수'

1970년 김윤식이[6] 박용철의 문학 및 문단활동에 대해 전반적으로 밝힌 연구 결과를 발표한 이후 많은 연구자들이 자신의 분야에서 각각의 연구를 수행해 왔다. 그 중에서 박용철의 시론과 관련하여 주목할 만한 업적을 남긴 연구물의 하나로 한계전의[7] 글을 찾아볼 수 있다.

6) 김윤식, 「용아 박용철 연구」, 『학술원논문집』 9, 서울대학교, 1970.

한계전의 연구는 박용철의 시론을 대상으로 삼아 그가 1934년경 하우스만의 「시(詩)의 명칭(名稱)과 성질(性質)」을 번역하여 발표한 것을 계기로 전기와 후기로 구분하여 전기는 작품과 독자 사이의 관계에 주목하여 감상자로서의 시론을 전개하였고 후기에는 시와 작자와의 관계에 치중하여 창조과정으로서의 통찰을 보여주었다며 특히 박용철 사망 직전의 마지막 시론인 「시적 변용에 대하여」같은 경우는 근대 시론 중 유일무이한 창조과정으로서의 시론이라며 극찬한다. 이러한 전제 하에 그는 하우스만의 이론과 그 영향관계에 대해 확장적이고 구체적인 연구를 수행한다.

그런데 하우스만 시론과의 영향관계에 대한 그의 연구공적을 논하기에 앞서 기본적으로 한계전 사유의 전제는 박용철에 관한 최초의 종합적 성격의 연구물인 김윤식 글의 논지전개에서 크게 벗어나지 않는다는 점에 대해 살펴볼 필요가 있다. 김윤식의 연구가 박용철의 활동을 전반적이고 구체적으로 다루고 있기 때문에 그 자장에서 벗어나는 것은 좀처럼 쉬운 일이라거나 의미를 담보하는 일도 아니겠지만 어쨌든 한계전의 글은 김윤식의 논지전개에서 벗어나지 않고 동일한 전제 하에서 세부항목을 심화·확대 연구한 영향력 있는 결과물이라는 점에는 이론의 여지가 없다고 할 수 있다.

> 詩란 한낱 高處이다. …… 詩의 心境은 우리 日常生活의 水平情緒보다 더 高尙하거나 더 優雅하거나 더 纖細하거나 더 壯大하거나 더 激越하거나 어터튼 「더」를 要求한다. …… 우리 平常人보다 남달리 高貴하고 銳敏한 心情이 더욱이 어떠한 瞬間에 感得한 高貴한 心境을 表現시킨 것이 우리에게 「무엇」

7) 한계전, 「박용철에 있어서 하우스만 시론의 수용」, 『관악어문연구』 2, 서울대학교 국어국문학과, 1977.

을 흘려주는 滋養이 되는 좋은 詩일 것이니 여기에 鑑賞이 創作에서 나리지 않는 重要性을 갔게 되는 것이다.[8)]

위 글은 1930년 『시문학(詩文學)』 창간호 서문의 일부를 김윤식이 인용한 것으로 이후의 연구자들의 글 속에서 꾸준히 확인할 수 있는 대목이다. 김윤식은 “이 인용(引用)에서 중점(重點)이 가 있는 부분(部分)은 시(詩)의 창조과정(創造過程)에서 규정(規定)한 것이 아니라 감상자(鑑賞者)의 측면(側面)에서 보고 있음을 알아낼 수 있다”[9)]라고 말한다.

또한 김윤식은 박용철이 1930년에 문단에 등장한 이후에 34년 하우스만의 글을 번역・발표하기 전까지의 비평가로서의 활동을 가리켜 의욕은 있었으나 미숙성을 지닌 것으로 평가한다. 그의 말에 의하면 박용철은 미숙성을 극복하기 위한 노력의 시간을 요했고 그것이 32년 『문예월간(文藝月刊)』 폐간 이후부터 34년 『문학(文學)』 창간 때까지로 본다. 그리고 이 노력의 시기에 하우스만의 시론을 받아들여서 질적인 변화와 성숙을 이루었다는 것이다. 이와 같은 평가는 그대로 한계전 글의 전제가 되었고 이후 연구자들의 글에서도 엄밀한 비판 없이 수용되는 경향을 확인할 수 있다.

이 句節은 하우스만의 詩論의 核心이라 할 수 있었거니와, 詩에 있어서의 本質的 要素가 무엇이며, 批評家가 제 一級이 될려면, 어떠한 能力이 要請된다는 點을 銳利하게 보여주고 있다. 詩의 本質이 「詩作의 技術」속에 存在하는데, 그것은 本能的 分別과 聽覺의 自然的 優秀에 依據한다는 것은 종래 朴龍喆이 갖고 있던 「存在로서의 詩觀」을 훨씬 넘어서는 것이 된다.[10)](이후 밑줄

8) 박용철, 『박용철 전집』 2, 깊은샘, 2004, 143쪽.(이후 『전집2』로 약하고 쪽수만 표기.)

9) 김윤식, 앞의 글, 244쪽.

10) 같은 글, 258쪽.

은 인용자.)

위 인용구절은 박용철의 시론에 대한 반복적인 평가에서 핵심적인 위상을 갖는 부분인데, 본고에서는 이 지점에 대해 재고의 여지가 있음을 확인하고자 한다. 인용문에서는 하우스만 시론의 수용으로 "종래 박용철이 갖고 있던 '존재로서의 시관'을 훨씬 넘어서는" 계기가 되었다고 언급하는 바, 이 '존재로서의 시관'이 무엇을 의미하는지 살펴볼 필요가 있는데, "그 전(前)에는 시(詩)를(뿐만 아니라 아무글이나) 짓는 기교(技巧) 글씨만 있으면 거저지을 셈잡었단 말이야 그것을 이 새 와서야 속에 덩어리가 있어야 나오는 것을 깨달았으니 내깜냥에 큰 발견(發見)이나 한 듯 가소(可笑)·시(詩)를 한 개의 존재(存在)로 보고 조소(彫塑)나 처(妻)와 같이 시간적(時間的) 연장(延長)을 떠난 한낱 존재(存在)로 이해(理解)(당연(當然)히 감(感)이라야할 것)하고 거기 나와잇는 창작(創作)의 심태(心態)(이것은 (창작품)創作品에서 감상자(鑑賞者)가 받는 심태(心態)이지 창작가(創作家)가 갖었든 혹(惑)은 나타내려하든 심태(心態)와는 독립(獨立)한 것이지)."[11]에서 보듯, 문단에 등장하기 전 김영랑과 주고받은 편지 속 박용철의 언급에서 그와 같은 평가의 기원/시초를 확인할 수 있다.

> 그림그리기를 배호지않은사람이 좋은경치를 그리기위하야 붓을들기로 그려놓은것을 본 우리는 웃을뿐입니다. 美人을 앞에 놓고 石膏를 만저거려도 <u>손의熟練이 없으면 훌륭한 彫像의 出來를 우리는 헐되이 기다릴것입니다</u>. 詩의 表現이 그림그리기나 彫刻만들기와 그原理에 있어서 다름없을줄은 사람마다 알면서도 拙劣한 말솜씨로 그려지지아니한그림과 보기숭한 彫像을 만들어 사람앞에 붓그러운줄모르고 내놓습니다.[12]

11) 『전집2』, 326쪽.

12) 『전집2』, 78쪽.

예술은 抽象的 觀念에 의해서가 아니라 具體的形象에 依해서 表現하는것이며 社會에 끼치는 影響도 論理의 說服으로서가 아니라 感情의 傳染으로 하는 것이다.[13)]

위 두 개의 인용구절은 34년 하우스만의 시론을 번역·발표하기 전인 1931년에 쓰인 「신미시단(辛未詩壇)의 회제(回顧)와 비판(批判)」과 「효과주의적비평논강(効果主義的批評論綱)」의 일부분이다. 이는 표현의 필연성에 대해 언급한 부분으로 박용철에게 시란 (후에 '선시적인 것'과 '변설이상의 시'에서처럼 표현은 달라지지만) 내적인 덩어리와 그것의 표현 간의 상호보완적 작용의 결과물이다. 앞서 김영랑에게 쓴 편지에서도 '속에 덩어리'의 존재에 대한 깨달음을 표현하였지만 그보다 이미 '기교'에 대한 파악이 선행했음을 알 수 있다. 즉 박용철은 34년 이전부터 '본능적 분별'과 '청각의 자연적 우수'에 해당하는 '내적인 것'과 '표현'에 대한 인식을 지니고 있었던 것이다. 만약 하우스만의 시론이 기존에 박용철이 지니고 있던 생각과 달랐다면 번역의 대상이 되지도 그의 이론을 심화시키는 계기도 되지 않았을 터이다. 이를 통해 박용철은 문단에 공식적으로 등단하기 전부터 시론에 대한 일정한 생각을 견지하고 있었고, 그것은 시간의 흐름에 따라 자연스럽게 심화되었으며, 이러한 일관성은 우선적으로 당대 시단에서 박용철의 이론이 일정한 영향력을 갖게 되는 저력으로 작용했음을 추정할 수 있다.

박용철의 문단 내 활동과 입지확보의 저력이 된 시론의 일관성을 관통하는 요소는 (이후 많은 연구자들에 의해 다양한 명칭을 부여받게 되는) '내적인 것'과 '표현'이다. 이 중에서 박용철의 시론을 여타의 시론과 구별시켜 주는 요소는 '표현'인데, 이것은 요컨대 '언어'에 대한 필

13) 『전집2』, 31쪽.

연적 관심이라고 바꾸어 말할 수 있다. 시를 논함에 있어 '언어'의 필연성에 대한 사유는 당대 문단에 새로운 활력을 불어넣게 되는데, 그것은 1920년대 일본유학길에서 돌아온 바로 앞 세대의 시인인 김억 등이 일본식 상징주의의 세례를 받고 돌아와 「시형의 음률과 호흡」과 같은 글을 발표하면서 시 자체에 대한 관심의 싹을 보이긴 했으나 아직은 시언어 자체에 대한 본격적인 탐구가 되지 못 하였던 문단 상황과 무관하지 않다. 박용철이 도일하여 유학한 기간은 일본에서는 大正 후기에 속하는데 당대 일본 문단의 경향은 종래의 상징시가 퇴조하고 로맨티시즘과 이상주의시가 풍미하고 있었다.[14] 바로 다음 세대인 30년대에 일본유학에서 돌아온 박용철 및 소위 해외문학파는 이러한 배경에 힘입어 시 언어에 대한 관심을 심화・확대시킬 수 있었다. 이들로 인하여 비로소 한국문단에서도 문학 외적인 요소를 배제한 문학 자체에 대한 원론적인 탐구가 가능케 되었던 것이다.

한편, 문단에 모습을 드러내기 한참 전부터 '기교'로 언급된 '표현'의 필연성에 대해 인식하고 있었던 박용철의 시관은 36년에 쓰인 「기교주의설(技巧主義說)의허망(虛妄)」에서 가장 잘 드러난다고 할 수 있다.

> 대체로 言語란 粗雜한 認識의産物이다. 흔히는 우리가 簡單히 感知할수있는것 볼수있는 것 드를수있는것 만질수있는것 容易하게 思考할수있는것에서 抽象되여 오고 있다. …(중략)… 交通手段인 言語는 이 共通認識에 그不拔의 根基를 박고 있다. …(중략)… 우리가 조금만 微細한 思考를 發表할 때는 그 表現에 그리 困難을 격지않는 경우에도 表現의 뒤에 바로 그 表現과 생각과의間의 誤差를 느낀다. …(중략)… 象徵詩人들이 그들의 幽玄한 詩想을 이粗雜한 認識의 所産인 言語로 表現하게 되었을때에 모든 直說的表現法을 버리고

14) 최박광, 「박용철의 외국 문학 수련과 그 위상」, 『인문과학』 37, 성균관대학교 인문과학연구소, 2006, 79쪽 참조.

한가지 形體를빌려서 그 全精神을 托生시키는 方法을 取한것이다. 이것은 不可能을 可能하게 하려는 必然의 길이었다.[15]

하나의 존재로서 존재하기 위해 시 작품은 반드시 언어로 표현되어야 한다. 하지만 그것은 시인이 감각한 '최초의 발념'이 실제 작품에서 그대로 재현되지 않는다는 사실을 자각하는 과정이기도 했으며 이러한 시적 재현에 관한 문제의식을 바탕으로 박용철은 영감의 시적 변용과정에서 발생하는 '표현과 생각간의 오차'의 극복을 모색하게 된다. 여기에서 마침내 시어와 기술의 중요성이 부각된다.[16] 일찍이 이 점을 인식하고 있었던 박용철은 표현의 매개로서 언어가 갖는 한계와 그럼에도 불구하고 그것의 필연성을 동시에 자각하고 있었던 것이다. '언어'에 대한 이와 같은 천착은 시에 대한 원론적인 탐구라는 측면에서 그에게 '순수'의 의미를 부여해주었고 한국문단에 '시문학파'로 대변되는 '순수문학'의 성립을 가능케 하는 원동력이 되었다.

박용철이 '언어'에 대한 탐구를 통해 비로소 얻은, 말 그대로 시 자체에 천착하여 도출해낸 '순수'의 지점은 세심한 주의를 요하는데, 왜냐하면 통상 당대의 시대정세와 연관하여 '순수'의 의미를 정의내리는 경우가 빈번하기 때문이다. 1930년대 국내에서는 한글에 대한 사회적 인식이 광범위하게 확대되고 있었다. 구한말부터 시작된 한글과 철자법·문법에 대한 연구가 20년대를 거치면서 언어학적 차원이 아니라 문학적 차원에서 논의의 전면으로 부각되기 시작하고 30년대 들어 그러한 현상이 더욱 심화되면서 1933년에 맞춤법 통일안이 제정되는 기폭제 역할을 하고 있다는 사실이 그러한 상황을 뒷받침해준다.[17] 이를

15) 『전집2』, 20쪽.

16) 이상옥, 「박용철 시론의 내적 논리」, 『우리말글』 55, 우리말글학회, 2012, 228쪽.

바탕으로 박용철의 '언어'와 '순수'라는 개념-쌍에는 당대의 정세라는 외적 요인이 일정 부분 개입한다는 것이다. 그런 이유로, 박용철의 시론을 다룬 연구에서 주목할 만한 신재기[18]의 경우에도, 박용철이 '민족언어의 완성'을 지향했으나 결과적으로 '민족'보다는 '언어'에 치우쳤으며, 바로 그러한 지점이 그의 한계라는 평가를 내리게 되는 것이다.

더불어 박용철의 '언어'와 '순수'의 지점에 대해 구체적인 변별점을 확보하기 위해서는 당대의 '민족주의' 개념에 대해 살펴 볼 필요가 있다. 당대의 민족 이념 자체는 근대성을 실현하는 중요한 인식론적 혹은 실천적 기반을 내재하고 있음에도 불구하고, 다른 한편 근대성이 갖는 양면성만큼이나 다양하고 모순적인 측면들을 함의하고 있다.[19] 가라타니 고진은 네이션이라는 의미에서 '민족'이라는 개념을 제국과 제국주의의 관계에서 기인한 것으로 설명한다. 예를 들어 로마공화국이나 오스만제국과 같은 세계제국은 국가들 위에 군림했지만 지배관계에 저촉되지 않는 이상 각 국가의 관습 등에 무관심하며 각각의 개성과 독립성을 용인했다는 특징이 있다. 하지만 근대로 접어들며 '제국'이 해체되면서 그 자리에 '제국주의'가 자리잡게 된다. '제국주의'는 '제국'과 달리 타민족에게 동질성을 강요한다. 그 과정에서 지배당하는 측은 역으로 자신들의 고유성을 자각하여 '민족'으로 뭉치게 된다는 것이다.[20] 일제 식민지하의 민족주의나 한글에 대한 관심도 이러한 맥락에서 야기된 것으로 이러한 배경 속에서 파생된 '한글-언어'에 대한 관심을 박

17) 한계전 외, 『한국 현대시론사 연구』, 문학과지성사, 1998, 152쪽.

18) 신재기, 「박용철의 시적 언어론」, 『어문학』 83, 한국어문학회, 2004.

19) 전승주, 「1920년대 민족주의문학과 민족 담론」, 『민족문학사연구』 24, 민족문학사학회, 2004, 34쪽.

20) 가라타니 고진, 『네이션과 미학』, 조영일 역, 도서출판b, 2009, 50~57쪽 참조.

용철의 시론이 형성되는 요인이라고 보는 것과 박용철의 시론이 문학 자체의 문제를 고민하는 과정에서 '언어'에 천착하게 되었다는 것은 그 성격이 전혀 다르다고 할 수 있다. 물론 박용철의 시론에서 '언어'와 '순수'가 갖는 의미는 후자와 관련된다. 이러한 관점에서 본다면 '민족'이라는 단어가 등장하는 거의 유일한 글인 『시문학(詩文學)』 편집후기의 다음 구절에 대해서도 재고의 여지가 다분하다.

> 한민족의言語가 발달의어느정도에이르면 口語로서의존재에 만족하지 아니하고 文學의 형태를 요구한다. 그리고 그文學의成立은 그民族의言語를 完成식히는길이다.[21]

여기서 사실상 핵심이 되는 단어는 '민족'보다는 '문학'이다. '언어'에 천착했던 박용철에게 언어의 최고 경지는 '문학' 그 자체인 것이다. '민족'이 아니라 '문학'에 핵심적인 의미가 있음을 전제한다면 신재기가 '민족언어의 완성'에서 '민족'이 아니라 '언어'의 완성에서 그치고 말았다고 한 평가는 박용철에게 있어서는 한계가 아니라 당연한 것이 된다. 그가 '언어'에 대한 고민을 통해 얻은 '순수'의 영역은 단어 그대로 '순수'하게 문학적인 차원의 것이 되며 그 원론적인 특성으로 인해 문학사에서 사라지지 않는 힘을 갖게 되는 것이다.

또한 이러한 의미에서의 '순수'는 당대 모더니즘 계열과의 변별점을 통해서도 살펴볼 수 있다. 우선, '언어'에 대한 관심은 사회주의 계열과의 차이를 확연하게 드러내지만, 모더니즘 계열과는 동질적인 지점이 존재하기 때문에 좀 더 면밀한 고찰을 요한다.

---

21) 『전집2』, 218쪽.

金起林씨가 그의 諸詩論에서 生理에서 出發한 詩를 攻擊하고 智性의 考案을 말할때에 이危險은 內藏되여있었고 그가 「年前의詩論」의 첫出發에서 「實로 벌서 말해질수있는 모든 思想과 論議와 意見이 거진 先人들에 의하야 말해졌다……우리에 남어있는 可能한 最大의 일은 先人의 말한 內容을 다만 다른方法으로 舌論하는것이다」고 말할 때에 이危險은 이미 絶頂에 達한다.

우리는 이러한 出發點을 가져서는 안된다. 先人과 같은 詩를 쓸 憂慮가있으니 우리는 새로운考案을 해야한다는데서 出發하면 거기는 衣裳師에로의 길이있을뿐이다.

우리는 이러한 出發點을 가져야 한다. 「우리는 全生理에 있어 이미 先人과 같지않기에 새로히 詩를 쓰고 따로이 할말이 있기에 새로운 詩를 쓴다」(全生理라는 말은 肉滯, 智性, 感情, 感覺其他의 總合을 意味한다).[22]

위 글은 35년에 발표된 「을해시단총평(乙亥詩壇總評)」의 일부이다. 김기림과 박용철은 '표현'으로써의 '언어'에 대한 관심을 공유하고 있지만 자세히 들여다보면 그 양상은 사뭇 다르다. 박용철은, 김기림으로 대표되는 '모더니즘 계열'이 의식적인 새로움을 얻기 위해 언어를 변형한다고 보았고 그것에 부정적인 입장을 보인다. 박용철에게 있어서 언어의 변형은 의식하는 것이 아니라 작품이 생리적 필연성에서 기인했을 경우, 작품의 외형이 되는 언어의 새로움은 자연스럽게 따라오는 것이다. 이는 바로 다음 해에 발표된 「기교주의설(技巧主義說)의허망(虛妄)」에서 다시 한번 구체적으로 언급된다.

다다이즘 以後 立體派 超現實波等이 言語의 發生保存者인 先人들 또는 凡人들과 정말 相異한 精神狀態를 가질때에 그 相異는 너무 컷기때문에 그들은 媒材를 技術로 克服하는 妥協의 길을 取하지 않고 그것을 全體로 破壞하고 뛰어넘는것이다. 그러나 言語를 破壞하고 改作하는 것은 이 外觀부터 分明한

22) 『전집2』, 83쪽.

破壞者들뿐이 아니다. 모든 價値있는 詩人 즉 모든 創造的인詩人은 自己 하나를 위해서 또 그한때를 위해서 言語를 改造하고있는것이다. 그렇지 않고는 그의 目的은 到達할수 없는것이다. 自由詩의 眞實한 理想은 形이 없는 것이 아니라 한개의 詩에 한개의 形을 發明하는 것이다.[23]

박용철은 오로지 문학 자체에 대해 헌신하고 고민했으며 그에게 '내적 충동-언어-작품'은 분리하여 생각할 수 없는 개념이다. 언어는 분리하여 의식적으로 가공할 수 있는 것이 아니다. 좋은 작품을 쓰기 위한 고뇌의 과정에서 그 세 가지 개념은 언제나 함께 고민의 대상이 되며 일정한 수준을 획득한 작품은 문학적 차원에서 언어적 새로움을 당연히 가질 수밖에 없는 것이다. 진정한 시란 '형태가 없는 것이 아니라 한 개의 시에 한 개의 형태를 발명하는 것'이다. 이처럼 박용철에게 '언어'에 대한 천착은 시의 원론적 차원에 대한 탐구를 실천하고, 또한 존재론적으로 어떠한 의도도 배제된 차원의 언어를 생성한다는 두 가지 측면에서의 문학적 '순수' 개념을 창안케 했던 것이다. 이러한 순수 개념의 독특성으로 인해, 박용철의 시론은 당대에 '순수문학 계열'을 대표하는 이론으로 자리매김될 수 있었고, 현재까지도 그 '순수성'이 갖는 독특성에 의해 끊임없이 재-사유되는 열린 개념이 될 수 있는 것이다.

3. 낭만주의의 개념 확장과 '순수'의 이면(異面)

박용철에 대한 김윤식의 전반적인 연구 결과들이 발표된 1970년대 이후, 박용철의 시론과 관련하여 주목할 만한 또 다른 연구 결과로는

23) 『전집2』, 21쪽.

김명인[24]의 글을 들 수 있다. 그는 박용철의 문단활동에 대해 살폈는데, 그 연구에 전제된 시각은 다음과 같다.

> 植民主義秩序의 深化라는 1930년대의 位相에 놓이는 그의 純粹詩論 또한 우리는 긍정과 부정의 동등한 물음에서부터 접근해 가야 할 것이다. …(중략)… 朴龍喆의 純粹詩論을 성립시킨 내부조건들을 차례로 검토하면서 그러한 精神이 밖으로 확산되었을 때, 필연적으로 부딪혀 가게 될 문제점들과 그 전반적인 한계를 그의 詩論에 한정하여 살펴보고자 한다.[25]

> 詩를 純粹藝術로 보려는 생각은 시의 敎化的 機能을 가장 완벽하게 배격한다. 그러나, 우리는 詩가 삶에 대한 통찰력을 구현하거나 전달해서는 안된다든가 그것 때문에 소중히 여겨질 수 없다든가 하는 결론을 선불리 내세울 수 없다. 文學이 人間精神의 총체적 이치 속에서 그 역할을 수행하는 것이라 한다면, 詩 또한 言語의 배경으로 존재하는 삶의 意味와 부단히 交互하는 것이다.[26]

그가 박용철의 시론을 바라보는 관점 속에는 문학과 사회의 관계가 전제되어 있음을 확인할 수 있는 바, 그는 당대의 시대적 상황, 식민지하라는 특수한 상황 속에서 문학의 역할로서 실천적 힘의 고양을 전제한 후 박용철의 순수시론이 갖는 문제점과 한계를 살피고자 했던 것이다. 그런데 이러한 전제 하에서의 박용철에 대한 평가는 기왕에 발표된 김윤식의 연구에서도 찾아볼 수 있다.

> 바람직한 批評이란 그가 처한 사회의 理想이 무엇인가를 分明이 把握하는 일과 藝術의 特性이 무엇인가를 明白히 把握하여 이를 一次的으로 統一할 때

24) 김명인, 「순수시론의 환상과 현실」, 『어문논집』 22, 고려대 국어국문학연구회, 1981.
25) 같은 글, 238~239쪽.
26) 같은 글, 252쪽.

비로소 可能해지는 것이니, 作品이 時代에 卽하면서도 그 時代를 超越하는 것이기 때문이다.[27]

김윤식은 문학이 사회를 반영해야 한다는 전제를 갖고 있기에 박용철의 시론은 "존재로서의 시란 꽃을 바라보는 것과 같은 소박한 낭만주의적인 차원에서 별로 멀어진 것이 아니니"라고[28] 평가한다. 이와 같은 논의들은 제시된 전제 안에서 충분히 타당성을 갖는 것이지만, 문제는 그것이 박용철에 대한 후속 연구들 속에서 당연한 것으로 수용되고 있다는 점이다. 그러한 결과 박용철의 시론에서 나타나는 '낭만주의의 세례'나 '순수'에 대해 논하는 이후의 연구들 대부분은, 박용철의 시론이 지니는 태생적 한계를 확인하고 그것으로 논의를 종결하게 되는 일종의 경향성을 보여준다. 이러한 경향성과 관련하여 본고는 기존의 낭만주의 개념에 대한 재고를 통해, 박용철의 시론에 대한 평가의 경향성을 극복할 수 있는 가능성이 있다는 것을 제시하고자 한다.

박용철 시론의 낭만주의적 성격과 그 한계에 대해 논한 글들을 보면 낭만주의의 특성들로, 세계를 인식하게 하는 힘은 이성이 아니라 감성이며, 세계 그 자체는 살아있는 유기체라는 신념을 가지며, 감각적 현실을 초월하여 어떤 관념의 세계에 실체가 존재한다는 확신이 있다 등의 일반적인 전제 하에 구체적인 지향으로 상상력의 옹호, 천재의 숭배, 자아와 자유의 존중, 유기체적 자연관 등을 제시한다.[29] 이러한 낭만주의에 대한 이해를 바탕으로 했을 때, 박용철이 말하는 내적 '충동'이란 낭만주의에서 말하는 상상력이며,[30] 하우스만의 시론은 낭만주의

27) 김윤식, 앞의 글, 251쪽.

28) 같은 글, 245쪽.

29) 신명경, 「박용철 시론의 낭만주의적 성격」, 『동남어문논집』 4, 동남어문학회, 1994, 12쪽 참조.

적 예술관과 관계된 것으로, 시인의 영감이 창조의 원천이 되는 '천재' 개념의 의미가 여기서 발원하며,[31] 하우스만 시론 역시 낭만주의에 토대를 두고 있기에 그 특질로 현실을 있는 그대로 인정하지 않고 과거나 미래에 집착하며 불안과 허무의 표현으로 나타나는 바, 박용철의 시에서도 그 경향이 그대로 드러난다[32]와 같은 평가는 필연적이며, 결과적으로 박용철의 시론은 서구이론의 영향 및 문예사조인 낭만주의를 답습한 결과물로 여겨지게 된다. 그 결과, 박용철의 시론은 응당 현실 도피적인 성향을 띠게 되고, 그의 '순수' 개념은 당대의 현실을 외면한 소박한 차원의 것으로 평가받게 되는 것이다.

> 또하나 이런 말이 있다한다. 「文學」誌는 朝鮮文壇에 對한 關心이 不足하다고. 아닌게아니라 「文學」誌는 文壇的關心을 意識的으로 節制하고있다. 그러나 所謂文壇的關心과 朝鮮文學의 建設을爲한 熱意와는 全然別物인것이다. 우리가 실상 한줄의 創作을쓰고 한줄의 紹介文을 쓰고 한줄의 번역을 하는것이 모도 朝鮮文學의建設을 위하는 熱意에서 나온일이아니면 아니된다.[33]

위 인용구절은 『문학(文學)』 3호 편집후기의 일부이다. 앞서 김윤식에서 김명인으로 이어지는 '소박한 낭만주의'의 반영이라는 평가는, 박용철의 '순수'가 현실과는 괴리된 것으로서 한계를 지닌다는 평가와 동일한 맥락을 갖는데, 이와 같은 평가는 박용철이 활동하던 당대에도 지적된 바 있었다. 그런데 여기서 주목해야 하는 것은 그와 같은 지적 자체가 아니라 그 지적에 대한 박용철의 입장이다. 위의 인용문은 그러한

30) 신명경, 앞의 글, 14쪽.
31) 정 훈, 「박용철 시론 연구」, 『동남어문논집』 26, 동남어문학회, 2008, 8쪽.
32) 김병택, 「박용철 시론」, 『영주어문』 2, 영주어문학회, 2000, 107쪽.
33) 『전집2』, 225쪽.

당대의 비판에 대한 박용철의 답변이다. 정리하자면, 우리는 조선문단에 관심이 없는 것이 아니라 오히려 순수하게 문학에 집중함으로서 오히려 조선문단을 열성적으로 위하고 있다는 항변이다.

박용철의 시론을 두고 사회정치적 현실에 무관심하다는 전형적인 비판은 수용 못 할 지점은 아니지만, 낭만주의의 이면에 대한 프레데릭 바이저[34]의 역설을 통해서 다시 한번 고찰한다면 그러한 비판이 결코 타당하지만은 않다는 점을 또한 확인할 수 있다. 바이저는 "낭만주의가 본질적으로 비정치적이며 사회정치적 현실에서 문학적 상상의 세계로 도피하려는 시도라는 미신을 완전히 떨쳐 버려야 한다"고 강조한다. 그는 초기 독일 낭만주의를 연구하면서 기존의 낭만주의 이해에 대해 의문을 제기하고 낭만주의의 이해에 대해 확장된 새로운 시각을 제시하는 데, 그는 앞선 여타의 연구자들이 일반적으로 받아들이고 있는 낭만주의의 특징, 이른바 전통적이고 표준적인 해석에 이의를 제기한다. 바이저는 기존의 낭만주의에 대한 이해가 문학의 영역에 한정되어 있었기 때문에 형이상학적·인식론적·윤리적·정치적 측면에 충분히 주의를 기울이지 않게 되었으며 그로인해 철학자들은 지적 지평을 좁히게 되었고 문학연구가들은 자신들의 주제에 대해 매우 아마추어적인 이해를 갖게 되었다고 지적한다.

다시 말하면 소위 낭만주의자들에게 낭만주의라는 것은 문학의 차원을 넘어선 미학적 이상이라는 것이다. 그들에게 낭만주의는 예술의 영역을 넘어 사회적, 자연적 영역까지 포괄하여 세상을 변화시키려는 시도 그 자체라는 것이다. 그렇게 볼 때, 그들의 활동은 단순한 비평적·

---

34) 프레데릭 바이저, 『낭만주의의 명령, 세계를 낭만화하라』, 김주휘 역, 그린비, 2011.

문학적 차원의 것이 아니라 윤리적・정치적 차원의 것이 된다. 바이저는 우리가 흔히 낭만주의에 대해 일컫는 현실도피적이라는 지적에 대해 오히려 낭만주의는 윤리적・정치적 이상에 비평적・문학적 차원을 종속시킨 것이기 때문에 기존의 지적들은 더 이상 타당하지 않다고 말한다.

바이저의 견해를 좀 더 덧붙이자면, 낭만주의에 대한 기존 평가들이 주장하는 비정치적 성격의 핵심은 미학적인 것의 우월성이나 자율성에 최상의 가치를 부여했기 때문인데, 바이저에 따르면, 낭만주의자들이 '진'이나 '선'에 비해 '미'를 선호한 것이 결코 아니라고 정정한다. 그들에게 '미'란 개인과 국가의 조화로운 현현을 의미한다. 그러므로 미의 개념은 윤리적・정치적인 것이 되며 '진'이나 '선'과 분리해서 생각할 수 있는 성질의 것이 아니다. 그들의 문학 활동은 예술을 넘어 인간과 자연 혹은 국가를 지향하는 것으로 전체 세계 혹은 삶 자체가 예술이 되는 것이다. 결국 그들의 활동 자체는 궁극적으로 윤리적이고 정치적인 것이 된다. 윤리적・정치적인 것의 최고의 가치는 자유에 있으며 낭만주의자들이 주장하는 미학적인 것의 자율성이야말로 그 최고의 표상이 됨으로써 기존의 낭만주의에 대한 평가는 전복될 운명을 갖게 된다는 것이다.

> 예술은 隱密한 가운데 우리 生活의 모든 方面에 影響을 끼친다. 우리의 判斷力으로 그것을 測定할 수 있고 없는 問題는 있으나 한 개의 예술的 作品의 効果는 間接 다시 間接으로 우리의 生活에 作用하야 우리의 政治, 經濟, 思想, 科學, 宗敎가 다 그 영향을 입었다고 할 수 있다.[35]

35) 『전집2』, 27쪽.

위 글은 31년에 발표된 「효과주의적 비평논강」의 일부분이다. 박용철이 생각하는 예술은 우리 생활의 모든 부분에 영향을 미친다. '정치, 경제, 사상, 과학, 종교'가 다 영향을 받는 것으로 예술 혹은 문학의 자장은 자체의 영역을 훨씬 넘어 영향력을 발휘한다. 그가 「을해시단총평」에서 '새로운 체 하는 예술'이 아니라 '생리적 필연의 진실로 새로운 예술'을 이야기할 때의 예술이 갖는 함의는 바이저의 주장처럼 예술이 삶의 영역의 표상이 되고 예술의 추구가 문학적 차원을 넘어 윤리적·정치적 영역의 표상이 되는 것이다. 이에 따라 박용철의 시론에서 일면 두드러지는 예술 자체에 대한 '순수한' 차원의 탐구와 열정은 그 이면에 '순수한' 차원의 사회·정치적인 탐구와 열정을 내포한 것이 된다. 우리는 이러한 차원의 '순수'를 '문화적 순수'라고 말할 수 있을 것이다. 이러한 역설은 박용철의 '순수' 개념에 따라붙는 당대의 현실을 외면했다는 기왕의 반복적인 평가에 대해 전혀 새로운 시각을 부여할 수 있는 단초로 작용한다. 그 단초 안에서 박용철의 '순수' 개념은 문학적 아름다움에 대한 천착을 넘어 사회·정치적 아름다움에 대한 언어적 고민의 결정체로서 '문화'의 차원에서 다시금 정초될 수 있다. 이처럼 본고에서는 박용철의 시론이 새로운 비판적인 관점에서 읽힐 수 있다는 단초의 가능성을 제기하고자 하는 것이며, 그 단초의 구체화 및 전개 양상에 대해서는 후속 연구를 기약하고자 한다.

4. 나오는 말

본고는 박용철의 시론을 대상으로 삼아 일차적으로 기존 연구사의 영향관계를 드러내고 그 타당성에 대해 비판적 접근을 시도하였다. 또한 그 과정에서 박용철의 시론을 관통하는 핵심적인 개념인 '순수'의 다양한 측면을 드러내고 그 의의를 밝혔다.

박용철의 시론을 대상으로 삼은 글들을 확인했을 때 그 계보를 거슬러 올라가 보면 박용철의 문단활동에 대한 최초의 종합적 성격의 연구물인 김윤식 저서의 자장 안에서 크게 벗어나지 못하고 있음을 확인할 수 있었다. 기왕의 글들이 보이고 있는 천편일률적인 전제들에 대해 본고는 두 가지 면에서 다른 시각을 제시하였다.

먼저 박용철의 시론이 1934년 하우스만 시론의 수용을 계기로 질적 변화를 일으켰다는 점에 대해 34년 이전에 박용철이 쓴 글들을 살펴 '내적인 것'과 '표현'의 상호필연적 관계를 전제한 시에 대한 생각이 34년 전후에 일관되게 이어져 오고 있음을 드러내었다. 이를 통해 박용철이 짧은 문단활동에도 불구하고 굳은 입지를 다질 수 있었던 저력이 여기에 있음을 알 수 있었다. 더불어 그의 시론의 특색을 '언어'에 대한 천착에서 찾고 여기서 언어에 대한 천착은 당대의 한글에 대한 관심이나 민족주의적 사고의 결과물이 아닌 순수하게 문학적 차원임을 밝혀 그의 시론의 갖는 원론적 차원의 '순수'를 드러내었다.

다음으로 박용철의 시론이 낭만주의의 세례를 받았으나 소박한 차원에 그쳤고 그로 인해 현실에 무관심한 경향을 띠는 부정적 측면을 지녔다는 점에 대해 프레데릭 바이저의 견해를 인용하여 낭만주의 개념의 재고를 통한 새로운 시각의 전개가능성을 제시하였다. 그는 낭만주의자들이 단순히 문학 영역에 한정된 활동을 한 부류가 아니고 문학을 넘어 인간, 사회, 자연을 포함한 세계 자체를 작품으로 삼으려는 이상을 지녔고 문학을 통해 세계를 변혁하려 했다고 말한다. 그렇기에 낭만주의자들의 활동은 그 자체로 윤리적·정치적 차원의 것이 된다. 이러한 관점에 선다면 박용철의 낭만주의 수용과 그를 따라다니는 '순수'라는 수식어가 자연스럽게 귀결되는 지점, 즉 사회에 무관심하다는 통상적인 견해도 문화적 차원에서의 새로운 재고를 필요로 하게 된다.

요컨대, 박용철의 시론 연구에 새로운 관점이 요청된다는 점을 제시코자 한 본고는 또한 미약하나마 박용철의 시론을 따라다니는 '순수'라는 수식어가 다양한 측면을 가지고 있음을 확인하여 그의 시론의 시대를 초월한 열린 힘이 과연 무엇인지를 더불어 살펴보고자 하였다. 다만 낭만주의와 관련한 새로운 시각을 도입하는 과정에서 수행하지 못한 면밀한 이론적 탐구는 차후의 과제로 남겨둔다.

✪ 참고문헌

1. 기초자료

박용철, 『박용철 전집』 2, 깊은샘, 2004.

2. 학술논문 및 단행본

강웅식, 「박용철의 시론 연구」, 『한국학연구』 39, 고려대 한국학연구소, 2011.
김동근, 「박용철 시론의 변용적 의미」, 『한국언어문학』 34, 한국언어문학회, 1995.
김명인, 「순수시론의 환상과 현실」, 『어문논집』 22, 고려대 국어국문학연구회, 1981.
김병택, 「박용철 시론-서구 시론의 수용을 중심으로」, 『영주어문』 2, 영주어문학회, 2000.
김윤식, 「용아 박용철 연구」, 『학술원논문집』 9, 서울대학교, 1970.
김윤식, 『근대한국문학연구』, 일지사, 1973.
김재혁, 「박용철의 릴케 문학 번역과 수용에 관한 연구」, 『독일문학』 93, 한국독어독문학회, 2005.
신명경, 「박용철 시론의 낭만주의적 성격」, 『동남어문논집』 4, 동남어문학회, 1994.
신재기, 「박용철의 시적 언어론」, 『어문학』 83, 한국어문학회, 2004.
안삼환, 「박용철 시인의 독문학 수용」, 『비교문학』 38, 한국비교문학회, 2006.
오문석, 「박용철 시론의 재구성」, 『비평문학』 45, 한국비평문학회, 2012.
오형엽, 「박용철 시론의 구조와 계보」, 『비평문학』 18, 한국비평문학회, 2004.
이상옥, 「박용철 시론의 내적 논리」, 『우리말글』 55, 우리말글학회, 2012.
전승주, 「1920년대 민족주의문학과 민족 담론」, 『민족문학사연구』 24, 민족문학사학회, 2004.
정 훈, 「박용철 시론 연구」, 『동남어문논집』 26, 동남어문학회, 2008.
최박광, 「박용철의 외국 문학 수련과 그 위상」, 『인문과학』 37, 성균관대 인문과학연구소, 2006.
한계전, 「박용철에 있어서 하우스만 시론의 수용」, 『관악어문연구』 2, 서울대학교 국어국문학과, 1977.
한계전 외, 『한국 현대 시론사 연구』, 문학과지성사, 1998.

가라타니 고진, 『네이션과 미학』, 조영일 역, 도서출판b, 2009.
M. 칼리니스쿠, 『모더니티의 다섯 얼굴』, 이영욱 외 역, 시각과언어, 1994.
프레데릭 바이저, 『낭만주의의 명령, 세계를 낭만화하라』, 김주휘 역, 그린비, 2011.

| 정도미 |

박용철 시론에 나타난 순수성의 의미*

1. 머리말

용아 박용철은 1930년대 한국문단에서 시인이자 평론가, 번역가로 활동하였으며 그와 동시에 『시문학』, 『문예월간』, 『문학』 등의 문예지 발간을 주도하였던 출판인이기도 하다. 박용철이 실제로 문단에서 활동하였던 기간은 『시문학』이 창간되던 1930년부터 그가 타계한 1938년까지의 짧은 기간에 불과하다. 그럼에도 불구하고 그가 남긴 업적들은 오늘날까지 그를 한국문단의 다방면에 영향을 끼친 문화인으로 기억할 수 있게 한다. 박용철이 남기고 간 다방면의 흔적들 중에서 우리가 가장 인상 깊게, 그리고 우선적으로 살펴야 할 점은 그가 순수시론을 이

* 이 글은 지난 2014년 12월 전남대학교 한국어문학연구소에서 발간한 『어문논총』 제26집에 게재된 글이다. 지난 1년간 '문화인 박용철 세미나'에 참가해 조언을 아끼지 않으신 사업단 구성원들께 감사의 마음을 전한다.

해하고 형성하는데 큰 노력을 기울였다는 사실이다. 이는 1930년대 시문학파의 이론적 토대가 되었으며, 더불어 한국의 순수시를 이끌어 가는데 큰 기여를 하였다.

박용철이 활동하였던 1930년대 시단은 1920년대에 주를 이루고 있던 임화를 비롯한 카프문학이 퇴조를 이루면서 많은 시인들이 다양한 서구이론을 소개 및 수용하고 자신들의 시와 시론을 형성해나가는 과도기적 상태에 있었다. 그러한 대표적인 인물로 김기림과 박용철을 들 수 있다. 김기림은 이미지즘과 주지주의를 기반으로 하는 모더니즘 시론을 수용하여 한국시에 새로운 방향성을 제시하였다. 박용철 또한 임화나 김기림과는 차별화된 시에 대한 인식을 토대로 서정시의 본질에 주목하였고 시가 가지고 있는 순수성의 의미를 고찰하고자 하였다.

이처럼 1930년대는 임화의 리얼리즘 시론, 김기림의 모더니즘 시론, 박용철의 순수시론이 공존하며 각자의 시론을 성립해나가는 시기였다. 박용철의 순수시론에 힘입어 1930년대 중반까지 이합집산의 의미 외에 당대 문단에서 논리적 차별성을 확보하고 있지 못하던 시문학파는 문단의 중심으로 편입될 수 있었다.[1] 그리고 이는 곧 1980년대까지 한국의 시단을 이끌어가는 흐름중의 하나로 자리 잡게 된다. 따라서 박용철 시론이 내세우는 순수성의 의미에 주목하는 것은 시인 및 시론가 박용철에서 더 나아가 1930년대 시문학파와 한국의 순수시를 이해하는 것으로 귀결되기에 주목해야할 필요성이 있다.

순수시에 대한 박용철의 자각은 우리 시를 발전시키는데 큰 힘이 되었고 그를 주재로 발간된 「시문학」의 탄생은 이런 시정신의 기강을 맨 먼저 대표하는 것이었다.[2] 그러나 문제는 박용철 스스로가 순수시론의

1) 신재기, 「박용철의 시적 언어론」, 한국어문학회, 『어문학』 83, 2004, 254쪽.

요체가 되는 '순수성'에 대해 언급하고 있지 않다는 점이다. 이는 박용철의 순수시론에서 내세우는 순수성의 의미가 명확히 규명되지 않은 채 후대의 연구들에 의해 박용철 시론이 순수시론이라 통용되는 결과를 양산하였다. 따라서 본고에서는 박용철의 시론에 나타난 순수성의 의미를 고찰하고 이를 통해 그의 시론이 갖는 가치를 밝히고자 한다.

박용철의 시론은 크게 보아 전기와 후기시론으로 구분할 수 있고, 그 내용에 있어서도 어느 정도 변화의 지점이 포착된다. 박용철의 시론에 변화의 계기를 마련해 준 것은 하우스만(A. E. Housman)의 시론 「시의 명칭과 성질」(The Name and the Nature of Poetry)이다. 박용철은 하우스만의 시론을 번역하여 『문학』 제2권(1934.2)에 권두논문으로 발표[3]하고, 이를 통해 자신의 시론을 이론적으로 체계화해 나갔다. 그러나 박용철이 하우스만의 시론을 수용함으로써 시론의 내용에 변화의 지점이 생긴다 하더라도, 기본적으로 시를 순수한 언어예술로 자각하고 있는 점은 전기와 후기 시론 모두를 아우르는 주요한 요체로 작용하고 있다.

따라서 본고에서는 박용철이 하우스만의 시론을 수용하는 것을 분기점으로 삼아 박용철의 시론을 전기와 후기시론으로 구분한 뒤 그 양상을 살피는 것을 우선으로 한다. 이를 통해 서로 다른 양상을 보임에도 불구하고 박용철의 시론 전체를 관통하고 있는 순수성이 무엇인지를 밝히는 것을 목적으로 한다. 더불어 1930년대 문단의 주류를 형성하고 있던 임화, 김기림과의 비교를 통해 박용철만의 시론이 가진 특징을 확인하고 그의 순수시론이 내세우는 가치가 무엇인지를 밝히고자 한다. 이는 박용철 시론에서 내세우는 순수성의 본질을 확인하고 그의 시론

2) 서정주, 「순수시」, 『서정주 문학전집』, 일지사, 1972, 131쪽.

3) 한계전, 『한국현대시론연구』, 일지사, 1983, 135쪽.

이 일관된 성격을 지니고 있음을 밝히는 작업이 될 것이다. 더 나아가 시문학파의 이론적 근거라 할 수 있는 박용철의 시관에 대한 이해를 도모함으로써 박용철은 물론 시문학파가 당시 문단에서 갖는 의의를 살필 수 있을 것이다.

2. 존재와 예술로서의 순수성 탐색

앞에서도 언급하였다시피 1930년대 문단에서 박용철이 다른 여타 시인들과 구별되는 변별점은 시를 바라보는 관점에서부터 비롯된다. 이것이 이른바 '존재로서의 시론'이다. 박용철의 시관은 「『시문학』 창간에 대하여」(1930)와 「신미시단의 회고와 비판」(1931), 「효과주의적 비평논강」(1931)을 통해 확인할 수 있다.

> 시라는 것은 시인으로 말미암아 창조된 한낱 존재이다. 조각과 회화가 한개의 존재인 것과 꼭 같이 시나 음악도 한낱 존재이다. 우리가 거기에서 받는 인상은 혹은 비애, 환희, 우수, 혹은 평온, 명정, 격렬, 숭엄 등 진실로 추상적 형용사로는 다 형용할 수 없는 그 자체수대로의 무한수일 것이다. 그러나 그것이 어떠한 방향이든 시란 한낱 고처이다. 물은 높은데서 낮은 데로 흘러 나려온다. 시의 심경은 우리 일상생활의 수평정서보다 더 숭고하거나 더 우아하거나 더 섬세하거나 더 장대하거나 더 격월 하거나 어떻든 '더'를 더 요구한다. 거기서 우리에게까지 '무엇'이 흘러'나려와'만 한다.(그 '무엇'까지를 세밀하게 규정하려면 다만 편협에 빠지고 말 뿐이나) 우리 평상인보다 남달리 고귀하고 예민한 심정이 더욱이 어떠한 순간에 감득한 희귀한 심경을 표현시킨 것이 우리에게 '무엇'을 흘려주는 자양이 되는 좋은 시일 것이니 여기에 감상이 창작에서 나리지 않는 중요성을 갖게 되는 것이다.[4)]
>
> 시의 주제되는 감정은 우리 일상의 감정보다 그 수면이 훨씬 높아야 됩니

다. 물론 높은 데서 낮은 데로 흘러듭니다. 그래야 우리가 시를 읽을 때에 거기서 우리에게 흘려 나려오는 무엇이 올 것이 아닙니까. 더 고귀한 감정 더 섬세한 감각이 남에게 없는 '더'를 마음속에 가져야 비로소 시인의 줄에 서 볼 것입니다.[5]

박용철은 「『시문학』 창간에 대하여」에서 어떠한 순간에 감득한 희귀한 심경을 표현시킨 것이 시라고 말한다. 또한 우리가 시를 통해 받는 인상은 무수히 많은 추상적 형용사로 다 형용할 수 없을 정도로 다양하다고 주장한다. 이러한 시관은 이듬해 발표된 「신미시단의 회고와 비판」에서도 이어진다. 「신미시단의 회고와 비판」 역시 마찬가지로 시인이 갖는 감정을 강조하며 고귀하고 섬세한 것이라 말한다. 이는 박용철이 시를 인식하고 바라보는 관점을 가장 명확하게 피력하는 것으로 그의 시론이 내세우는 시의 순수성의 의미가 무엇인지 알 수 있게 하는 대목이다.

박용철 시론에서 말하는 시의 순수성은 시의 근본적인 성질을 규명한 것이다. 즉 시가 외부의 상황이나 정치적 측면과 관련되지 않고 인간의 감정 본연에서 비롯된 것이기에 순수성의 의미를 가질 수 있다는 것이다. 이는 곧 시에서의 어떠한 이데올로기적 요소도 불순한 것으로 간주, 배격되어야 하며 아울러 시의 예술성을 추구하는 입장[6]이라 할 수 있다. 박용철의 시관은 임화와 카프를 비롯한 기존의 문단이 문학을 이념전파의 수단으로 인식하던 것에 반기를 든 것이다. 이는 기존문단과 차별화되는 관점으로 시에 대해 새롭게 재고 할 수 있는 계기를 마련해 주었다.

4) 박용철, 「『시문학』 창간에 대하여」, 『박용철전집 2』, 시문학사, 1939, 141~143쪽.

5) 박용철, 「신미시단의 회고와 비판」, 77쪽.

6) 한계전, 앞의 글, 136쪽.

'시가 시인으로 말미암아 창조된 한낱 존재에 불과하다'라는 표현 또한 시인을 창조자, 예술가로 인식하며 시를 시인이 언어에 대한 자각을 통해 빚어낸 예술작품으로 인지하고 있던 박용철의 시관을 드러내주는 맥락이다. 박용철의 관점에서 감정은 '표현'의 대상이며 반드시 '시적인 언어'로 표현되어야 한다.[7] 이처럼 언어에 대한 통찰을 바탕으로 시가 가지고 있는 미적 자율성을 인정하고 시를 조각과 회화와 같은 순수예술의 측면으로 바라보고 있다는 사실은 박용철이 말하는 시의 순수성의 의미로 귀결될 수 있다. 1931년 발표된 「효과주의적 비평논강」 역시 이러한 고찰의 연장선상에 있다.

> 비평가의 직능 …… 그러나 한 개의 작품이 개인의 심리에 나아가 사회에 끼치는 영향은 과연 측정하기 쉬울 만큼 두드러진 것이냐, 아니다. 이 영향은 지극히 미세한 것이어서 비상한 천재의 진맥이 아니고는 알아낼 수 없는 것이다. 순 이론적으로 볼 때 우리가 한마디 소리를 처서 공기에 파동을 일으키면 그 파동은 무한히 전파하야 그 영향으로 전우주가 약간의 변화를 입는다는 것은 의심할 수 없는 일이나 실제로 그 변화를 측정할 수는 없는 것과 같이 한 개의 문예작품이 사회에 끼치는 영향은 가장 측정하기 어려운 것이 아니면 아니다. 보통의 독자는 자기의 받은 인상을 분석하야 언어로 발표할 수도 없는 미소한 영향을 더구나 사후의 실증적 측정이 아니라 예측할 책임을 문예비평가는 가지는 것이다. 그러므로 비평가는 특별히 예리한 감수성을 가지고 자기의 받은 인상을 분석하므로 일반 독자의 받을 인상을 추측하야 이 작품이 사회에 끼칠 효과의 민감한 계량기, 효과의 예보의 청우계가 되어야 한다.[8]

「효과주의적 비평논강」에서 박용철은 존재로서의 시론을 비평가에

7) 오문석, 「박용철 시론의 재구성」, 한국비평문학회, 『비평문학』 45, 2012, 317쪽.
8) 박용철, 「효과주의적 비평논강」, 26~33쪽.

의한 수용의 관점과 결부시킨다. 이는 앞서 「『시문학』 창간에 대하여」에서 시를 예술가에 의해 창조된 존재라고 밝힌 것과 같은 맥락이다. 시는 '일상생활의 수평정서보다 더 숭고하거나 더 우아하거나 더 장대하거나 더 격월하거나 어떻게든 '더'를 요구'[9]하며 발현된 예술이다. 이러한 시가 전하는 인상 역시 일반 독자가 감응을 얻기에는 역부족이다. 따라서 박용철은 비평가의 역할을 강조하며 예리한 감수성을 가진 비평가의 분석을 통해 시가 전하는 파동을 감지해야 한다고 말한다. 이렇듯 「효과주의적 비평논강」은 「『시문학』 창간에 대하여」와 「신미시단의 회고와 비판」에 이어 시를 정제된 언어예술로 인식하고 있는 박용철의 시관을 강조하는 양상을 보인다.

주목해야할 점은 박용철 스스로가 '시가 사회에 미세하게라도 영향을 끼칠 수 있다'고 말하고 있지만 이것이 임화가 그랬던 것처럼 사회적이고 현실적인 문제를 시에 직접 접합시키는 것을 의미하지는 않는다는 것이다. 박용철은 시를 직접적인 목적이나 수단으로 인식하여 사용하지 않았다. 오히려 외부의 상황과 문제가 시에 직접적으로 표면화되지 않더라도 시의 정제된 언어를 통해 인간의 감정과 인식, 그리고 사회에 변화를 타진할 수 있는 자극원으로 기능할 수 있다는 여지를 남겨둔다. 즉 박용철은 시의 의도성을 강조한 것이 아니라 시의 본래적 기능인 감정을 표현하고 전달할 수 있는 표현매체로서의 시를 강조한 것이다. 박용철의 시관은 문학적 이념이나 기법의 측면에서 벗어나 문학의 본질이라고 할 수 있는 어떤 것에 닿아 있다. 이는 1920년대 후반의 계급주의 문학과 민족주의 문학이 지향했던 목적의식에서 벗어나 시의 본래적 측면을 되새기는 계기를 제공한다.[10]

9) 박용철, 「『시문학』 창간에 대하여」, 141~143쪽.

'존재'로 명명되어지는 전기시론인 「『시문학』 창간에 대하여」와 「신미시단의 회고와 비판」, 「효과주의적 비평논강」은 시가 인간의 감정발현을 근원으로 삼고 있기에 어떠한 목적이나 계도의 성격을 지니지 않는 의미에서 순수성을 지닐 수 있다고 말한다. 더불어 시는 창조자에 의해 빚어진 예술이며 일상 언어를 뛰어넘는 시적인 언어, 예술적 언어로 표현되는 예술체라고 강조한다. 박용철이 내세우는 시의 순수성의 의미는 후기 시론인 변용의 시론에서도 상통하는 지점을 찾을 수 있다.

3. 기교주의 논쟁을 통한 순수성의 확립

박용철의 전기시론이 예술성을 근간으로 한 존재의 시론과 이를 수용하는 관점의 부합이었다면 후기 시론은 생명과 창조의 순간에서 시를 찾으려 한 '생리적 시론', '변용의 시론'이다. 주지하듯 전기시론에서 박용철은 시에 대해 인간의 감정을 언어로 표현한 것이라 보아왔다. 따라서 후기시론에서는 자연스럽게 창작자의 입장에서 시가 창조되는 순간, 즉 감정이 언어로 표현되는 변용의 순간에 관심을 가졌던 것이다. 그런데 존재는 고정성을, 변용은 생동성의 속성을 지닌다는 점에서 전기시론과 후기시론은 연속성을 지니며 후기시론은 전기시론의 연장선상에 놓여있는 것이라 할 수 있다.

박용철의 후기시론은 시작(詩作)의 과정에 관심을 갖고 「시의 명칭과 성질(The Name and the Nature of Poetry)」(1934)을 번역하는 등 하우스만의 이론을 적극 수용함으로써 형성되었다.

10) 오형엽, 「박용철 시론의 구조와 계보」, 한국비평문학회, 『비평문학』 18, 2004, 354쪽.

내 생각에는 시의 산출이란 제일단계에 있어서 능동적이라는 것보다 오히려 수동적 비지원적 과정인가 한다. 만일 내가 시를 정의하지 않고 그것이 속한 사물의 종별만을 말하고 말 수 있다면 나는 이것을 분비물이라 하고 싶다. 종나무의 수지(樹脂)같이 자연스런 분비물이든지 패모(貝母)속의 진주같이 병적인 분비물이든지 간에 내 자신의 경우로 말하면 이 후자인 줄로 생각한다. 패모같이 현명하게 그 물질을 처리했다고 할 수는 없으나, 나는 내가 조금 건강에서 벗어난 때에 이외에는 별로 시를 쓴 일이 없다. 시작(詩作)의 과정, 그것은 유쾌한 것이지마는 일반으로 불안하고 피로적인 것이다.[11]

위의 글은 하우스만의 「시의 명칭과 성질」의 일부이다. 하우스만의 시론은 창작의 과정이 있기 전 시의 재료가 될 수 있는 것을 강조한다. 이는 박용철이 말했던 시의 본질이 인간의 감정에서 비롯된다는 것과 같은 의미이다. 또한 하우스만은 시를 창조하는 과정에서 어쩔 수 없이 겪어야 하는 기다림의 고통을 통해 나무의 송진 같은 자연스런 분비물이나 조개속의 진주와 같은 병적 분비물로서의 시가 나온다[12]고 하였다. 이는 언어를 통해 밀도 있게 표현되는 변용을 의미하는 것이며 시를 정제된 언어예술로 인식하는 박용철의 관점과 맞닿아 있는 것이다.

박용철은 하우스만의 시관과 자신이 생각한 시관이 일치함을 인지하고 그의 시론을 적극적으로 도입하였다. 그러한 예로 앞에서 언급한 바와 같이 「시의 명칭과 성질」(The Name and the Nature of Poetry)을 『문학』 제2권(1934.2)에 번역, 수록한 것을 들 수 있다. 박용철은 『문학』지에 하우스만의 시론을 끌어다 씀으로써 자신이 생각한 순수시의 개념을 하우스만의 시론을 통해 증명하고 더불어 문학의 성격을 규명하려 시도하였다.

11) 하우스만, 박용철 역, 「시의 명칭과 성질」, 앞의 책, 72쪽.
12) 손광은, 「박용철 시론 연구」, 『한국현대 시인연구上』, 푸른사상사, 2001, 277쪽.

박용철 시론의 완성이라 할 수 있는 「시적변용에 대해서」(1938) 역시 하우스만으로부터 많은 영향을 받았다. 「시적변용에 대해서」는 「시의 명칭과 성질」을 박용철 자신만의 표현으로 재구성한 것이다. 이는 하우스만의 시론에서 자신과의 공통분모를 발견한 박용철이 자신의 시론의 체계를 갖추고 강조하기 위해 변용의 의미를 구사하고 이를 통해 시론의 완성을 이룬 것이라 볼 수 있다. 따라서 하우스만의 시론은 박용철 시론의 깊이를 더해주는 이론적 토대가 될 수 있으며 임화, 김기림과의 논쟁에서 박용철이 논리적 면모를 구사할 수 있는 근거가 될 수 있다.

박용철은 하우스만의 시론을 수용한 이후 1935~1936년 사이에 임화, 김기림과 함께 기교주의 논쟁을 전개시켜나가며 자신의 시론을 체계화하는데 적극성을 보인다. 기교주의 논쟁은 박용철 시론에서 내세우는 순수성의 핵심을 구축할 수 있게 한 중요한 사건이다. 이렇듯 후기시론인 「을해시단총평」(1935)과 「기교주의설의 허망」(1936)은 기교주의 논쟁과 맞물려 진행되며 임화, 김기림의 시론과 변별점을 확인하는 과정을 통해 그 의미가 성립되었다. 사실 기교주의 논쟁의 시작은 내용, 사상 중심의 시를 추구하는 임화와 기교중심의 시를 추구하는 김기림 사이의 논쟁이었다. 그런데 박용철이 생각하기에 임화와 김기림 사이의 논쟁은 시의 순수시적인 측면을 전혀 고려하지 않은채로 이루어졌다. 이는 곧 박용철의 관점과 충돌을 빚게 되고 박용철이 논쟁에 개입함으로써 기교주의 논쟁은 그 범위가 확장되게 되었다.

기교주의 논쟁의 시작이라 할 수 있는 「시에 있어서의 기교주의의 반성과 발전」(조선일보, 1935.2.10~14)에서 김기림은 시의 가치를 기술 중심으로 체계화하는 시론이 기교주의라고 규정한다. 또한 그는 평범한 시적 사고나 감정을 나열하는데 그친 구식 로맨티시즘 시론에 비판을 가하며,[13] 이러한 원시적 상태를 벗어나는데 있어 기교주의의 문학사적 의의가 있는 것이라 하였다. 이에 임화는 「담천하의 시단 1년」(『신동아』, 1935.12)을 통해 김기림, 정지용, 신석정등을 대표적인 기교파 시인으로 지목한 뒤, 이들을 가리켜 시의 내용과 사상보다 시적 기교를 우선시하고 현실과 생활에 대한 관심을 회피하는 예술지상주의자들이라고 비판하였다.[14] 이는 시를 통해 시대정신을 담아내고 앞으로 나아갈 방향성을 제시해 주어야하며 이를 문학의 목적으로 보는 임화의 시관을 보여주는 바이다.

임화와 김기림 사이에 있었던 이같은 논쟁은 박용철의 반발을 불러왔다. 박용철은 「을해시단총평」(동아일보, 1935.12.24~12.28)을 통해 시적 기교만을 내세우는 김기림과 사상, 내용만을 강조하는 임화 두 사람 모두가 시의 본질을 제대로 이해하지 못하였다고 비판을 가한다. 「을해시단총평」은 당시 문단의 중심적 인물이었던 임화, 김기림과 변별되는 지점에서 자신의 시론을 내세우며 그가 추구했던 시의 순수성을 밝혔다는 점에서 박용철이 이미 자신의 시론에 대해 이론적 근거를 확립한 상태였음을 알 수 있게 한다.

> 임화씨의 논문 『담천하의 시단 1년』(신동아 송년호)은 세밀한 토의의 대상이 되기에는 너무나 수많은 사실인식의 착오와 논의의 혼란이 있다. 그러나 그의 논문의 본질은 역시 표제중심의 사상에 있고 시적기법을 이해함에 있어서는 시를 약간의 설명적 변설로 보는데 지나지 않는다.
>
> 그는 "시인은 시대현실의 본질이나 그 각각의 세세한 전이의 가장 민첩하고 정확한 인지자이여야하고 그것을 시적언어로 반영표현해야 한다."고 하였

13) 김태석, 「기교주의 논쟁 발단에 담긴 내포적 의미 : 시론사적 측면에서」, 단국대학교 국어국문학과, 『국어학논집』 17, 2000, 310쪽.

14) 심선옥, 「기교주의 논쟁을 통해 본 1930년대 시에서 근대성 탐구」, 수원대학교 국어국문학회, 『기전어문학』 10, 1996, 365쪽.

다. 시대정신을 정확히 인식해야 한다고 해서 모씨저 『세계정세론』 이나 모씨의 논문 『조선노동계급의 현세』를 웅변회용으로 서투르게 개작한 것 같은 시를 쓰지 않게 된 것은 그들에게 있어 한 가지 예술적 진보이다. 금하이후에 발표된 임화씨의 제시작을 볼지라도 막연한 현실을 논의하는 것보다는 그 시대현실을 체험하는 한 개인이(개인은 물론 정당하게 계급이나 민족의 대표일수 있다는 것이다) 자기의 피를 가지고 느낀 것 가슴 가운데서 뭉쳐있는 하나의 엉터리를 표현할랴고 애쓴 것을 볼 수 있다.[15]

최근에 동경 가있는 우리 문학인들의 손으로 발행된 열과성의 동인지 『창작』의 첫 페이지에 첫째로 『새로움의 탐구』라는 표어가 있다. 새로움의 의식적 탐구. 이것은 세계문단의 사조와 관련된 바이지마는 이 그년에 우리 사이에서도 신기로운 또는 충기적인 문학현상으로 나타나고 있다. 김기림씨는 이 풍조의 선구자요 또 가장 열렬한 실천자대변자이다. …(중략)…

사람의 생리는 정신적으로나 육체적으로나 본시 알아볼 수 없을 만큼 매일 성장하고 매일 변화하는 것이다. 그런데 이러한 주장의 결과는 눈에 뜨이는 변화를 의무로 자부한다. 그들은 참신한 의상을 매일 고안해 입으려고 신기한 분장에 애를 태운다. 이 의상과 분장까지도 그대로 인용하자 그러나 그들이 기초적 수완을 완전히 마스터한 의상사로서 심혈을 경주해서 유행의 선구를 이룰 의상사를 새로 고한 한 것이냐. 또는 그가 신고아이라는 의무에 몰려서 드디여는 등어리를 노출하고 팔대기를 엉둥이에 떼다붙힌 유의 고안을 한 것이냐. 이 경향의 결정적 위기는 여기 있다. 아무런 명고안가라도 가능이상의 속도에 몰려서는 이 괴기에 다다르고 말뿐이다.[16]

박용철은 임화에 대해 표제중심의 사상에 빠져있으며 그로 인해 임화의 시 또한 설명적 변설에 지나지 않는다고 지적한다. 박용철의 이러한 입장은 시의 본질을 이해하지 못하고 시를 정치적, 계급적 성격으로 일관해 온 임화에 대해 비판적인 입장을 피력한 것이다. 이는 존재의

15) 박용철, 「을해시단총평」, 앞의 책, 85~86쪽.
16) 같은 글, 82~83쪽.

시론에서부터 계속적으로 내세워 온 '어떠한 이데올로기도 배제되어야 한다.'는 의미에서의 순수성과 연결되는 지점이다. 또한 시가 외부의 영향을 받는 것이 아니라 인간의 감정인 내부에서부터 기인한다는 박용철 시론의 기본원리를 강조한 것이기도 하다.

박용철이 말하는 시의 순수성은 김기림을 비판하는데 있어서도 찾을 수 있다. 모더니즘시를 추구한 김기림을 비롯한 여러 기교파들 역시 박용철과 마찬가지로 시가 언어로부터 비롯됨을 인식하며 기교주의를 언어예술로 표방하고 있었다. 그들은 기교를 통한 감각적이고 심미적인 언어예술을 추구하며 지성을 앞세움으로써 변화된 시대에 대응하는 방법을 모색하려 하였다.

그러나 김기림과 기교파가 추구하는 언어예술은 박용철의 언어예술과는 방향과 내용이 차이가 있었다. 박용철이 보기에 김기림과 기교파는 기계적이고 의식적인 언어를 사용하는데 주력할 뿐이지 기교 이전의 영감이나 감정, 즉 시의 근원에 중심을 둔 것이 아니었다. 즉 시인의 생리적 필연성을 배격하고 지성의 고안에 중심을 둠으로써 시를 신기한 의상과 분장으로 전락시켰다는 것이다.[17] 박용철은 시가 언어를 통해 감정을 예술로 승화시킨 것임에 중점을 두고 감정을 배제한 채 감각과 지성만을 강조한 모더니즘시와 김기림을 비판의 대상으로 삼았다. 이 역시 존재로서의 시론에서부터 시를 순수예술로 인식한 관점이 지속되고 있는 것이라 볼 수 있다.

임화, 김기림과의 대척점에 위치함으로써 자신의 시론에서 내세우는 순수성의 의미를 확고히 한 박용철은 「을해시단총평」의 후반부와 이듬해에 발표된 「기교주의설의 허망」(동아일보, 1936.3.18~3.25)을 통해 그들과

---

17) 심선옥, 앞의 글, 365쪽.

는 다른 관점으로 앞으로의 순수시가 나아가야할 방향을 제시하는데 주력한다.

> 모든 서정시가 반드시 그래야 한다고 주장하는 것이다. 아름다운 변설 적절한 변설을 누가 사랑하지 않으랴. 그것은 우리인생의 기쁨의 하나다. 시가 언어를 매재로 하는 이상 최후까지 그것은 일종의 변설이라고도 볼 수도 있다. 그러나 그것은 결정되고 응축되여서 그 가운데의 일어일어(一語一語)가 일상용어와 외관의 상이함은 없으나 시적구성과 질서 가운데서 승화된 존재가 되어야 한다.[18]

> 우리는 대체 기교라는 문제를 어떻게 정당하게 생각할 것인가. 기교는 더 이론적인 술어 기술로 환치되는 것이 정당할 것이다. 기술은 우리의 목적에 도달하는 도정이다. 표현을 달성하기 위해서 매체를 구사하는 능력이다. 그러므로 거기는 표현될 무엇이 먼저 존재하는 것이다. 일반으로 예술 이전이라고 부르는 표현될 충동이 있어야 하는 것이다. 이것은 강렬하고 진실하여야 한다. 바늘 끝만한 틈도 없어야 한다. 그것은 그 자체가 굵을 수도 있고 가늘 수도 있고 조용할 수도 있고 격월할 수도 있으나, 어느 것에나 열렬히 빠질 수는 없다.[19]

박용철은 「을해시단총평」의 후반부에서 감정이 언어를 매개로하여 표현되는 일련의 과정을 결정과 응축이라고 칭한다. 이는 시가 언어예술임에 착안하여 시어 하나하나가 변용을 통해 일상에서의 의미를 뛰어넘는 예술적 형상으로 완성되어야 함을 의미한다. 또한 「기교주의설의 허망」에서는 '기교'라는 말 대신에 표현을 위한 매개라는 언어의 특성과 표현 이전의 감정을 강조하기 위해 '기술'이라는 용어를 사용할 것을 주장한다. 이는 인간의 감정을 언어로 표현하는 시의 본질적인 특

18) 박용철, 「을해시단총평」, 93쪽.
19) 박용철, 「기교주의설의 허망」, 18쪽.

성은 유지하되, 동시에 언어표현을 통한 예술성을 드높이려는 시도로 파악된다. 박용철에 의하면 '기술'은 표현을 달성하기 위하여 매재를 구사하는 능력이다. 그의 견해는 창작 주체가 자신의 정신 내부에서 시의 표현 매재로서의 언어와 갖는 관계를 '기술'이라는 개념을 내세워 설명한 것으로, 시의 제작과정에 대한 이론으로 그 가치를 지닌다.[20]

이처럼 박용철은 임화, 김기림이 간과하고 지나쳤던 표현 이전의 감정과 그것이 시로 변화되는 과정에 주목하며 시의 순수성에 대해 고찰하였다. 이러한 시관을 바탕으로 박용철은 기교주의 논쟁을 통해 임화, 김기림 모두에게 대항할 수 있는 순수시론을 성립해내었다. 박용철의 시론은 하우스만 시론의 수용을 기점으로 전기시론과 후기시론으로 나누어 보는 것이 일반적인 견해이다. 그러나 시가 가지고 있는 가장 기본적인 속성인 순수성에 주목하며 시를 언어예술로 인식하고 있었다는 점은 그의 시론 전체를 관통하는 하나의 요체이며 시론에 일관성을 부여해주는 핵심으로 볼 수 있다. 더불어 후기 시론이 기교주의 논쟁을 통해 전개되어 나가며 그의 시론을 좀 더 견고히 하는 계기가 되었다는 사실은 후기시론이 전기시론과 연속적으로 이어지고 있으며 전기시론을 좀 더 구체화 하는 방향으로 나아가고 있음을 보여주는 바이기도 하다.

4. 순수성의 연속을 통한 박용철 시론의 완성

임화, 김기림과의 대립되는 관점을 통해 박용철의 순수시에 대한 시

20) 오형엽, 「1930년대 기교주의 논쟁 연구」, 수원대학교, 『어문학』 23, 2005, 9쪽.

각을 보여주는 기교주의논쟁은 박용철의 「기교주의설의 허망」에 임화와 김기림이 별다른 대응을 보이지 않음으로써 끝맺음을 하게 된다. 그러나 논쟁 이후, 박용철은 이를 계기로 하여 자신의 시론의 이론적 완성을 이루는 「시적 변용에 대해서」(1938)를 발표하는 성과를 이루게 된다.

흙 속에서 어찌 풀이 나고 꽃이 자라며 버섯이 생기고? 무슨 솜씨가 핏속에서 시를, 시의 꽃을 피어나게 하느뇨? 변종을 맨들어내는 원예가. 하느님의 다음가는 창조자. 그는 실로 교묘하게 배합하느니라. 그러나 몇 곱절 더 참을성 있게 기다리는 것이랴! …(중략)…

영감이 우리에게 와서 시를 잉태시키고, 수태를 고지하고 떠난다. 우리는 처녀와 같이 이것을 경건히 받들어 길러야 한다. …(중략)… 완전한 성숙이 이르렀을 때 태반이 회동그란이 돌아 떨어지며 새로운 창조물, 새로운 개체는 탄생한다. 많이는 다시 영감의 도움을 기다려서야 이 장구한 진통에 끝을 맺는다. …(중략)…

시인으로서나 거저 사람으로서나 우리에게 가장 중요한 것은 심두에 한 점 정경한 불을 길르는 것이다. …(중략)… 무명화는 시인에게 있어서 이 불기운은 그의 시에 앞서는 것으로 한 선시적인 문제이다. 그러나 그가 시를 닦음으로 이 불기운이 길러지고 이 불기운이 길러짐으로 그가 시에서 새로한 걸음을 내여드딜 수 있게 되는 교호작용이야말로 예술가의 누릴 수 있는 특전이요, 또 그 이상적인 코스일 것이다.[21]

박용철은 「시적 변용에 대해서」에서 시인을 하느님과 같은 창조자로 인식한다. 흙 속에서 풀, 나무, 꽃이 피어나게 하는 하느님과 마찬가지로 시인 또한 마음속에 있는 영감, 감정, 무명화를 길러내고 성숙시켜 시를 만든다는 것이다. 이때 박용철이 말하는 무명화는 존재하지 않는다는 것이 아니라 아직 이름 붙여지지 않은 상태, 즉 언어표현 이전의

21) 박용철, 「시적 변용에 대해서」, 3~10쪽.

선시적 체험상태를 의미한다. 박용철은 시로 형상화되기 이전의 영혼이나 감정, 존재, 덩어리, 선시적 체험을 총망라하여 무명화라 명명하며 내적인 요소들을 강조한다. 그리고 이러한 내적인 요소가 가장 중요하다는 전제 하에 시인이 이를 성숙시키는 과정, 즉 언어를 통해 이름붙이는 변용의 과정을 통해 시를 구체화 할 수 있다고 말한다. 이렇듯 「시적 변용에 대해서」에서는 표현 이전의 충동을 중시하는 관점과 언어적 표현과정을 천착하는 관점 사이를 왕래하며 유기체적인 시론을 이루어내고 있다.

박용철은 또한 변용을 통한 시 창작의 과정이 생명체가 잉태되고 성숙되는 것만큼이나 긴 시간이 필요하다고 말한다. 한 생명이 개체로 성장하는 것처럼 시 또한 내면적 성숙을 이룬 예술로 형상화되기 위해서는 그만큼 인고의 시간이 뒤따른다는 것이다. 이는 '참을성 있게 기다리는 것이랴!', '장구한 진통에 끝을 맺는다.', '완전한 성숙이 이루어졌을 때 새로운 창조물, 새로운 개체는 탄생한다.'등의 표현을 반복함으로써 시인이 가져야할 태도와 덕목을 강조하는 것을 통해서도 확인할 수 있다.

후기시론의 정점이라 할 수 있는 「시적 변용에 대해서」에는 1930년에 시를 하나의 '존재'로 보게 되면서 발견한 '속에 덩어리'와 연관된 문제의식에서 출발하여, 1935년 기교주의 논쟁을 벌이면서 그 문제의식을 구체화하고 심화한 그의 시론의 성숙과정이 고스란히 담겨있다.[22] 즉 박용철은 눈에 보이지 않는, 무엇인지 말할 수 없는 모습으로 우리에게 인식되는 감정이라는 존재가 변용을 통해 드러나는 계기에 주목

22) 강웅식, 「박용철의 시론연구 – '존재'와 '무명화'의 문제를 중심으로」, 고려대학교 한국학연구소, 『한국학연구』 39, 2011, 94쪽.

하며 이를 언어와의 관계 속에서 설명하며 자신의 시론을 완성시키고 있는 것이다.

5. 맺음말

지금까지 박용철의 전기시론과 후기시론, 그리고 기교주의 논쟁의 한 단면을 살핌으로써 변화된 관점 사이에서도 그의 시론 전체를 관통하고 있는 순수성의 요체가 무엇인지를 살펴보았다. '존재'라 불리는 전기시론에서는 시의 본질이 인간의 내부에서 기인하는 점에 착안하여 시에 순수성의 의미를 부여하였고, 시 자체가 조각과 회화와 같은 예술체로서 기능한다는 측면에 주목하였다. 하우스만의 시론을 수용한 이후 질적으로 성숙을 더한 후기 시론에서는 '변용'에 주목하여 전기시론의 내용을 좀 더 심도 있게 고찰하였으며 시에 내포되어있는 선시적 체험이 언어를 통해 실현되는 과정에 주목하였다. 또한 후기시론을 전개하는 과정에 있어 임화, 김기림과 함께 기교주의 논쟁을 펼쳐나감으로써 당대의 다른 문인들과는 차별화되는 자신만의 시관을 확립하였고 전기시론을 연속적으로 이어나갔음을 확인하였다.

박용철이 내세웠던 순수시론이 우리문단에서 의의를 가지고 확고한 위치를 차지 할 수 있었던 까닭은 그의 시론이 당시 문단에서 행해지지 않았던 시의 기본적인 속성에 근간을 두었기 때문이다. 시의 내용적인 측면이나 기술적인 측면에서 순수성을 강조한 그의 시론은 당시 문단에서 주류를 차지하고 있었던 임화나 김기림의 시론과는 차별화된 양상이었다. 비록 그의 시론이 구체적이지 않고 모호하다는 한계가 있음에도 불구하고 시가 가진 기본적인 성격을 가장 잘 이해하고 대변하는 시론임에는 부정할 여지가 없다.

혹자는 박용철의 시론에 대해 당시의 시대적인 상황이나 현실의 문제를 외면하고 있음에 주목하여 이를 한계점으로 지적하기도 한다. 하지만 박용철의 시론에 대한 평가는 외부적인 상황과의 연결선상에서 행해질 것이 아니라 시의 순수성이라는 성격을 밝히는데 목적을 둔 시론 그 자체에 의미를 두고 행해야 할 것이다. 이러한 점에서 볼 때 박용철의 시론은 시의 본질적인 속성에 주목하고 그것을 통찰하려 했다는 점에서 의의가 있다고 여겨지며 순수시론을 통해 시문학파를 문단의 중심으로 끌어올리려 했던 박용철의 가치는 인정받아야 마땅할 것이다.

◎ 참고문헌

1. 기본자료

박용철, 『박용철전집 2』, 시문학사, 1939.

2. 단행본

서정주, 『서정주 문학전집』, 일지사, 1972.

한계전, 『한국현대시론연구』, 일지사, 1983.

손광은, 『한국현대 시인연구上』, 푸른사상사, 2001.

3. 연구논문

강웅식, 「박용철의 시론 연구 : '존재'와 '무명화'의 문제를 중심으로」, 고려대학교 한국학연구소, 『한국학연구』 39, 2011.

김태석, 「기교주의 논쟁 발단에 담긴 내포적 의미 : 시론사적 측면에서」, 단국대학교 국어국문학과, 『국어학논집』 17, 2000.

신재기, 「박용철의 시적 언어론」, 한국어문학회, 『어문학』 83, 2004, 254쪽.

심선옥, 「기교주의 논쟁을 통해 본 1930년대 시에서 근대성 탐구」, 수원대학교 국어국문학회, 『기전어문학』 10, 1996, 365쪽.

오문석, 「박용철 시론의 재구성」, 한국비평문학회, 『비평문학』 45, 2012.

오형엽, 「박용철 시론의 구조와 계보」, 한국비평문학회, 『비평문학』 18, 2004.

_____, 「1930년대 기교주의 논쟁 연구」, 수원대학교, 『어문학』 23, 2005.

윤여탁, 「1930년대 기교주의 논쟁의 전개와 그 의미」, 한국어교육학회, 『한국국어교육연구회 어문학』 52, 2994,

정 훈, 「박용철 시론 연구」, 동남어문학회, 『동남어문논집』 26, 2008.

| 김민지 |

박용철의 시론과 '서정성'의 탈경계 국면*

1. 서론

박용철 시론에 대한 기존의 논의들은 그것이 '서정시론'이라는 견해에 맞춰져 있다. 그의 시론이 낭만주의의 영향을 받고 1930년대의 서정시의 이론의 토대를 마련하였다는 것이 그것과 연관된 일반적인 견해이다. 그러나 기존의 논의들은 정작 그의 시론을 서정시론이라고 말하는 이유, 또 그에 앞서 서정시가 무엇인지에 대한 명확한 전제들은 제시하지 않고 있는 것이 대부분이다. 이 문제는 당연하고 자명한 사실이어서 더 이상 말할 필요가 없는 부분으로 간주되고 있는 것이다. 그의 이론이 서정시론임을 밝히는 연구들은 대체로 서정시를 정의하는 데

* 이 글은 지난 2014년 6월 전남대학교 한국어문학연구소에서 발간한 『어문논총』 제25집에 게재된 글이다. 지난 1년간 '문화인 박용철 세미나'에 참가해 조언을 아끼지 않으신 사업단 구성원들께 감사의 마음을 전한다.

있어서, 장르로서 서정시를 위치시킬 수 있는 명료한 특질을 근거로 하지 않고 서정시 이외의 시 장르에서도 같은 정도로 가지고 있는 성질까지를 포함하고 있다. 그리하여 서정시의 경계도, 박용철의 시론을 서정시를 추구하는 서정시론으로 보아야 하는 이유도 흐릿한 상태이다. 범주를 설정할 때, 필요한 것은 그 안에 속할 대상들을 관통하는 공통적인 특징이다. 결국은 서정시를 '서정성'의 특질을 강한 밀도로 갖고 있는 장르라고 말할 수 있을 것이다. 이 글은 이러한 국면을 함축한 그의 시론을 '서정성'의 경계 짓기의 과정에 놓음으로써 그의 시론과 한국의 '서정성'을 고찰하고, 아울러 그의 시론에서 '서정시론'으로 다루어지지 않는 탈경계 국면을 살펴보고자 한다.

앞서 언급한 대로 박용철의 시론에 대한 연구는 주로 그의 시론이 '서정시론'이라는 것을 바탕에 두고 전개되어 왔다. 이에는 박용철의 시론이 포우, 릴케, 하우스만 시론 등의 서구 시론의 수용의 영향을 받았다는 연구,[1] '순수시론'임을 밝히면서도 박용철의 시론이 이전과는 다른 '순수시론'임을 보이는 연구,[2] 그의 낭만주의적 시론을 상상이론의 영향 관계 아래에서 보고자 하는 연구[3]들이 있다. 이 연구들은 각기

---

1) 한계전, 「박용철에 있어서 하우스만 시론의 수용」, 『관악어문연구』 제2호, 서울대학교 국문학과, 1977.
김동근, 「박용철 시론의 변용적 의미」, 『한국언어문학』 제34호, 한국언어문학회, 1995.
김병택, 「박용철의 시론교」, 『인문학연구』 제3호, 제주대학교 인문과학연구소, 1997.
손광은, 「박용철 시론 연구」, 『용봉논총』 제29호, 전남대학교 인문과학연구소, 2000.
2) 정 훈, 「박용철 시론 연구」, 『동남어문논집』 제26호, 동남어문학회, 2008.
주영중, 「박용철 시론 연구」, 『한국시학연구』 제32호, 한국시학회, 2011.
이상옥, 「박용철 시론의 내적 논리」, 『우리말 글』 제55호, 우리말글학회, 2012.
3) 남진숙, 「박용철 시론에 나타난 상상이론 연구」, 『우리어문연구』 제35호, 우리어문학회, 2009.

'존재의 시론'이나 '변용의 시학' 등으로 그 특질을 짚어내고 있으나 '서정시론'이라는 범주를 크게 벗어나지는 못하고 있는 것으로 보인다. 한편 일반적인 '서정시론'과는 다르다고 밝히는 연구로, 박용철의 시론을 자명한 것으로 전제하지 않고 새롭게 규정하고자 하는 연구[4]가 있으나 일정한 체계나 기준 없이 불분명하게 제시되어 있어 한계를 지니고 있다고 말할 수 있다.

서정시에 대해 말하는 연구들은, 줄곧 서정시와 시를 동일시 해왔다. 그렇다고 해서 그들이 말하는 서정시의 어떤 특성이 없지는 않다. 문제는 공통적으로 이야기되는 서정시의 특징들이 '시란 무엇인가'라고 질문했을 때 나오는 대답과 별반 다르지 않다는 것이다. 이들이 말하는 서정시의 특성은 크게 동일화의 원리, 주관성의 압축, 무목적의 목적, 사회성, 참신함, 철학성, 음악성 등으로 볼 수 있다.[5] 그러나 여기에서 동일성 이외에 다른 특성들을 서정시만의 특성이라고 보기에는 어려움이 따른다. 시 전반의 특성이라고도 할 수 있기 때문이다. 어떤 장르의 특성이라고 하면, 물론 그 특성이 다른 장르에서는 존재하지 않아야 한다기보다는 그 정도가 특정 장르에서 강한 밀도를 가지고 있어야 할 것이다. 하지만 그 특성이 다른 장르에서도 비슷한 정도로 나타난다면 그 특성을 어느 한 장르의 특징이라고 보기는 어렵다. 이는 '넓은 서정'[6]과 '좁은 서정'이 혼재되어 있다고 볼 수 있다. '좁은 서정', 즉 시

4) 오문석, 「박용철 시론의 재구성」, 『비평문학』 제45호, 한국비평문학회, 2012.

5) 김재홍 · 권현홍, 「한국 현대 서정시의 특성과 갈래론」, 『인문학연구』 제19호, 경희대학교 인문학연구원, 2011.
김준오, 『시론』, 삼지원, 2012.
한영옥, 「서정시, 다시 생각하기」, 『서정시의 본질과 근대성 비판』, 다운샘, 1999.

6) 김종훈은 한국 근대시의 서정을 서정, 서사, 극으로 나뉘는 성격에서 문학 형식의 하나로서 인식한 태도에서 비롯되는 '넓은 서정'과 19세기 낭만주의 사고 체계로

의 하나의 하위 장르로서의 서정시를 말하면서도 그것을 서정시, 서사시, 극시로 나뉘는 모더니즘시대 이전의 전통적 장르 구분 층위에서의 '넓은 서정'으로 끌어올리고 있다.

이러한 '서정성'의 불분명한 경계는 박용철 시론의 확장의 가능성을 은폐시키는 데 일조했다. 박용철이 추구하고자 했던 시에 대한 글을 통해 '서정성'의 특질과 그 탈경계 국면을 드러내는 작업은 '서정성'의 경계 짓기에 대한 재고찰을 이끌어 낼 수 있으리라 본다. 다시 말해 박용철의 후기 시론으로 그의 시관(詩觀)이 정립되어 나타난 글이라 할 수 있는 「시적 변용에 대해서」를 통해 '서정성'을 경계 짓고 그로써 그의 시론에 은폐된 '서정성'의 탈경계 국면을 밝혀내고, 더불어 한국의 '서정성'을 고찰하고자 한다.

2. '서정시론'으로서의 박용철 시론

앞서 서정시를 이야기하는 연구들이 서정시의 특징으로 꼽는 성격을 동일화의 원리, 무목적의 목적, 주관성의 압축, 사회성, 참신함, 음악성, 철학성 등으로 정리한 바 있다. 여기에서는 동일화의 원리, 무목적의 목적, 그리고 주관성의 압축만을 '서정성'의 경계 안에 두고자 한다. 사회성이나 참신함, 음악성, 철학성은 시 전반이 가지고 있는 특성이기 때문이다. 반면에 동일화의 원리는 세계 혹은 대상과의 감응의 순간을 신뢰하는 서정시의 가장 강력한 특징이며, 이는 '넓은 서정'과 '좁은 서

이해되는 '좁은 서정'으로 나누어 그 역사적 맥락을 분석·재구성하였다. (김종훈, 「한국 근대시의 서정 : 기원과 변용」, 고려대학교 박사학위논문, 2008.)

정'을 모두 아우른다. 또한 무목적의 목적의 성질은 의도적인 목적이 담긴 "수단으로 이용된 시"[7]가 아닌, "논리적, 합리적 세계를 초월하는"[8] 것으로 어떤 목적을 갖는 다른 시 장르와 변별 가능한 특질이다. 그리고 주관성의 압축은 시인 자신의 체험과 정서에 집중하여 순간으로 압축해 드러낸다는 점에서 '서정성'과 긴밀하다. 이 셋을 '서정성'의 요소로 꼽았으나, 서정시의 가장 핵심적이고 강력한 특징은 단연 동일화의 원리라고 할 수 있다. 무목적의 목적과 주관성의 압축은 이를 중심에 두고 나타난다.

'서정성'의 핵심이 되는 동일화의 원리는 동일화에 대한 신뢰에 초점을 둔다. 이 동일화의 원리를 중시하는 '서정성'이 '서정시는 시 전반이다'를 가능하도록 만드는 명제로 사용되기도 한다. 종개념으로서의 서정시가 갖고 있는 특성을 시 전반이 갖고 있다고 해서 종개념을 유개념으로 끌어올리는 것은 다분히 비논리적이다. '동일화' 혹은 '동일성'이 시 전반에 없다고 할 수는 없다. 시 전반은 동일화를 지향하기도 혹은 그렇지 않기도 한다. 다만 이 하위 장르들의 '동일화'에 대한 자세는 서로 다르다는 점을 역설해야겠다. 서정시에서 중요한 것은 동일화에 대한 확신이 전제되어 있다는 점이다. 서정시 이외의 시 장르에서도 동일화에의 지향을 발견할 수 있다. 그러나 그들은 '지향'하는 것이지 그 동일화를 감응한 데 대하여 확신이나 신뢰를 갖고 있지는 않다.

이 동일화의 원리는 라캉의 상상계적 주체로 더 명확히 설명될 수 있다. 라캉은 거울단계와도 연관되는 상상계에서, 유아는 거울 속의 자신을 '자신으로 인식'하며 이를 '오인'이라고 설명한다. 상징계로의 진

7) 한영옥, 앞의 글, 28쪽.

8) 같은 글, 30쪽.

입은 상상계에서 형성된 자아가 '오인'된 것임을 깨달으면서 이루어진다. '서정성'의 동일화의 원리는 상징계로 진입하기 전까지의 상상계적 주체의 믿음과 연결된다. 좀 더 구체적으로 연결시키자면, 라캉이 언술행위의 주체와 언술내용의 주체를 구분한 지점을 살펴볼 수 있다.[9] 언술행위의 주체는 언술내용의 주체와 합일되지 않음에도, 그 둘이 합일되는 순간을 '서정성'은 믿는 것이다.

> 우리가 처음에는 先人들의 그 부러운 奇術을 보고 서투른 自己暗示를 하고 急言을 외이고 땀을 흘리고 주먹을 쥐였다 폈다하는 것이다. 거저 뷘주먹을. 그러는 중에 어쩌다가 自己暗示가 成功이되는때가 있다. 비로소 주먹 속에 들리는 조그만 꽃하나. 拈花示衆의 미소요, 以心傳心의 秘法이다.[10]
>
> 詩人의 心血에는 外界에 感應해서 혹은 스사로 넘쳐서 때때로 밀려드는 湖水가 온다. 이 靈感을 기다리지않고 재조보이기로 자조 손을 버리는 奇術師는 드디여 빈손을 버리게된다.[11]

"염화시중의 미소"와 "이심전심의 비법"은 서로 다른 개체가 동일화되는 지점을 획득했음을 의미한다. 세계와의 진정성 있는 동일화를 이루었을 때라야만 그 온전한 이치를 꽃피울 수 있다. 그의 이러한 논지는 동일화의 원리라는 서정시의 핵심 원리를 관통한다.

"외계와의 감응"은 역시, 만상조응과 동일화에의 추구를 암시한다. 또한 재주보이는 것을 위한 시 쓰기, 세계와의 조응이 전제된 영감이 없는 재주를 위한 재주 부리기는 진정한 시 쓰기로 인정하지 않았다. 동일화에의 추구와 함께 이루어지는 영감의 발생은 '시 속에 세계의 이

---

9) 앤터니 이스톱, 『시와 담론』, 박인기 역, 지식산업사, 1994, 74쪽.

10) 박용철, 「시적 변용에 대해서」, 『박용철 전집』 2, 깊은샘, 2004, 7쪽.

11) 같은 글, 8쪽.

치나 철학성을 보장하고 동일화가 이루어지지 않은 상태에서 나오는 시는 시라고 할 수 없다'는 그의 전제를 포함한다.

이 동일화에의 추구의 자세는 서정시가 갖는 동일화에 대한 자세와 일치한다. 동일화의 지점을 향해 나아가는 것이 시의 목적이 아니며, 동일화를 획득한 성과가 시라는 견해이기 때문이다. 박용철은 '외계와의 감응'과 '염화시중의 미소'와 같은 '선시(先詩)적인 체험'으로서의 동일화를 신뢰한다. 이런 점에서 그의 시론은 '서정성'을 가진 서정시를 추구하고 있다고 볼 수 있다. 그러나 그의 이런 강력한 전제는 '서정성'의 탈경계로 나아가는 가능성을 안고 있다. 이 부분에 대해서는 다음 장에서 논의하기로 한다.

그가 전개하고 있는 동일화는 순수성으로도 대변되는 서정시의 무목적성도 포용하는 모습을 보이면서 '서정성'을 드러내고 있다. 여기서 말하는 무목적의 목적은 시가 이념을 위해 수단으로서 이용되지 않고 그러한 의도 차원에서 목적이 없었으나 독자와 사회를 만나는 결과 차원의 과정에서 목적을 이루게 됨을 의미한다. 이 역시 「시적 변용에 대해서」 속에서 발견된다.

> 핏속에서 자라난 파란꽃, 붉은꽃, 흰꽃, 혹시는 험하게 생긴 毒茸. 이것들은 저의가 자라난 흙과 하늘과 기후를 이야기하려하지않는다. …(중략)… 거저 벙어리로 알아서는 않된다. …(중략)… 저의는 다만 짓거리지않고 까불대지 않을뿐 피보다 더욱 붉게, 눈보다 더욱 히게 피여나는 한송이 꽃.[12)]
>
> 詩는 詩人이 느려놓는 이야기가 아니라, 말을 材料삼은 꽃이나 나무로 어느순간의 詩人의 한쪽이 혹은 왼통이 變容하는것[13)]

12) 같은 글, 3쪽.
13) 같은 글, 9쪽.

'저의가 자라난 흙과 하늘과 기후를 이야기'하지 않는 것은 그의 배경을 설명하거나 혹은 어떤 것을 주장하려는 자세를 취하지 않음을 의미한다. 이야기 '하려 하지 않는다'는 그 무목적성을 함축하는 구절이다. 동일화의 결과로 나타난 시이기에 어떠한 목적을 갖지 않으면서, 동일화가 이루어진 상태로 이미 그 안에 이치가 내재해 탄생했기 때문에 존재만으로 세계의 이치를 드러낸다. 목적 없이 목적을 이룩하는 것이다. 그의 이러한 무목적의 목적은 "효용성을 고려하지 않음으로써 최고 효용을 발휘"[14]한다.

효용성이 전경화되어 있는 시는 한편으로 효용적이지 않을 가능성을 내재하기 마련이다. 전경화 된 의미가 사회발전을 위한 것이라 할지라도 그에 대해 반하는 이들을 설득해내기는 어렵기 때문이다. 예를 들어 A와 B가 서로 반대되는 주장일 때, A라는 주장을 전경화 시킨 이야기를 B의 입장에 선 이들은 그 이야기를 잘 들으려하지 않을 것이다. 오히려 그 이야기에 대한 B의 입장에서 A의 의견에 대해 비판할 지점을 생각하는 데 더 집중한다. 결국 A와 B의 '합의점'은 서로 자신의 의견을 전경화시키지 않고 A′ 혹은 B′를 내걸었을 때 효용성을 갖게 된다. '서정성'의 무목적의 목적은 이와 관련된다. 여기에는 우리나라에 낭만주의가 유입된 시기, 그 영향을 받은 지식인들의 가치관이 이 성격을 견고하게 만드는 데 일조했다고 할 수 있다.

김억으로 대표되는 초기 낭만주의 유입 당시, '서정성'은 낭만주의와 밀접한 관계에서 시작되고 박용철에 이르러서는 임화와 김기림에 대별되는 입장으로서 순수에 대한 기치가 강조되어 왔고, 또 형성되어 왔다. '서정성'의 무목적성은, 카프시와 같은 목적시와 대조를 이루는 특

---

14) 한영옥, 앞의 글, 31쪽.

질로서 박용철의 시론에서 더욱 강조될 수밖에 없었다. 그리하여 우리나라의 '서정성'은 '목적성 없이 목적을 이룰 수 있다'는 특징을 갖는다. 박용철에게서도 '~를 위해서'라는 언급을 발견할 수 없다.

무목적의 목적성을 갖는 모든 시들이 서정시라고 할 수는 없는 이유도 여기에 있다. '서정성'에서 다뤄질 수 있는 무목적의 목적성은 동일화의 원리를 전제로 가지면서도 하나의 존재로서 존재할 뿐, 목적을 위한 수단이 될 수 없다는 조건을 함의하고 있기 때문이다. '서정성'의 무목적의 목적은 동일화에 대한 확신이 전제되어 있기 때문에 여타의 것과 변별된다. 다시 동일화의 원리로 돌아가 라캉의 이론을 상기하면, 상상계에 머문 '서정성'은 상징계로의 진입을 허용하지 않기 때문에 제한된 세계만을 보여주게 된다. 세계와 주체가 합일되지 않는 지점들을 감추고, 동일화된 순간을 신뢰하는 '서정성'의 무목적의 목적성은 합일의 순간을 믿지 않는 이들의 그것과는 다른 효과를 발휘할 것이다. 또한 존재로서 수단이 될 수 없다는 그들의 조건은 다소 아이러니한 것이, 결과로서 사회 혹은 세계의 발전을 이끈다고 할 때 결국 그것은 발전에 봉사하게 되기 때문이다.

한편 '서정성'의 요소로서 주관성의 압축은 시인이 시에 자신의 체험과 정서를 순간으로 압축한 것으로 이 역시 동일화의 원리를 전제로 하고 있다.

> 우리의 모든 體驗은 피 가운대로 溶解한다. 피 가운대로, 피 가운대로. 한낮 감각과 한가지 구경과, 구름같이 펴올랐는 생각과, 한筋肉의 움지김과, 읽은 詩한줄, 지나간 激情이 모도 피 가운대 알아보기어려운 溶解된 기록을 남긴다. 지극히 예민한 感性이 있다면, 옛날의 傳說같이, …(중략)… 얼마나 길고 가는 이야기를 끌어낼 수 있을것이랴[15)]
>
> 흙 속에서 어찌 풀이 나고 꽃이 자라며 버섯이 생기고? 무슨 솜씨가 핏속

에서 詩를, 詩의 꽃을 피어나게 하느뇨? 變種을 만들어 내는 園藝家, 하나님의 다음가는 創造者, 그는 실로 교묘하게 配合하느니라. 그러나 몇 곱절이나 더 참을성 있게 기다리는 것이랴![16]

박용철은 시를 창작하기 이전에 "체험"이 우선해야 함을 강조한다. "체험"은 경험에 정신적 깨달음이 더해져 시인에게 "용해"된 것이다. 여기에는 "예민한 감성"이 필요하고 이것은 시인에게 주어진, 혹은 시인이기 위해 갖추어야 할 소양에 다름 아니다. 이는 낭만주의에서 시인을 천부적 재능을 지닌 '천재'로 여기는 시각의 영향과 함께 시가 시인의 주관에 따라 나타난 유일무이한 창조물이라는 점을 함축한다.

시인이 "체험"한 것은 시인과 함께 "용해"되어버린 것이기 때문에, 어느 것과도 완전히 동일할 수 없다. 그리하여 곧 그가 말하는 시란 시인의 주관적 정서와 체험이 압축된 것이라 말할 수 있다. 이 주관성의 압축도 동일화를 핵심으로 갖고 나서야 '서정성'의 경계에 들어간다. 여기서 주목해야 할 점은 '서정성'의 주관성 역시 동일화에의 확신에서 비롯된다는 것이다. "체험"은 곧, 일체의 순간으로 시인의 주관에서 출발하여 주관을 이루기도 하기 때문이다. 시인의 "예민한 감성", 곧 주관은 동일화로 이르는 데 기여하며, 일체를 이루었다는 그 감득, "용해"는 시인의 주관이기도 한 것이다.

세계(또는 대상이라고 할 수 있는)와의 동일화를 선시적인 것으로 역설하던 그는 인용된 구문에서 시인에게 독립적인 위상을 부여하고 있다. 이는 비단 박용철에게서만 나타나는 현상은 아니다. 세계와 합일을 이루고 그 순간을 표현해내는 이가 시인이라면, 시인은 단순한 매개자의 위치

15) 박용철, 같은 글, 3~4쪽.

16) 같은 글, 4쪽.

에 자리한다. 하지만 '서정성'이 추구하는 바에 따르면 그 매개자는 모두가 될 수 있는 것이 아니고, "예민한 감성"이나 동일화를 이룰 수 있게 준비되어 있는 특별한 인물이다. 결국은 '서정성'의 핵심원리인 동일화의 원리를 스스로 배반하게 된다. 세계와의 동일화를 이룸으로써 이치를 내보이겠다는 '서정성'은 주관성이라는 한계를 넘어서기 위해 끊임없이 도전해야함에도 불구하고 지극히 주관적인 시각에만 머물고 마는 것이다.

그가 시인 개인의 "예민한 감성"과 "체험"을 언급한 것이 시인을 창조자에 버금가는 위치로 인정했다고 볼 수 있지만, "체험"의 속성과 이에 더하여 "참을성"을 거듭 강조한 점을 미루어 보아 이를 단순히 시인 개인의 주관에만 머무는 것으로 단정해서는 안 된다. 다음 장에서 이야기하겠지만 이는 시나 시인 개인을 내부에 국한하여 바라보는 시선만을 갖지는 않았음을 의미한다.

3. '서정성'의 탈경계 국면

지금까지 박용철의 「시적 변용에 대해서」를 통해 '서정성'을 경계 지어 보았다. '서정성'의 경계 요소, 장르로서 서정시를 결정지을 수 있는 특징들을 동일화의 원리, 무목적의 목적, 주관성의 압축으로 정의했다. 하지만 이러한 특징과 함께 박용철의 시론에 있어서 그가 추구하는 시의 모습이 '서정성'의 경계를 벗어나는 확장 가능성도 가지고 있음을 앞서 언급했기 때문에, 이 장에서는 그 국면을 밝히고자 한다.

박용철은 시를 '존재'로 바라보았다. 동일화의 원리에 따라 세계의 이치를 담은 존재라는 측면에서 이는 '서정성'을 벗어나지 못하는 것으로 보인다. 하지만 박용철에게 있어서 이 동일화에 대한 신념은 존재로서 탈은폐하고자 하는 노력을 암시하고 있다는 점에서 조금 다른 자세를 취한다. "선시적인 체험"으로서의 동일화는 그에게 있어 조건적이기 때문에 동일화에 대한 감득을 유예시킨다. 온전히 그 대상이 되어야만 한다는 것, 그것은 선시적으로서 반드시 전제되어야만 하기에 그에게 동일화에 대한 신뢰는 한편으로 추구를 뜻한다. 먼저 박용철이 시를 존재로 여겼음을 지적하면서 논의를 전개하고자 한다.

> 完全한成熟이 이르렀을때 胎盤이 회동그란이 돌아떨어지며 새로운 創造物 새로운 個體는 誕生한다.[17]
>
> 눅은 꿀을 드리우면 내려지다가 도로 올라붙는다. —이 스스로 凝縮하는 힘.[18]

여기서 말하는 "새로운 창조물"은 시를 말한다. 이 시는 돌아 떨어져 나온 하나의 개체로, 독립된 존재이다. 체험이 피 속에 용해되어 있는 시인에게서 영감을 중심으로 창조되어진 결과이지만, 그것은 "새로운 창조물"이다. '새롭다'와 '창조'는 어떤 것에 기대지 않고 태어난 독립적인 존재임을 드러낸다. 나아가 "스스로 응축하는 힘"을 가졌기에 언제나 긴장을 함의한다. "꿀을 드리우면 내려지다가 도로 올라붙는" 현상처럼 시는 외부의 자극으로부터 확산되다가도 그 스스로의 힘으로 다시 응축된다. 이러한 시를 독립적인 존재로 보는 그의 시각은 "여표지월(如標指月)이란 말이 있다"[19]라는 그의 말에 함축되어 있다. 그는 꽃

17) 같은 글, 8쪽.

18) 같은 글, 9쪽.

19) 같은 글, 같은 쪽.

이나 나무, 과일 등에 시를 비유하며 설명했으나 그것이 시 자체는 아니라하며 여표지월을 제시했다. 이는 달을 가리키는 손가락이 아닌 달을 보라는 의미인데, 가리키는 손가락이 꽃, 나무, 혹은 비유를 사용하는 그 자신이라면 달은 시를 의미한다. 그는 '시 자체를 보라'고 이야기한다. 시를 독립된 존재로 보았기 때문에 그것을 비유해 설명하는 어떤 재료들에 집중하지 말 것을 당부하고 있다.

창작과정에 있어서 시는 무엇을 위한 수단이 아닌 하나의 존재이자, 수용 또는 해석하는 과정에서 시 외부적인 요소보다 시 내부적인 모습에의 집중하기를 요구했다고 볼 수 있다. 그러나 그의 시론에서 존재로서의 시는 동일화를 필수적인 전제로 내세우면서도 이를 시인의 선시적인 체험과 노력으로서 이루어야 한다고 말함으로써 존재로서의 시가 단연코 독립적이지만은 않다는 역설을 품게 된다.

> 여러밤의 사람의 기억(하나가 하나와 서로 다른) 陣痛하는 女子의 부르지즘과, 아이를 낳고 햇슥하게 잠든 여자의 기억을 가져야한다.[20)]

인용한 부분은 릴케의 말을 박용철이 인용한 것으로, 동일화에 대한 강조를 위해서였던 것으로 파악된다. 이 때 동일화는 단순히 타자와의 동화만을 의미하지 않는다. 타자의 기억을 갖는 것, 이는 타자가 되는 것과 다르지 않다. '서정성'의 동일화의 원리라 함은 사실, 화자(persona)로서 실현된다. 진정한 그것이 되기보다는 그것과 감응한 순간에 침착하여 그의 가면을 빌려 씀으로써 보여준다. 그러나 여기서 말하는 기억의 소유는 가면을 쓰는 차원이 아니라, 객체가 주체로, 주체가 객체로 되는 완전한 동화를 의미한다. 이 완전한 동화는 시인 개인의 주관성을

20) 같은 글, 5쪽.

넘어서는, 다시 말해 세계의 본연적 진리를 추구한다.

> 저의는 다만 짓거리지않고 까불대지 않을뿐 피보다 더욱 붉게, 눈보다 더욱 히게 피여나는 한송이 꽃.[21)]

"피보다 더욱 붉게, 눈보다 더욱 히게"는 인간에게 인식되는 "피"와 "눈"을 넘어선다. 인간들에게 이미지의 총체로서 구성되어 있는 사물세계는 다시 인간의 언어로 풀이되는 끝없는 순환적 한계에서 벗어나지 못한다. 하지만 그것들보다 더욱 붉고 희게 보여준다는 것은 인간의 시각이나 언어를 넘어섬을 의미한다. 이와 같은 맥락에서 짓거리고 까불거리는 행위는 인간의 언어 사용 행위와 연관된다. 하지만 그가 추구하는 "꽃"으로 비유되는 시란, 인간의 언어 사용 층위에서 벗어나 "붉게", "히게" '보여주는' 사물의 언어를 사용한다. 보여줌으로써 이치를 드러내는 것은 서정시의 흔한 자세이지만, 박용철의 특수성은 인간의 언어에 대한 한계 인식과 이를 극복하기 위한 방법으로 객체와 주체의 동화와 그를 통해 이루어지는 '보여주기'를 지향했다는 점이다.

> 그는 다만 記錄하는 以上으로 그氣候를 生活한다. 꽃과같이 自然스러운 시, 꾀꼬리같이 흘러나오는 노래, 이것은 到達할길없는 彼岸을 理想化한 말일뿐이다. 非常한 苦心과 努力이 아니고는 그生活의 精을 모아 表現의 꽃을 피게하지 못하는 悲劇을 가진 植物이다.[22)]

박용철은 "기후를 생활하는" 시인을 제시하면서 동일화를 추구한다. 그러나 "꽃과 같이 자연스러운 시"나 "꾀꼬리같이 흘러나오는 노래"는

21) 같은 글, 3쪽.
22) 같은 글, 8쪽.

"피안을 이상화한 말"임을 이야기하면서 동일화에 대한 신뢰를 유예하고 있다. 주체와 객체가 완전히 동일화 되는 것은 유토피아적 발상일 수 있다. 하지만 그에게 있어서 동일화가 핵심적인 원리인 만큼, 마냥 유토피아적인 것만은 아니다. 다만 "표현의 꽃", 세계와 동일화된 시를 써내기 위해서 "비상한 고심과 노력"을 끊임없이 시도함으로써 완전한 동일화에 조금씩 접근해 가는 것이 시인이 취해야 할 태도임을 말하고자 한 의도로 파악된다.

그리고 「시적 변용에 대해서」에서 드러나는 박용철의 또 다른 탈경계 국면은 외부로부터의 영향 또는 해석을 인정하는 부분이다. '서정성'은 시인의 천재성을 강조하면서 세계의 이치를 담아낸 결과로서 시를 하나의 존재로 바라본다. 주지하다시피 '서정성'에서의 '존재'라는 용어는 외부에 대한 영향이나 해석을 배제하는 경향을 내포한다. 그렇기에 '서정성'은 주관성을 강하게 가지고 있으면서도 이를 세계와 동일화된 것으로 파악해 주관으로 인정하지 않는다. 하지만 박용철은 시인의 "체험"을 강조함으로써 주관을 인정하면서 시인이 외부로부터 영향을 받았을 가능성을 시인한다. 시가 창조물이라면, 그것은 유일무이하고 새롭게 만들어진, 어느 것도 참조하지 않은 것이어야 한다. 그러나 외부에 기대어 있다면, 순수한 창조물이라고 하기는 어려울 것이다.

> 詩人은 진실로 우리가운대서 자라난 한포기 나무다. 淸明한 하늘과 適當한 溫度아래서 茂盛한 나무로 자라나고 長霖과 曇天아래서는 험상궂인 버섯으로 자라날수 있는 奇異한 植物이다.[23]

세계의 이치와 조응하는 시를 중시하면서 창작 과정과 작품 내적인

23) 같은 글, 같은 쪽.

면을 강조하는 그의 시론이지만, 시인의 배경에 따라 시가 달라질 수 있음을 암시하는 대목이다. "체험"은 시인의 천재성에만 국한되지 않고, 시인 개개인에 따라 다르게 "용해"될 수 있기 때문이다. 이는 시인에게 천재 혹은 창조자에 버금가는 위치를 부여하는 낭만주의와 변별되는 지점을 제공하며, 시와 시 내부에만 한정되지 않은 그의 시관을 설명해준다.

"체험"의 속성은 시간과 공간을 함의하기 때문에 시인의 "체험"을 중시한다는 것은 그가 겪어 온 광범위한 시간과 공간을 염두에 두어야 함을 의미한다. "체험"과 경험의 차이를 상기하는 것이 이를 더욱 분명하게 해준다. 경험이 단순히 과거에 겪었던 어떤 것을 말한다면 "체험"은 과거와 현재, 미래가 뒤섞여 있는 것이다. 여기에 그가 속한 공간도 포함된다. 전통적인 '서정성'이 예술지향적인 자세를 취하며 시 자체만을 중시하는 것과는 다르게 그의 주관성의 압축은 내부만이 아니라 외부의 해석까지도 허용하게 된다.

'서정성'의 가장 큰 특성이 동일화의 원리인 만큼, 박용철에게서 드러나는 '서정성'에 대한 탈경계 국면 역시 동일화에 대한 자세를 중심으로 나타났다. 선시적 체험을 위한 시인 개인의 부단한 노력에 대한 강조나 완전한 주객동일화, 그리고 사물 언어로의 지향, 외부로부터의 영향 혹은 해석 허용이 바로 그것이다. 이러한 국면들은 '서정'에서 벗어나 다른 특성으로 확장될 '가능성'을 갖는다. '가능성'이라고 굳이 말하는 이유는, 그에게서 보이는 탈경계 국면이 추상적으로 이루어져 암시만 될 뿐이어서, 실천적인 태도로 이어지기에는 부족하기 때문이다. 물론 그 국면들은 '서정성'의 동일화에 대한 신뢰가 '개인적인 시각으로부터의 투사'임을 스스로 '은폐'함으로써 성립된 일종의 환영이라는 것을 탈은폐하고 있어 충분한 의의를 갖고 있다. 그럼에도 "체험"에 대한 강조를 제외한 나머지 부분에 대해서는 부수적으로 언급되고 시론의 핵심적 논리에는 속하지 않고 있다.

결국 그는 '서정성'으로 설명되지 않는 부분들을 인지하고 있었으나 이를 분명히 밝히고 글의 논리 속에서 풀어내지 않아 '서정성'을 넘어서는 넓은 확장으로 이르지는 못했다고 평가할 수 있다. 「시적 변용에 대해서」는 후기 시론으로서 박용철의 시관은 어느 정도 정립되어 있었기 때문에 그가 다소간에 모순된 지점들을 파악하여 일관된 논지를 펴는 데에 어려움은 없었을 것이다. 그렇다면 그에게서 이러한 혼종된 장면이 발견되는 이유는 무엇일까. 글이 발표될 당시에 박용철은 김기림과 임화와는 다른 영역으로 자리매김하고 있었다. 그렇기에 '서정성'을 중심으로 글을 썼을 테지만, 기본적으로 그가 쓰고자 한 것은 '시론'이었음을 상기하고 주지할 필요가 있다. 그에게 정립되고 있던 시관이 '서정성'을 가진 서정시에 대한 시관이 아니라 시 전반에 대한 시관이었기 때문이다. '서정성' 같은 모습을 앞세우긴 하였지만, 시가 나아가야할 방향을 모색하는 과정에서 '서정성'이 포괄하지 못하는 요소들이 포함될 수밖에 없었을 것이다.

4. 결론

박용철의 「시적 변용에 대해서」를 통해 '서정성'의 경계와 탈경계 국면과 함께 그의 시론이 서정시론의 범주를 벗어나는 지점들을 고찰해 보았다. 그동안 '서정성'에 대한 불분명한 정의로 인해서 서정시론에 국한되지 않는 박용철의 시관이 있었음에도 명확히 주목받지 못했었다.

이 글은 '서정성'과 서정시에 대한 명확한 정의와 인식이 필요하다는 문제의식에서 출발하여 박용철의 시론에서 은폐된 부분을 드러내고자 했다.

그의 시론을 통해 '서정성'의 경계로 지목한 것은 동일화의 원리와 무목적의 목적, 주관성의 압축이었다. 전제되어야 할 것은 서정시에서의 동일화의 원리는 일체의 순간을 신뢰하고 그것을 감응했다는 확신이 포함된다는 점이다. 이를 중심으로 무목적의 목적, 주관성의 압축이 배치되었다. 이를 토대로 그의 시론에서 서정성을 발견할 수 있음을 확인했다.

한편, '서정성'의 특징 지어 탈경계 국면을 분석해내는 것이 가능해졌다. 박용철의 시론에 나타난 탈경계 국면은 존재로서의 탈은폐와 시와 시인 외부에 대한 해석의 허용이었다. '시는 존재'라는 시관으로 출발해 서정시의 가면을 쓰는 동일화가 아닌 객체로 완전한 동화를 통해 존재의 이치를 탈은폐시킨다는 그의 지론은 '서정성'의 탈경계 국면에서 있다. 이와 함께 외부에 대한 해석을 허용한다는 점 역시, 예술지향적인 사관을 지닌 '서정성'과 변별된다.

박용철의 시론과 한국의 '서정성'과 '서정시'의 개념 혹은 그 범위는 서로 교호작용을 하고 있다고 할 정도로 밀접하게 연관되어 있어 어느 것이 원인이고 결과라 할 수 없는 아포리아적 관계에 있다고도 할 수 있다. 그의 시론과 함께 '서정성'을 재고찰한 것이 이러한 관계를 조명하는 데 기여했으리라 생각한다. 이러한 시도가 박용철의 시론이나 '서정성'에 대해 어떤 새로운 것을 창조해내리라는 확신은 할 수 없다. 하지만 당연한 것으로 여겨 언급하지 않는, 또 그로 인해 은폐되는 지점들에 대해 끊임없이 연구해야함을 조금이나마 상기시켰으리라 확신한다.

✪ 참고문헌

1. 기초자료

박용철, 「시적 변용에 대해서」, 『박용철 전집』 2, 깊은샘, 2004.

2. 논문 및 단행본

김동근, 「박용철 시론의 변용적 의미」, 『한국언어문학』 제34호, 한국언어문학회, 1995.

김병택, 「박용철의 시론교」, 『인문학연구』 제3호, 제주대학교 인문과학연구소, 1997.

김재홍 · 권현홍, 「한국 현대 서정시의 특성과 갈래론」, 『인문학연구』 제19호, 경희대학교 인문학연구원, 2011.

김종훈, 「한국 근대시의 서정 : 기원과 변용」, 고려대학교 박사학위논문, 2008.

김준오, 『시론』, 삼지원, 2012.

남진숙, 「박용철 시론에 나타난 상상이론 연구」, 『우리어문연구』 제35호, 우리어문학회, 2009.

손광은, 「박용철 시론 연구」, 『용봉논총』 제29호, 전남대학교 인문과학연구소, 2000.

오문석, 「박용철 시론의 재구성」, 『비평문학』 제45호, 한국비평문학회, 2012.

이상옥, 「박용철 시론의 내적 논리」, 『우리말 글』 제55호, 우리말글학회, 2012.

이스톱. 앤터니, 『시와 담론』, 박인기 역, 지식산업사, 1994.

정 훈, 「박용철 시론 연구」, 『동남어문논집』 제26호, 동남어문학회, 2008.

주영중, 「박용철 시론 연구」, 『한국시학연구』 제32호, 한국시학회, 2011.

한계전, 「박용철에 있어서 하우스만 시론의 수용」, 『관악어문연구』 제2호, 서울대학교 국문학과, 1977.

한영옥, 「서정시, 다시 생각하기」, 『서정시의 본질과 근대성 비판』, 다운샘, 1999.

제3부

문화 전략으로서 박용철의 시와 연극

| 염승한 |

박용철의 연극 활동
—1930년대를 중심으로

1. 들어가며

박용철에 대한 연구는 그의 문학이론, 시(詩)에 관한 연구가 대부분이었다. 기존 연구가 문학이론, 시작(詩作) 활동에 초점이 맞춰져 있었고, 그의 연극 활동에 대한 연구는 소홀하게 이루어졌다. 비록 그의 연극 활동이 다른 활동에 비해 왕성한 것은 아니었지만 그의 연극 활동에 대해서 주목을 할 필요가 있다. 그가 데뷔 했던 작품이 1924년 5월에 발표한 단막희곡인 「해피나라」라는 점과 그 이후 1926년 「말 안하는 시악시」 연희 전문학교 학생극 대본으로 선정되어 공연되었고, 1928년 「석양」이 배화 학생극 대본을 쓴 점을 보았을 때 그의 연극에 대한 관심이 학생시절부터 있었다는 것을 알 수 있다.[1]

1) 작품과 발표연도는 (http://navercast.naver.com/contents.nhn?rid=123&contents_id=7296) 네이버 캐스트 발췌.

박용철의 연극 활동은 1930년대 초반에 집중되어 있다. 이는 거의 극연과 관련이 깊은데 박용철은 1932년 12월 2회 공연 이후 극연이 동인제에서 회원제로 변경하면서 가입하게 된다. 그는 사업부에서 임원 활동을 하면서 비평, 번역, 잡지 발간 등 여러 방면에서 극연 활동을 한다. 특히 한국 최초 연극전문잡지인 『극예술』을 자신이 운영하는 시문학사에서 제5호까지 발간을 한다. 『극예술』은 당시 사람들에게 연극이론, 작가를 소개하면서 연극에 대해 많은 사람들이 관심을 가지게 만들었다.

또한 박용철의 『극예술』 발간과 더불어 중요한 활동은 번역활동이다. 그는 「바보」, 「베니스의 상인」, 「무기와 인간」, 「인형의 집」 등 여러 작품을 번역했다. 특히 「바보」, 「베니스의 상인」은 극연 5회 공연, 「인형의 집」은 극연 6회 공연으로 올라간 연극이다. 특히 「인형의 집」과 같은 경우 "배우들이 한 달 동안 맹연습을 하고, 타란텔라 무용을 위해 당대 최고의 무용가였던 조택원을 섭외하여 안무를 배우는 등" 신문에 기사[2]로 나올 정도로 극연 내부에서도 중요하게 생각한 작품이었다. 이러한 작품의 번역을 맡았던 박용철을 통해 알 수 있듯이 그 당시 상황에서 박용철의 번역의 위상을 확인 할 수 있다.

특히 「베니스의 상인」, 「바보」, 「인형의 집」과 같은 경우는 극연에서 중요하게 생각했던 작품들이었다. '조선만의 신극을 수립'하려고 했던 극연은 프로연극, 신파극, 특히 신파극이 대세를 이루던 1930년대 연극계에서 자신들만의 위치를 확보하기 위해 이러한 작품들을 공연하여 이것을 수용할 수 있는 새로운 관객층을 만들고자 했다. 이러한 작업의 일환으로 서양의 근대극을 우선적으로 번역하여 공연을 우선적으로 하

2) 「공연일자의 박두로 극연회원맹연습」, 동아일보, 1934. 4. 17.

고 이것을 통해 조선의 신극이 무엇인지 찾으려고 했다. 그 일차적인 작업에서 제일 중요한 것은 서양 근대극의 번역이었고 극연은 박용철에게 번역을 맡겼다.

그럼에도 불구하고 박용철의 연극 활동에 관한 연구가 소홀하게 이루어진 이유는 그의 연극 관련 활동 기간이 짧았기 때문이다. 특히 그의 활동이 1930년대 초중반에 집약적으로 이루어졌고, 극작가, 번역가, 비평가 등 너무나 많은 분야에서 활동을 했기 때문에 큰 두각을 보이지 못했다. 특히 극예술연구회(이하 극연) 활동을 하던 도중 그의 지병이 심해지면서 제대로 된 활동을 하지 못한 점 때문에 뚜렷한 연극사적 성과가 없었다. 그렇기 때문에 박용철의 연극 활동에 대한 연구가 소홀하게 이루어졌다.

박용철의 연극 활동들을 미루어보았을 때 그가 연극을 그저 단순하게 흥미만을 보였던 인물로는 볼 수 없을 것이다. 특히 1930년대 극연과 관련된 서양 근대극의 번역은 주목할 만하다. 그가 번역한 극들은 극연이 1930년대 연극계에서 영향력을 행사하고자 했던 것과 연결해 볼 수 있기 때문이다. 그것을 통해 극연 내에서, 1930년대 한국 연극계에서의 박용철의 위치를 상정해 볼 수 있겠지만 추후의 연구로 미루고자 한다. '문화인 박용철'이라는 것에 초점을 맞추어 그가 단순히 문학이론가, 시인이 한정된 박용철이 아니라 연극인으로서의 활동했던 박용철을 살펴봄으로써 '문화인 박용철'의 범주를 더욱 넓히고자 한다. 따라서 그의 연극 활동이 집약된 1930년대 연극 활동을 개괄적으로 살펴보고자 한다. 그중에서 비평과 번역활동에 대해 살펴보고자 한다.

2. 박용철 연극비평

박용철의 연극비평 활동은 대략 2년 정도로 1931년 12월 『문예월간』에 기고한 「문예시평」, 1932년 6월 30일, 7월 2일에 거쳐 동아일보에 기고한 「실험무대 제2회 시연초일을 보고」1·2·3, 1933년 2월 4일자 조선일보에 쓴 「극연의 '우정'에 대하여」, 1933년 11월 25일, 26일에 걸쳐 동아일보에 개제한 「피란델로의 '바보'에 대하여」1·2 총 4편을 남겼다.

박용철이 제일 먼저 연극과 관련된 비평을 한 것은 1931년 12월 『문예월간』에 쓴 「문예시평」이다. 「문예시평」에서 박용철은 그 당시 연극계의 상황과 앞으로 극복해야할 문제점을 지적한다. 먼저 당시 연극계 상황을 설명하면서 그중 극예술연구회의 성립에 대해 설명한다. "이 연구회가 外國文學과 劇技術을 공연한 諸氏로 조직되여 이미 第一回劇藝術講演會를 開催하엿고 또 硏究生으로 實演劇團을 組織하엿다한다."[3]라고 극연에 대해 언급을 한다. 그리고 조선 신극운동에 학생층이 가장 중요하다고 지적하며 그들을 신극운동을 이끄는 새로운 계층으로 보았다.

하지만 이러한 연극계의 상황의 문제점을 지적하는데 제일 먼저 '극'이라는 예술형식을 가지지 못했다라는 점을 들어 신극이 발달하기에는 어려운 환경이라고 지적한다. 그렇기 때문에 외국인들과 다르게 조선인이 '관극'이라는 것이 새로운 차원의 것이라는 것이라고 설명한다. 그래서 박용철은 신극을 관극할 수 있는 관객층을 만들어야 한다고 주장한다.

그 다음으로는 '극본이 없다'라는 것을 지적한다. 박용철은 "우리의 胸襟을 大波紋을 일으키는 새 걸작이 업다."[4] 그렇다고 기존 조선에 존

3) 박용철, 「문예시평」, 『문예월간』 2권, 시문학사, 1931, 50쪽.

재하고 있던 전통적극본이 없었을 뿐더러, 번역극본은 우리의 생활사에 맞지 않아 관중들에게 환영받을 수 없다고 지적한다. 우리의 생활과 근접한 일본의 번안극은 그저 구경거리에 지나지 않기 때문에 우리의 이목을 집중시킬 대걸작이 필요하다고 역설한다.

세 번째로는 흥행일수가 짧은 것을 지적한다. 서양에서는 한 작품이 성공적이면 반년에서 일년 정도를 공연하지만 우리나라 같은 경우 3~4일 만에 새로운 연극을 공연한다. 그렇기 때문에 계속해서 장치와 의상을 바꿔야하고 배우의 연습부족으로 이어진다고 지적한다. 게다가 "文學的先進國에서도 相當히 成功的인 劇本은 一年에 한두篇이생겨나기가 어려운것인데 하물며 朝鮮에 頻數한 이 新劇本의 提供이 어떠게 可能할 일이냐"[5]라며 이렇게 짧은 흥행일수 때문에 연극의 질적인 문제와 극본난에 대한 문제를 꼬집어서 말하고 있다.

마지막으로 조선의 생활에 극적인 요소가 부족하다고 지적한다. "華麗雄壯한 생활장면의 결핍 家屋構造에 협소한 門마기가 너무 만하서 우리 家屋과 室內를舞臺우에 올려노키 어려운 것"라며 조선의 생활을 연극에 무대화를 시키기 어렵다고 설명한다. 그렇기 때문에 그 안에서 이루어지는 무대 한 켠에 '방 → 마루 → 마당 → 마당 이마루와 마당'의 구조로 이루어진 무대는 배우들의 '극적동작'들이 부자연스럽게 보이게 된다고 박용철은 지적한다. 또한 "우리의 생활상이 비극이 되기에는 관대함이 적고 희극이 되기에는 비참한"[6] 우리의 생활상이 극적이지 못하다고 지적한다.

이렇게 박용철은 당시 연극계의 상황을 설명하고, 연극계가 극복해

4) 박용철, 「문예시평」, 52쪽.
5) 같은 곳.
6) 같은 글, 53쪽.

야할 문제점을 지적하고 있다. 그가 지적한 문제 중에서 가장 큰 문제는 극본난이라고 지적한다. "劇本難의 克服은 다른 諸難關을打開하는 武器가 될것이다"[7] 이라고 극본난의 타개를 제일의 숙제로 생각하고 있었다.

그다음으로 박용철의 연극비평은 극연의 제2회 공연 작품 3편을 보고 나서 쓴 평이다. 1932년 6월 30일, 7월 2일에 거쳐 동아일보에 기고한 「실험무대 제2회 시연초일을 보고」1・2・3, 1933년 2월 4일자 조선일보에 쓴 「극연의 '우정'에 대하여」, 1933년 11월 동아일보에 개제한 「피란델로의 '바보'에 대하여」 그러나 이에 관한 비평이 분석적이기 보다 인상비평에 가깝다.

> 대체의 인상을 먼저 말하면 "관대한 애인"의 연출이 극내용정서를 관중에게 전달시키는데 가장 성공한 것 같고 옥문은 본래사건의 전개가 없는 극이나 부정한 법률을 표징하는 높은 옥문 앞에서 아들이 오 남편인 남자를 사형당한 두 여자가 끗없이 호곡(號哭)하는 것이 비극애호가인 우리 관중을 감동시킨바잇섯다
>
> 끝으로 해전은 묘사가 아니라 표현을 주장하는 표현주의극으로 모든 형식이 재래의 우리가 친해오든 다른 극의 형식과 전연히 다름으로써 우리에게 이해되는데 심대한 곤란이 잇다
>
> 이 극의 후반인 전쟁의 장면에 들어가서부터는 맹목적인 전투와 살육과 비참이 우리를 경험하기드른 최고조의 흥분 가운데 끌어넣어서 이 극본 본래의 효과를 충분히 나타내이지마는 전쟁의 나팔소리가 들리기 전에 이 전쟁을 예기하는 수병들의 흥분 초조의 감정을 공개하는 회화의 계속(繼續)이 너무 용장한□□ 관중에게 지리한 감을 □□키는 모양이엇다
>
> 물론 우리는 우리를 위하여 준비된 달큼한 조제물만은 취할것이 아니라 스사로 나아가 우리의 이해력을 긴장시켜가지고 새로운 더높은 문화를 접촉

7) 박용철, 「문예시평」, 53쪽.

섭취할 의무가 잇는것이오 또 실상작야의 관중은 이 심리적준비를 적지않게 용의(用意)해가지고 잇는 것이 보이엇다 그리하여 후반의 성공이 전반의 지리(支離)에 대한 충분한 보상이된다 할지라고 혹 전반에 대한 불신임의 염을 줄수도 잇슬 것이다 그러므로 어떤 구체적 관중을 상대로 하는 연극에 잇서서는 극본을 상연에 적합하게 각색한다는 문제가 이러한데서 도인(導因)되어 나오는듯하다[8)]

박용철은 연극을 보고나서 간단하게 감상평을 남겼다. 먼저 「관대한 애인」의 연출을 칭찬하는데 극의 내용과 정서를 관중에게 성공적으로 전달시켰다고 평한다. 그 다음 「옥문」을 공연함에 있어서 배우의 연기가 '끗없이 호곡하여 관중을 감동시켰다'고 평하며 배우의 연기를 극찬한다. 그러나 반대로 「해전」과 같은 경우 표현주의극이 기존 관객들에게 생소했기 때문에 이해가 되지 않았다고 설명한다.

박용철이 평한 「해전」의 공연을 통해 알 수 있는 점은 극연이 상연한 극이 당시 관객 수준을 고려하지 않았다는 점이다. 당시 극연은 조선의 신극을 수립하는 것을 제일의 목적으로 삼았다. 조선만의 신극을 수립하는 데 있어 일차적으로 서구의 근대극을 번역하고 그것을 공연을 했다. 극연의 이러한 전략은 기존의 관객과 차별점을 만들어 새로운 관객층을 만들고자 했다.

그 당시 극연은 서양의 여러 연극 사조를 수용하려는 움직임을 보였고 이것을 적극적으로 수용함으로써 조선만의 새로운 극, 새로운 관객, 새로운 극장을 설정하려고 했다. 그 중 대표적으로 표현주의극을 적극적으로 수용하고 공연하여 기존의 관객층과 다른 새로운 관객층, 다시 말하면 새로운 연극 사조를 이해할 수 있는 지성인, 새로운 수요층을

8) 박용철, 「실험무대제二회 시연초일을 보고」 1, 동아일보, 1932. 6. 30.

만들려고 했다. 「해전」은 그러한 작업의 일환으로 공연된 작품이었고 이를 통해 박용철이 말하듯 "우리가 친해오든 다른 극의 형식"을 이해할 수 있는 관객층을 다시 설정하는 것이었다.

박용철은 관객에게 '이해력을 긴장시켜가지고 새로운 더높은 문화를 접속섭취할 의무'를 부여한다. 단순하게 재미, 흥미위주의 연극이 아닌 예술적으로 연극을 이해할 수 있는 수준의 관객이 필요하다는 점을 역설하고 있다. 그는 관객이 어느 정도 이해하려고 하는 움직임을 보인다고 긍정적인 반응을 보이고 있다. 하지만 관객층을 좀 더 명확하게 시켜야하는 점과 그에 맞게 극본을 각색을 해야 한다고 지적한다.

> 제1회 공연이 비교적 호평이고 음반 제2회가 평판이 좋지 못한 것도 연출의 성실 여부, 연기의 능불능, 장치의 성패를 가지고 하는 것보다 레퍼토리 자체에서 많이 원인한 것 같다. 우리가 극본을 선정함에 있어 그 예술적 가치와 극장의 연출능력의 제조건들을 고려해야할 것이요, 극이란 또 관객에게 지배되는 정도의 가장 강한 예술이므로 구체적인 집단인 관중을 고려하게 된다. …(중략)… 예술과 관중과 무대조건을 용의주도하게 투시하는 각본의 적응화를 반대할 추호의 이유는 없는 것이다.[9]

그러나 이렇게 작품을 선별하고 공연함으로 극연이 꾀하고자 했던 새로운 관객층의 설정은 그 과정에서 상당한 어려움이 있었다. 새로운 관객층의 형성은 극연 공연의 레퍼토리 문제로 이어졌고 박용철은 이러한 극연의 레퍼토리 선정 문제에 대해 집중적으로 문제제기를 한다. 연극이 관객에게 지배되는 강한 예술이라고 지적하며 레퍼토리를 짜는데 있어 제일 우선이 되는 것은 관객의 흥미를 어떻게 유도하느냐는 문제였다.

9) 박용철, 「실험무대제二회 시연초일을 보고」 3, 동아일보, 1932. 7. 2.

박용철은 대중의 요구에 영합할 필요는 없다고 선을 긋지만 그렇다고 해서 극연이 연구적·실험적 태도가 통속적인 인기에 부합해서는 안 된다고 다소 중도적인 입장을 취하고 있다. 이것은 대중의 수준을 이해해야함과 동시에 통속적으로 변하지 말아야 한다는 극연이 나아가야할 방향을 제시해주고 있는 것이다.

이러한 레퍼토리의 문제는 「우정에 대하여」에 대해서도 이어지고 있다. 이것은 단순한 리뷰에 그치지 않는다. 두 남자의 우정을 시험하는 과정에서 여자가 자살하여 우정을 부각시키는 내용에 대해 극연의 레퍼토리에 의문을 제기한다. 먼저 "체제, 결과, 기복 등이 1막극으로서 성공한 작"[10]이라고 평한다. 하지만 "순결 무구한 자살시켜 이극을 해결짓는다. 그러나 실로 이 얼마나 동양적인 해결이냐"[11]라고 반어법으로 여주인공을 죽이는 유형의 비극이 한국 더 나아가 동양정서에 맞느냐고 문제제기를 하며 다소 관객의 정서와 동떨어진 작품을 공연했다고 비판한다.

「피란델로작 <바보>에 대하여」는 연극에 대한 전형적인 리뷰이다. 특히 피란델로 작가의 특징을 중심으로 리뷰한다. 특히 피란델로의 대표작인 「작가를 찾는 6인의 등장인물」의 기괴함을 독자들은 기억하고 있을 것이라고 주지시킨다. 박용철은 피란델로의 극형식이 "과거의 모든 희곡형식을 자유로 경험하고 임의로 파괴하고 기발한 신형식을 창조하고 있는 것이다."[12]라고 설명한다. 이러한 설명을 통해 피란델로의 극이 기존에 있었던 극과 다르다는 것을 강조하고 있다. 또한 "인생의 정불정(正不正)과 인류의 비참불행(悲慘不幸)에 대한 예리한 투시를 가진 현

10) 박용철, 「극연의 '우정'에 대하여」, 조선일보, 1933. 2. 4.
11) 같은 곳.
12) 박용철, 「피란델로의 '바보'에 대하여」 1, 동아일보, 1933. 11. 25.

실주의에 근거를 가지고 있다. 그에게는 허무의 철학이 있다."[13]라고 그의 극의 성격을 정의한다.

박용철은 극연이 공연한 「바보」는 "피란델로의 표현하려고 하는 자유로 경험하는 무대형식과 기괴한 가면의 편린"[14]이라고 평하며 「바보」의 무대가 성공적으로 설치되었다고 평한다. 이처럼 박용철은 세계연극의 동향을 잘 파악하고 있었고, 기존의 연극방식에서 벗어나 새로운 양식의 연극이 어떻게 잘 무대에서 표면화되었는지 확인할 수 있는 연극 식견이 있었다고 볼 수 있다.

3. 박용철의 희곡번역

박용철은 총 7편의 희곡을 번역 했는데 W.W.깁슨의 「노상」(1933), 루이지 피란델로의 「바보」, 셰익스피어의 「베니스의 상인」, 헨리크 입센의 「인형의 집」, 존 메이스필드의 「낸의 비극」, 버나드 쇼의 「무기와 인간」(김광섭, 장기제와 공역) 중국 라디오드라마인 정서림의 「기사와 서기」가 있다. 특이한 점은 그가 번역한 작품들이 각기 다른 나라의 작품들이었다는 점이다. 또한 그가 셰익스피어 고전극에서 당시 최신 극이었던 피란델로의 극까지 더불어 라디오 드라마, 단막극, 장막극까지 다양한 종류의 대본을 번역했다.

이 중 「바보」, 「베니스의 상인」, 「인형의 집」, 「무기와 인간」은 극연 초기의 주요 공연작이었다. 앞서 말했듯이 서양의 근대극을 수용하고

13) 박용철, 「피란델로의 '바보'에 대하여」 1, 동아일보, 1933. 11. 25.
14) 박용철, 「피란델로의 '바보'에 대하여」 2, 동아일보, 1933. 11. 26.

그것을 통해 조선만의 신극을 수립하고자 했던 그들의 제일의 목표였기 때문에 번역극은 극연에 있어서 가장 중요한 부분이었다. 그들이 공연하는 번역극을 통해 조선 근대극의 발전을 꾀하고자 했다. 그들이 번역하고자 한 작품은 '세계 근대극사에서 의미가 높은 작품이어야 하며, 그 다음엔 식민지조선의 공연 담당자와 연극 관객이 모범을 삼을 이유가 충분한 작품'[15]으로 이러한 작품을 전면에 내세워 공연함으로써 기존 극단과 차별을 두려고 했다.

그가 번역한 작품들은 극연의 레퍼토리 구성에 중요한 역할을 했다. 「인형의 집」(제6회 공연), 「바보」(제5회 공연), 베니스의 상인(제5회 공연)은 극연이 주로 상연했던 번역극들이다. 이 극들은 조선의 제대로 된 신극을 펼치려고 했던 극연의 취지와 잘 맞아떨어졌다. 근대극의 표본이라고 볼 수 있는 「인형의 집」의 번역과 당시 최신극이라고 볼 수 있는 「바보」는 기존의 조선에서 상연되고 있었던 극과는 차별성을 띠고 있었기 때문이다.

이전의 번역은 신파극으로 대표되는 자유로운 번역이 성행했다. 자유로운 번역이란, 한 언어에서 다른 언어로의 정확한 대칭적 변화를 별로 의식하지 않았음을 뜻한다.[16] 다시 말하면 원전의 뜻을 그대로 살리지 못한 채 번역이 이루어지고 있었다는 점이다. 하지만 1920년대 각종 미디어의 등장으로 번역체계가 달라지기 시작한다.

직역에 대한 시대의 필요성과 더불어 번역자의 번역태도 또한 중요하게 여겨졌다. "텍스트의 껍질로는 파악할 수 없는 심층적 의미를 어

15) 김재석, 「극예술연구회의 번역극 연구」, 『한국극예술학회 하계 학술대회 자료집』, 한국극예술학회, 2014, 56쪽.

16) 이승희, 「극연의 성립－해외문학파의 욕망과 문화정치」, 『한국극예술연구』 Vol.25, 한국극예술학회, 2007, 15쪽.

떻게 파악해내는가, 이어서 문학작품의 경우 해당하는 외피를 다시 어떻게 입혀, 원문의 리듬을 살려내는가 하는 문제"[17]가 번역자에게 있어서 매우 중요하게 적용된다. 따라서 박용철이 어떻게 텍스트를 이해했는지, 즉 박용철의 번역태도가 어떠했는지 살펴보아야 한다.

박용철의 번역은 유민영의 지적[18]을 통해 확인 할 수 있는데 그는 박용철의 번역에 대한 평가를 다음과 같이 설명한다. 직역에 충실하고 이미지나 뉘앙스를 전달하는데 탁월했다는 점, 외국어의 발음은 원음에 가깝게 표기했다는 점, 방언이나 고어를 빌어서 언어의 미감와 정서적 차이를 근접시켰다는 점이다. 그래서 박용철은 번역에 있어서 문어체를 지양하고 구어체로 배우가 대사를 말하기 쉽게 또 독자들이 쉽게 읽히도록 했다.

> A 안토니오씨의 우정은 참말 대단하군
> B 우정에 있어서는 베니스 왼나라를 찾아도 그만한 이가 <u>없을겝니다</u> 대단한 양반이지요.
> A 그렇지마는 안토니오씨같은 대상인이 이천냥돈을 못갚는대서야 말이됩니까. (밑줄 인용자)

「베니스의 상인」의 첫 부분으로 여기서 "없을겝니다"에서 '겝니다'는 '것입니다'의 줄임말이라는 것을 확인할 수 있다. 한 단어로 축약하면서 대사의 템포를 빠르게 하고 자연스럽게 구어체를 사용할 수 있게끔 번역했다. 이러한 축약어의 사용은 재판극이라는 속성을 잘 살려주는

17) 김재혁, 「새로 발굴된 박용철의 번역 원고의 번역문법적 분석」, 『독일문학』 제107집, 한국독어독문학회, 2008, 262쪽.

18) 유민영 외, 「용아의 연극운동과 그 연극사적 의미」, 『용아 박용철의 예술과 삶』 下, 광산문화원, 2005, 247쪽.

데 재판극의 특성상 서로의 반대의견을 빠르게 받아치는 것이 포인트이다. 「기사와 서기」와 「바보」 등에서는 어쩌다가 사용하는 정도[19]라는 것을 통해 박용철이 극에서 살려야할 부분이 무엇인지 알고 있었다.

또한 살펴보아야 할 것은 그가 냥(兩)이라는 화폐단위로 번역했다는 점이다. 극의 배경이 되는 베니스, 즉 이태리의 화폐단위를 사용하고 있지 않고 당시 관객들이 알 수 있는 조선의 화폐단위로 바꿔서 사용하고 있다는 점이다. 이것은 박용철이 의도적으로 현지화를 한 것이다. 「베니스의 상인」에서 주요 갈등 원인이 되는 돈의 가치가 얼마만큼 큰지 관객들이 가늠을 할 수 있게 바꿔서 번역한 것이다.

이러한 박용철의 탁월한 번역능력은 「인형의 집」에서 잘 보여준다.

> 헬머 그래뭐요 말을 하구려
>
> 노라 (빨리) 저돈을 주서요, 네, 토-발드. 주어도 괜찮을만큼만 주서요. 그러면 그걸가지고 나종에 무얼사겠어요
>
> 핼머 그렇지만, 여보-
>
> 노라 아이 정말 그리서요 토-발드, 정말이요. 아조 예쁜 금지에싸서 크리스마스튜리에다 걸어놀테여요. 자미있지않겠어요?
>
> 핼머 돈을 함부로쓰는 새이름을 무어라드라?
>
> 노라 네, 네, 알아요- 난봉꾼이란 말이죠? 그렇지만 나하자는대로 하세요. 토-발드. 그래야 천천이두고 슬테를 생각하지요. 그게 지각있는일 아니예요.
>
> 핼머 그렇다 할수있지! 만일 당신이 그것을 꼭 애껴두었다가 당신의 쓸 것을 산다면 말이야. 그렇지만 그것이 살림하는데로 들어가버리고 쓸데없는데다 써 버린다면, 또 내게서 돈이 나와야하게.
>
> 노라 그렇지만 이거봐요-
>
> 핼머 그렇지않다고 할수있오? 노라, (노라의 허리에 팔을두른다) 이 조고만

19) 유민영, 같은 책, 249쪽.

종달새가 정말 이쁘기는해도 돈이 무척 든단말이야. 당신같이 쪼고만 새한마리를 기르는데 돈이 그렇게 든다고하면 사람들이 고지 듣지 않을게요.

노라 어쩌면! 그런말슴을 하세요. 나는 내재주대로 모든 것을 절약해 쓴답니다.

헬머 암 그렇고말고-될수있는대로지-그게 바루 문제거든

노라 (흥흥거리며 웃는다 속으로 기쁨을 감추고) 흥? 당신이 우리네종달새 다람쥐들이 돈쓸데가 얼마나 있는줄을 아신다면, 참말. (밑줄 인용자)

위의 노라부부의 대화를 통해 알 수 있는 것은 “무어라드라?, 말이죠? 할수있지!, 할수있오?, 문제거든”과 같은 구어체 표현방식이 자연스럽게 활용되고 있다는 점이다. 특히 노라가 헬머에게 친밀감을 경어를 함께 사용해가며 드러내고 있다. 다양하게 구사된 구어는 등장인물의 말의 뉘앙스를 최대한 살리고 있다. 이렇듯 박용철이 한국어의 묘미를 잘 살리는 번역을 했다. 그 이전에 그가 「인형의 집」의 텍스트를 잘 이해하고 번역작업을 했음을 알 수 있다.

박용철의 번역은 특히 노라가 헬머가 칭하는 종달새의 이미지를 잘 살리고 있다. 헬머를 토-발드라고 성을 부르면서 그를 다정하게 부르고 있다. 노라가 토-발드라고 부르는 것은 영어본이나 이전에 번역되었던 것에서는 찾을 수 없는 부분이다. 그녀가 그의 성을 부르는 부분은 박용철이 직접 첨가를 한 것인데 노라의 더욱 헬머의 종달새처럼 보이는 효과를 배가시켜준다.

특히 박용철이 의도적으로 표현한 부분이 많이 있는데 이것은 앞에서 말했던 노라가 헬머의 종달새처럼 보이는 효과를 배가시켜준다. 헬머가 노라가 돈을 많이 쓰면 ‘난봉꾼’이라고 말하는 부분과 젤리나 마카론을 자기 몰래 먹지 않았을까 의심할 때 노라에게 ‘단것패장이’라고 말하는 부분은 이전의 번역본에서는 이러한 말들이 나오지 않았다.

또한 (홍홍거리며 웃는다 속으로 기쁨을 감추고)와 같은 지문에서 확인할 수 있듯이 노라의 심리묘사를 세밀하게 표현하고 있다. 노라가 헬머에게 인정을 받아 기분이 좋은 것을 직접적으로 드러내지 않고 홍홍거리는 웃음으로 간접적으로 자신의 감정을 표현하고 있다. 결국 노라가 기분이 좋아진 것은 헬머에게 인정을 받아서이고 어여쁜 종달새가 될 수 있기 때문에 기분이 좋아진 것이다. 단지 그녀는 겉으로 드러내고 싶지 않는 것이다.

박용철은 극의 분위기와 등장인물의 세밀한 감정까지 파악하고 지문 혹은 대사로 표현했다. 다시 말하면 그가 희곡을 하면서 등장인물이 무대에서 어떻게 형상화되어 나타나는지 생각을 하면서 번역을 했다는 점이다. 그러한 번역은 인물의 대사와 더불어 등장인물의 세세한 부분을 배우들이 연기를 하면서 놓치지 않게 지문으로 지정하여 설명해주고 있다.

4. 나오며

지금까지 박용철의 1930년대 연극 활동에 대해 살펴보았다. 그의 활동 중에 중심이 되었던 활동은 비평과 번역활동으로 상당부분 많은 활동을 했다는 것을 알 수 있다. 그가 비평 활동에서 제일 중요하게 보았던 것은 우리 실정에 맞느냐 맞지 않느냐의 문제였다. 그렇기 때문에 그가 제일 먼저 우리 실정에 맞는 극본이 없다고 극본난에 대해서 문제제기를 했던 것이다. 그가 극연 공연을 보고 나서 신문에 기고한 비평들도 대부분 연극이 관객에게 잘 전달이 되었는지 수용에 대한 문제에 대해 비평하고 있다.

이는 박용철이 번역과 연관이 있는데 그의 번역은 대부분 직역을 하되 당시 실정에 맞게 어느 정도 현지화를 시도했다는 점이다. 이를 통해 낯선 외국 연극의 거리감을 최대한 줄이려고 했다. 그래서 관객과 독자들에게 괴리감을 좁히려고 했다. 이러한 점은 번역함에 있어 극의 분위기와 극의 주요한 인물 관계를 놓치지 않았다는 것에서도 찾아볼 수 있다. 「베니스의 상인」과 같은 경우 재판이라는 상황을 살려 축약어를 사용하여 속도감을 살리고 있고, 「인형의 집」 같은 경우 헬머와 노라의 관계를 잘 살려 보여주고 있다.

박용철의 1930년대 연극 활동은 그의 연극 활동은 크게 비평과 번역 활동, 『극예술』 발간으로 나누어 볼 수 있다. 지금까지 살펴보았던 비평과 번역활동과 더불어 『극예술』의 발간은 연극의 황무지와 같았던 조선에 신극을 이식시키기 위해 그 저변을 넓이는 작업을 하고 있었다고 볼 수 있다. 특히 극본으로 이어지는 관객에 대한 문제는 그가 단순히 연극을 취미로만 생각하지 않고 의식을 가지고 참여했음을 알 수 있다. 따라서 '문화인 박용철'을 조명하는 데 있어 그의 연극 활동을 살펴보는 것은 그의 저변을 넓히는 중요한 작업 중 하나일 것이다.

✪ 참고문헌

「공연일자의 박두로 극연회원맹연습」, 동아일보, 1934.4.17.

김재석, 「극예술연구회의 번역극 연구」, 『한국극예술학회 하계 학술대회 자료집』, 한국극예술학회, 2014.

김재혁, 「새로 발굴된 박용철의 번역 원고의 번역문법적 분석」, 『독일문학』 제107집, 한국독어독문학회, 2008,

박용철, 「문예시평」, 『문예월간』 2권, 시문학사, 1931.

_____, 「실험무대제二회 시연초일을 보고」 1~3, 동아일보, 1932.6.30~7.2.

_____, 「극연의 '우정'에 대하여」, 조선일보, 1933.2.4.

_____, 「피란델로의 '바보'에 대하여」 1, 동아일보, 1933.11.25.

유민영 외, 「용아의 연극운동과 그 연극사적 의미」, 『용아 박용철의 예술과 삶』 下, 광산문화원, 2005, 247쪽.

이승희, 「극연의 성립-해외문학파의 욕망과 문화정치」, 『한국극예술연구』 Vol.25, 한국극예술학회, 2007.

| 최혜경 |

박용철 시의 정서적 특질과 사회 대응 양상

1. 불안한 사회와 대응의 문제

인류의 역사 속에서 르네상스는 신으로부터 독립된 인간의 개성을 증명하였고, 산업 혁명은 노동하는 인간의 생산량과 창조력을 혁신했다. 자본과 사회는 그렇게 집적된 생산물의 잉여가치를 분배하거나 극대화하는 구안의 핵심적 키워드로 근대를 장악해왔다. 때로는 물질 분배 기준에 대한 비(非)동의 또는 쟁의가 역사와 문화의 흐름을 비틀어 놓았다. 그러나 사회 재부 구성에 모순이 공고한 이상, 그것은 타당성을 얻지 못한 무력한 소요로 회자되거나 시대의 조류에 따라 상대적으로 정리되며 부유하였다.

그리고 많은 연구들이 인간의 평화와 행복을 추구하며 그 실현 방안을 탐구해왔지만 인간 개성의 다원성과 다층적 또는 다형적(多形的) 행복은 여전히 혼동된 채 머물고 있다. 인간의 행복은 개성과 정체성에 따라 다원적으로 발생할 수 있으나 그것의 판단은 행복을 느끼는 주체에게 달려있다. 주체의 판단 이전에 존재하는, 혹은 주체의 평가를 소외시키는 다층적 또는 다형적인 행복이란 있을 수 없다. 현대 사회의 행복에 관한 차별적 향유와 인식 또는 몰인식 양상에 인간의 다원성 긍정이라는 몰염치한 명분을 허용해서는 안 된다. 부당한 명분 아래 불균형한 향유는 언제든 결국 사회의 불균형과 불안정한 정서로 이어지는 것을 역사가 증명해왔기 때문이다.

이러한 전차에 의해, 이 글은 삶의 행복에 대한 주체로서 개인의 판단과 요구, 행로를 결정지을 수 있는 내적 요인들에 주목하고 있다. 특히, 한국 문단의 역사적 주체들이 선택해왔던 행로에 영향을 미친 내적 요인과 주체적 평가를 추적하여, 상대적이며 다층적인 행복을 완성하는 데 기여할 수 있는 문학적 전략을 강구하고자 하는 의도를 지니고 있다.

1920년대 이후 한국문학은 민족문학과 계급문학의 양분된 대립 양상을 심화해왔다. 그리고 차츰 카프가 침체기에 접어들면서 1930년대에 이르러 해외문학파 등 여러 색채와 방향을 지닌 문학적 발현이 중첩되었다. 이는 다채로운 의식과 의미들이 다양한 활로 속에 구현되는 분방함을 나타냄과 동시에 구심을 상실한 불안한 시대 정서를 드러내는 것으로 볼 수 있다. 이러한 현상은 1930년대 문학을 조명하는 다음 연구에서도 지목되고 있다.

> 카프가 침체에 빠지고 해산하기에 이른 것과 맞물려서 계급 문학은 더 이상 활로를 개척하지 못하고 그 역사의 의미를 상실해가고 있었고 '조선심'으로 대변하는 민족문학은 시조부흥운동과 같은 지엽의 문제에 매달려 그 시대의 문학 구성원들의 중심이 되기에는 모자랐다. 이렇게 민족문학·계급문학의 특징이 문학을 어떤 방법의 도구나 수단으로 여겨 자신들의 사상 헤게

모니를 이루려고 한 점은 아직 우리 문학의 초창기의 의식 형태에서 완전히 벗어나지 못했다는 반증이 되거니와…(후략)…[1]

이처럼 1930년대의 한국문학은 삶의 대안을 구현하고자 모여든 지식인들의 아고라와 같은 공간이었다. 그들은 국권 상실의 시대 속에서 정치적 신념의 강화, 순수시에 대한 담론 형성, 시대상에 대한 문학적 응전 등 각기의 방식으로 나뉘었고 한편으로 갈등과 대립을 지속했다. 이러한 추구 과정에서 서구 이론 다시 말하기나 모방 차용으로는 현실 속에 체감되는 대안적 의식을 얻기 어려웠으며 박용철은 시작, 시론, 잡지 발행 등을 통해 "'조선시의 정통'을 찾기 위한 모색"을 시도하게 된다.

이 글은 당시 불안한 사회 속에서 문학 주체들이 수렴해가는 대안 또는 추구 방향이 어떠한 것이었는가 하는 문제에 시선을 두고 있다. 당대의 주체들이 물질과 유기체와 형이상학적 세계의 상호 구도 사이에 형성되는 인지적 결과, 즉 사태에 대한 판단에 더하여 그것을 어떻게 바라보고 받아들일 수 있는가에 대한 내면적 요소에 착안하게 되었을 것이라는 판단은 단지 이 글이 지닌 전제만이 아니다. 식민지 시대의 한국 문단에서는 불안한 정국과 사회적 의식의 혼돈에 대응하기 위한 각색의 문학적 시도가 줄을 이었다. 계급·민족 문학의 주된 활로 외에도, 현실 비판이나 이념적 반영 등의 의식성과 분리된 사실주의적 세태 묘사, 동양적 세계관 및 질서에 대한 확립 욕구, 서구 모더니즘 이론을 벗어나는 개성과 역량에 대한 자존적 욕구, 전통에 대한 비판적 결별과 회복 사이에 충돌하는 시선, 존재의 근원과 개인의 존재 의식을 다루는 실존주의적 색채 등의 발현이 이어졌다. 이러한 각색의 대응 양

1) 고봉준 외, 『1930년대 문학의 재조명과 문학의 경계 넘기』, 국학자료원, 2010, 116쪽.

상은 개인의 내면 의식 강화 요소 또는 현상에 대한 수렴적 요소에 대한 문학 주체들의 관심과 무관하지 않을 것이다. 이 글이 1930년대와 <시문학>을 발간하고 편집했던 문학인, 박용철을 주목하는 이유도, 그가 현실에 대한 시대적 비판과 변증법적 진행에 대한 요구를 배경으로 개인의 정서와 형이상학적 고찰에 주목하였고 시적 실현을 통해 대중과 소통한 문학적 주체이기 때문이다.

박용철이 본격적으로 문단에서 활동한 1930년대는 일본의 식민 지배 정책이 내선일체론(內鮮一體論)으로 전환되고 억압적인 군국주의가 강화되던 시기였다. 당시, 물질로서의 사회와 유기체로서 각 개인, 그 한정적 개체들은 삶의 의미를 구성하는 요소로서 어떤 역동성을 지니기 어려웠다. 민족문학파, 해외문학파, 조선프로예맹 등 당대 문단 구심의 영향력 역시 대중의 사고 확장이나 의식의 변통, 유인성의 결과가 확보되는 정도에 따라 가늠되었다. 결국, 물질적 현상을 주관할 수 있는 개체의 권리를 상실한 이들이 주체로서 일말의 역동이 가능하였던 대안적 활로는 형이상학적 세계, 즉 사고의 영역이었다.

카프의 행로가 유물론적 사고를 기반으로 삶의 외적 요건의 균형을 회복하는 데 방향을 두었다면 시문학파에게 균형감 회복의 조건은 인간의 내부에 있었을 것이다. 그 내부는 언어와 의미, 이미지와 심미성, 사고와 정서 등 형이상학적 공간에서 창출되는 모든 삶의 경험을 포함한다. 물질로서의 사회는 존재함과 동시에 과거로 사라지고 이어지는 현실의 의식 속에서 재연된다. 바로 이러한 점에서 당대에 대한 대응을 주로 인간 내부에 관한 정보로 구성하였던 시문학파의 현실 진단과 처방을 탐색할 필요가 있다.

시문학파의 '순수'에 대한 표방은 '시와 문학의 자율성을 꾀하고, 시론에 대한 체계적 논의를 시도하였으며, 시대상황과의 관계성 속에서 탈출구를 모색하는'[2] 의의를 가지는 것으로 평가된다. 그들은 응당한 목적의식을 지니고 있었으며, 현실적 생존을 위한 퇴로보다 현실 대응을 위한 공조 방안을 교섭하기 위한 거점으로 순수와 문학을 선택하였을 것이다. 그들의 '문학적 순수성'은 "일차적으로 이데올로기에 종속되는 것을 거부하고 현실을 일정한 미학적 거리를 통해 파악하면서 그 존재를 자율적 규범에 맡기고자 하는 문학"[3]을 가리키는 것으로 정의되고 있다. 시문학파의 행로는 자율성 쟁취를 위한 일종의 저항 방식으로 '순수'라 불리는, 의미화된 현실 이상의 것을 지향하거나 취하고 있었을 것으로 볼 수 있다.

대중과의 소통을 숙명 또는 소명처럼 여겨왔던 문학인들의 시대의식과 정서적 대응 양상을 살피는 것은, 인간이 축적한 문학적 유산을 행복의 필요조건으로 융통하는 일이라 할 수 있다. 물질적으로 충당해야 할 필요조건을 차츰 낮추고 조건의 종류를 다원화하여 주체의 정서 능력이 충분조건에 가까울 때, 첨단 문명을 보존하면서 인간성을 회복하는 일이 차츰 가능해질 것이다. 이것은 기존 사회를 장악하는 거대 이데올로기들로부터 무기와 폭력을 쓰지 않고 해방되는 과정이자, 행복의 주체성을 회복하는 합리적 진화의 과정이 될 것이다.

이에 따라 본고에서는 인간의 정서 운용 능력과 실현 원리를 현실불안 극복을 위한 대안의 하나로 보고, 불안으로 점철된 식민 시대를 정서적 천착으로 대응한 박용철의 시적 사례를 분석하고자 한다. 특히, 시 텍스트에 나타난 시적 상황 속에서 화자가 대처하는 정서적 해소의 원리를 추출하여, 어떠한 정서적 특질이 현실 문제의 대안으로 기능해

2) 송기한, 『한국 시의 근대성과 반근대성』, 지식과교양, 2012, 264~265쪽.
3) 오세영 외, 『시문학파의 표층과 심층』, 시문학파기념관 학예연구실, 2012, 18~19쪽.

왔는지에 대한 연유를 살펴볼 것이다.

연극, 시, 시론, 평론 등 박용철의 다양한 문학적 활동의 자취들 중에서도 그의 시 텍스트에 주목하는 것은, 현실을 읽어내는 의미화 과정에서 시를 통해 정서적 균형감을 획득하는 과정이 온당 효율적일 것으로 판단되기 때문이다. 예를 들어, 학령기 이상의 한국 사람이 우리말로 쓰인 짧은 단편시를 통해 회복탄성력을 높일 수 있다면 행복의 주체 수용에 있어 트라우마 유무나 불평등한 재부 형성 등 외부적 요인의 관여도가 낮아질 것이다. 정서적 균형감은 현실 도피나 대리 만족 행위가 주는 일시적 안온감과는 구분되어야 한다. 이것은 결국 다시 현실로 돌아와 삶을 추동할 수 있는 동기를 부여하는 것에 목적이 있기 때문이다. 문제 해결을 위한 정서 능력을 강화하기 위해서는 문자 해독 능력, 정서 회복을 위한 경향성, 문제적 정서의 개별적 소통 방식 훈련 등 행복의 필요조건을 인간의 내부에서 끌어내는 것이 필요하다.

이후 2장에서는 박용철의 정서적 대응과 시적 실현이 교차하는 기준으로 '물질, 유기체, 형이상학적 세계'의 세 교점을 설정하고 각 층위가 정서적 추동과 연관되는 관계에 대해 논구하고자 한다. Ⅱ장의 과정은 이 글이 시대적 불안에 대한 대응책으로서 '내면의 정서를 운용하는 방안'에 주목하고 있는 이유를 설명하고자 하는 부분이다.

3장은 박용철의 시에서 '물질로서의 시적 배경', '유기체로서의 정서적 주체', '형이상학적 세계로서의 시적 의미망'이 관계하는 양상을 분석한다. 결국 이것은 그의 시로부터 사회의 위협적 사태 또는 자아의 내적 불안에 대해 대응하는 정서적 전략 또는 특질을 도출하고자 하는 과정이다. 이 과정은 1930년대 한국 사회의 시공간 속에 자리한 불안한 유기체의 환부와 위협적 정체의 구도를 노출하게 될 것이다. 또한, 이 구도 속에 나타나는 시적 화자의 정서 유입 또는 운용 양상을 분석하는 것은 박용철이 당대를 살아가던 문학적 주체로서 생존과 진화를 위해 필요로 하였던 형이상학적 대응 방책을 추적하는 과정이 될 것이다. 이와 더불어, 용아 박용철의 내부적 역동을 관찰하는 것은 1930년대 한국사회의 시대의식에 관한 시문학파의 문학적 대응 이면에 어떠한 정서적 갈등 구조와 정서적 색채가 자리 잡고 있었는지 추론하는 또 하나의 방법이 될 것으로 보인다.

2. 삶의 의미화 과정과 정서의 역할

하나의 사태를 발견하거나 이해하는 데는 물질을 비롯한 다수와 다종의 정보가 필요하다. 특히, 그러한 사태가 명제의 흐름으로 진술되기 위해서는 각 정보의 관계에서 비롯되는 수많은 가설과 유기체의 정서적 역동성이 생성하는 재연의 스펙트럼을 압축할 수 있어야 한다. 다시 말해, 삶의 각 현상이나 사태에 대한 의미화 과정에서는 역동적인 정서의 개입 가능성이 충분히 고려되어야 한다.

정서적 관계나 관점의 주관성, 의미 추론 과정의 상대적 변이 등을 고려하지 않은 명제는 정확성을 떠나 문제 해결에 적절하지 않거나 무의미할 수 있다. 정서는 인지적 역량과 의미화 결과에 무관하게 사태의 의미화 과정에서 연장되는 추체험 과정에 직접적인 영향을 미친다. 즉 정서는 사태 이후 연장되는 삶의 양상을 결정짓거나 좌우할 수 있는 추동력을 지닌다고 볼 수 있다. 이것은 삶의 의미화 과정에 연관되는 각 요소와 더불어 추동적 에너지로 기능하는 정서의 역할에 주목해야 할 필요성을 나타낸다. 가령, 다음과 같은 상황에 비추어 이러한 당위를 구체화하는 논지를 얻을 수 있다.

> 사거리에서 우회하던 차량이 보행자를 들이받아 다치는 사고가 발생하였다. 그리고 이 사고를 거리 반대편에서 사거리 쪽을 향해 걸어오던 또 다른 한 명의 보행자가 목격하였다. 잠시 후 보험사 직원과 경찰이 사고의 경위에 대해 조사하였다. 이때 그들은 사진을 찍거나 보행자 상태와 파편을 관찰하는 등, 사고의 진상을 파악하기 위한 물질적 정보를 수집하였다.

위의 예에서 일어난 자동차사고를 사건A라고 할 때, 사건A는 하나의 텍스트A´로 진술될 수 있는, 즉 누구에게나 동일한 값을 지니는 절대적 진실이 될 수 없다. 왜냐하면, 사건A에 개입된 2명 이상의 관계자에게 A가 진실임을 반증할 수 있는 최소한의 기회가 주어지며, 그밖에 다종의 반증 근거가 발생할 가능성이 다음과 같은 경우들에 걸쳐 나타나기 때문이다.

먼저, 위의 사태를 진술하거나 사건에 대한 진술을 압축하기 위해서는 사진, 관찰, 정보 수집 외에 더욱 많은 상황적 고려가 필요하다. 고려의 대상은 사태에 대한 1,2차 진술, 정황 증거, 사고의 의도, 사고 당시의 인지 능력, 사고 전후 정서적 상태 등이 될 수 있다.

만약, 위의 사태를 몇 가지 명제로 진술하고자 하는 경우, 진술하는 결과의 스펙트럼이 진실을 추정하기에 과히 방대해질 여지가 발생한다. 먼저 주행자, 보행자, 목격자의 각 진술은 그들의 관계에 따라 또다시 텍스트를 세분화하게 된다. 주행자와 목격자가 서로 약속 장소를 향해 가던 길이었는지, 보행자와 목격자가 약속을 마치고 헤어지던 길이었는지, 모두 안면이 없는 관계인지, 보험사 직원과 주행자가 특별한 득실 상황을 공유하고 있는지 등에 따라 진술되는 텍스트는 절대적 사건A로부터 멀어질 가능성이 있다.

또한 주행자, 보행자, 목격자 등 사고에 관여된 사람들의 유기체적 특질 역시 절대적 사건A의 진상을 파악하는 데 영향을 미친다. 주행자의 교통규범의식 유무, 보행자의 경제적 또는 신체적 상황, 목격자의 정의감이나 진술을 위한 적극성 정도는 사고 상황을 인지하는 데 상대적인 영향을 미칠 수 있다. 이러한 주변 정보들을 고려할 때 사건A는 절대적 진실A로 모두에게 인지되거나 동의되지 않을 가능성을 충분히 내포한다고 볼 수 있다.

그렇다면 하나의 사건 또는 사태는 진술에 관여되거나 진술을 필요로 하는 이들에게 하나의 명제로 수합될 수 없는 막연함과 불가능성을 지니는 것으로 판단되어야 한다. 똑같이 사태를 관찰하고 현장에서 사건을 경험했음에도 불구하고 이것을 하나의 진술로 수렴하거나 인지적 정보를 동일화할 수 없다면 진술을 통한 커뮤니케이션의 시도는 무의미하거나 무용하다는 결론이 도출될 수 있다. 그런데 이러한 의문과 불확정성에도 불구하고 각 정보에 대한 수집을 통한 진술의 확정은 이루어진다. 그것은 인간의 형이상학적 공간, 즉 사고의 교섭과 표상이 이루어지는 심적 공간에서 발생하는 사태의 합의 결과이다.

그러므로 물질계에서 발생한 사건A를 절대적 진술A′로 수렴하는 것의 타당성 또는 가능성을 따지는 것은 다소 소모적인 행위로 보인다. 물질계에서 사건이 발생한 즉시, 그 사건은 지나간 과거 속에 자리하고 영원히 인간의 관념 속에 재연된다. 카메라와 같은 기록매체를 통해 사건이 반복 재생되더라도 그것은 수많은 부수적 정보들의 영향력을 포함하지 않는다는 점에서 일부의 진술에 지나지 않는다. 따라서 사건A는 절대적 진실이라기보다는 형이상학적 사고의 공간 속에서 표상 또는 공감되는 진술이자 합의된 결과로 나타나는 것이다.

그러나 형이상학적 사고의 합일 지점을 향한 접근이 어렵다는 이유만으로는 진실이 왜곡되는 삶 속 수많은 모순적 경험이나 미지의 고통에 대한 불가피함이 설명되지 않는다. 사건이 실재계나 형이상학적 공간 어느 곳에서 절대적인 상태로 존재하든 그렇지 않든 여전히 다음과 같은 물음들은 제기될 수 있다. 그것은 '과연 우리의 삶 속에 절대적 진실이 존재하는가?', '존재한다면, 우리가 그러한 진실을 온전히 알 수 있는가?', '알 수 있다면, 그 진실에 대해 우리는 정확히 소통할 수 있는가?'와 같은 물음들이다. 학문과 예술의 주체들은 고래로 이러한 물음들에 대한 답을 추구해왔다. 시, 소설, 연극, 영화, 회화, 조소, 연구, 토론 등과 같이 삶속 진실을 전제로 시도되는 수많은 커뮤니케이션의 양상은 인류의 존재를 증명하기 위해 실행되어 왔다. 플라톤의 동굴 우상과 같은 '합의된 진실'의 정체 역시 이데아와 일치하지 않거나 실제 존재하지 않더라도 인류의 다원적 문화와 생명력 있는 역사를 구성하는 데 그 영향력을 증명해왔다.

그렇다면, 그러한 역사와 문화의 동력이 어디에서 발생하는지 발견해야 한다. 실제로 사건A와 같은 현상이 생성되는 물질로서의 사회, 그리고 그 속에서 자신만의 생물적 속성과 개체적 특성을 지닌 채 현상에 반응하는 유기체로서의 개인, 진행되는 삶의 의미와 결과 또는 방향을 합의해가는 소통 공간으로서의 사고, 이들의 상관관계 속에서 우리의 삶은 정의되어 왔다. 여기에 삶의 각 장면이 정체되지 않고 벡터의 방향으로 진행되기 위해서는 한 가지 삶의 요건이 더 필요하다. 이것이 수많은 정보의 가설 범주에도 불구하고 인간의 합의를 이끌어 온 소통의 이유일 것이다.

그것은 바로 경험이 제공하는 '정서적 교감'일 것으로 생각된다. 정서를 나누는 행위는 타인의 사고에 대한 유추나 가설을 입증하는 시도와 비슷한 것으로 이해될 수 있다. 그리고 정서적 교감은 삶의 현장에서 실제로 행위와 그것에 대한 인식이 진행되는 속에서만 발생할 수 있다. 즉, 삶이 추진되어야만 경험으로 입증할 수 있는 정서적 정보를 얻을 수 있고 그러한 정보의 집적은 삶을 정의하기 위한 근거로 쓰인다.

지식의 총량에 따라 육아, 의료, 교육 등 삶의 각 갈래에 대한 지혜가 비례하게 나타나지 않는 것, 시대나 문화에 따라 물질과 행위에 대한 선호도가 다르게 나타나는 것, 전쟁이나 과소비, 도박이나 알콜 중독, 파괴적 사랑이나 무조건적인 봉사 등과 같이, 합리적인 것으로 보이지 않는 행위들이 합리성 밖의 층위에서 지속적으로 이루어지는 이유는 정서적 교감이 완성하는 삶의 총체적 의미 구조 때문일 것이다. 정서적 교감은 공감, 소통, 동기부여, 이해와 같은 결과로 인식되곤 한다. 그것은 물질, 유기체, 사고의 상호작용적 구도로부터 산출되는 단면적 의미를 다음 삶의 장으로 진행시키는 힘의 크기와 방향의 산출량, 벡터와 같다.

삶을 진행시키는 정서의 벡터량은 개별적, 집단적으로 상이할 수밖에 없다. 앞서 서술한 바와 같이, 삶의 단면적 경험(사건A)에 대한 의미를 산출하는 데 적용되는 정보의 종류와 총량이 다르기 때문이다. 바로 이러한 점에서, 우리는 시대적 사안에 당면하여 특정한 의미 구조를 도출하거나 이를 소통하기 위해 다종의 진술을 시도한 이들의 정서적 수용 또는 교감 양상이 어떠했는지에 착안할 필요가 있다. 이것이 시인의 생애, 당시대적 특질, 텍스트 의미와 함께 그의 시적 정서에 주목해야 하는 이유라 할 수 있다.

1930년대 한국 사회의 사회문화적 배경, 박용철의 생애, 그를 포함한 시문학파의 세계관과 문학적 이상은 박용철이 그의 사회와 삶에 대한 의미화 양상과 더불어, 그의 행로를 어떠한 방향으로 설정했는지를 나타낸다. 전술한 내용과 다음 박용철 시론에 대한 분석들에 비추어볼 때, 박용철의 시 텍스트에 나타난 시적 정서를 통해 그의 행로를 추동하는 특질적 요소를 밝혀낼 수 있을 것임을 판단할 수 있다.

박용철은 「을해시단총평」이라는 그의 글에서 예술 창작의 필연적 전제로 '전생리'를 강조하고 있다. 그가 말하는 '전생리'는 "육체, 지성, 감정, 각각 기타의 총합을 의미"한다.[4] 이와 관련하여 최윤정은 김기림, 임화 등 1930년대 당대 문인들과 박용철을 변별할 수 있는 특성으로 "지성과 감정이 결합된 전생리의 필연의 결과로서 창조되는 시", "감정과 지성의 접목에 의한 생리론"[5]을 지목하고 있다.

> 박용철이 주장하고 있는 것은 변화와 신기에 의해 예술을 추구하기보다는 심리적 필연성에 의해 예술은 추구되어야 할 것이라는 점이다. 의식적으로 신기한 것이라고, 새로운 것이라고 무턱대고 수용하는 것은 옳지 않다는 입장이다. 여기서 박용철이 전 생리를 전제한 것은 '지성'만을 강조하는 김기림의 시론에 대하여 지성(감각)과 더불어 감정(육체)까지도 아우를 수 있는 생리적 필연의 시를 제시함으로써 '제작의 시'의 기교적인 측면을 비판하고 있는 것이다.[6]

이처럼 '전생리'에 대한 박용철의 관심은 서구적, 이성적, 지성적인 것에 병합할 수 있는 즉물적이고 경험적이며 육적인 요구에 대한 관점에서 비롯되는 것으로 보인다. 또한 정 훈은 박용철의 시론이 지닌 순수의 의미를 논구하면서 시에 대한 용아의 체험적이며 정적인 관점을 다음과 같이 설명한다.

> (…) 박용철의 순수시론 또한 '先詩적'인 것과 '존재론적'인 것으로 자신의

4) 박용철, 「을해시단총평」, 『박용철전집 제2권』, 깊은샘, 2004, 84~85쪽.
5) 최윤정, 『1930년대 낭만주의와 탈식민주의』, 지식과교양, 2011, 71쪽.
6) 같은 글, 68쪽.

시론을 전개하고 언어와 세계가 맺는 불연속적인 속성에 주목하고 있는 점에서 (이양하의 견해와)서로 연결된다. (…) 시를 존재 자체라고 보는 관점이 시가 인간으로부터 만들어져 나온 구조물이라는 사실을 부정하지 않는다는 점을 알 때 (박용철이)시에 부여한 '인간적'이란 술어는 쉽게 이해할 수 있다. 다만 그는 시를 창조하는 인간의 체험과 감정 상태를 중요하게 바라보았다는 점이고, 이 상황에서 꽃 피운 시 예술의 독특성에 '선시적'이라는 중요한 과정을 설정하였던 것이다.[7]

위에서 박용철의 시론이 시문학파 이양하의 견해와 연결된다는 지적은 박용철이 언어적이며 과학적이고 형이상학적인 표상 과정이 시의 지성적 가치를 강화할 수 있음에 일견 동의하고 있음을 가리킨다. 여기서 정 훈이 박용철의 언술에 대해 지적하는 '인간적'인 구조물로서 시와 '선시적'이며 '존재론적'인 창작의 과정은, 시가 하나의 인격체로서의 인간과 생리적으로 또는 의식적으로 분리될 수 없다는 용아의 관점을 드러내는 것으로 볼 수 있다. 즉, 박용철은 언어적 표현의 기교에 더하여 시는 시대를 체험하는 가운데 승화되는 지성과 감정을 담아낼 수 있어야 한다고 보았다.

이렇듯 현실을 체험하고 숙고하면서 그 시대를 살아낼 수 있는 '깜냥'을 발견하여 전달하는 것이 그의 시 창작의 요체이자 목적이 되었을 것이다. 현실에 대한 숙고 결과 어떠한 시대 의식을 구성하였는가에 대한 논의는 1930년대 당시 문단의 또 다른 활로와 그들의 인식에도 적용되는 쟁점이다. 그러나 그의 세계관과 현실의식의 구성과 별개로 밝혀져야 할 것은 '무엇이 그들의 삶을 움직였는가'하는 의문에 대한 답이다. 그것은 무엇이 삶을 움직일 수 있도록 하는 요구이자 욕망이었는지, 그러한 동력이 어떻게 그들을 생존케 하였으며 그들의 삶을 유의미

7) 고봉준 외, 앞의 글, 117쪽.

한 것으로 만들었는지에 대한 사례를 발견할 수 있도록 할 것이다.

박용철의 정서 의식에 대한 다음 장의 추적 과정은 그의 시세계나, 그가 절대적 의미로 유추했던 삶의 의미에 대한 근접 여부의 평가보다 그의 삶의 행로에 대한 실제적 이유를 밝히는 데 초점을 두고 있다. 그 행로에는 당대 한국 사회에 대한 수용 의미에서 출발하여 '그러므로' 또는 '그럼에도 불구하고' 그가 선택한 시문학파의 여정 역시 포함된다. 다음은 그의 시 텍스트에 나타난 시적 정서 교감 양상과 특질을 분석하여 그의 정서 의식을 추적하고 있는 내용이다.

3. 박용철의 정서적 대응과 시적 실현

박용철 시인의 타계 후에 간행된 전집에 실린 그의 창작시는 <떠나가는 배>를 포함하여 모두 74편이다. 그의 작품에서 시적 화자의 발화를 통해 풍기는 정조나 정서는 일관적 또는 획일적인 것으로 나타나지 않는다. 시적 화자의 정서는 때로는 비애로, 때로는 즐거움으로 나타나기도 한다. 그러나 두드러지게 나타나는 몇 가지 심상이 공통적인 정서를 전달하고 있음을 고려한다면 그의 시적 정서를 일정한 범주로 수렴할 수 있을 것이다.

그가 주로 사용하는 심상은 물, 공기, 빛의 세 가지로 나타난다. 여기서 물은 냇물, 눈, 비, 눈물 등의 소재를, 공기는 새, 날개, 바람, 하늘 등의 소재를, 빛은 어둠과 밤, 낮, 달 등의 소재를 사용하며 나타난다. 먼저, '물'을 통해 나타나는 주된 정서는 두려움과 죄책감이다.

세염도없이 왼하로 나리는비에
내맘이 고만 여위여 가나니
아까운 갈매기들은 다젖어 죽었겠다

―〈비나리는 날〉 전문[8)]

화자는 하루 종일 쉴 사이 없이 내리는 비에 가슴이 타들어간다. 그 고통의 이유는, 예상되는 비애적 사건과 일상의 소모 때문이다. 자신의 의도와 상관없으나 속수무책 사태를 방관할 수밖에 없는 소외된 자의 심정은 두려운 상황을 예측하게 만든다. 이때 두려움의 경험은 이차적 감정으로 죄책감을 수반한다. 물의 심상이 전달하는 무력감은 다음 시에서도 암울한 배경을 형성하는 가운데 드러난다.

비가 조록 조록 세염없이 나려와서
쉬일줄도 모르고 일도없이 나려와서
나무를 지붕을 고만이세워놓고 축여준다
올라가는 기차소리도 가즉이 들리나니
비에 홈추리젖은 기차모양은 애처롭겠지
내마음에서도 심상치 않은놈이 흔들려 나온다

비가 조록 조록 세염없이 흘러나려서
나는 비에 홈출젖은닭같이 네게로 달려가련다
물 건너는 한줄기 배암같이 곧장 기여가련다
감고붉은 제비는 배끄름이 날러가는 것을
나의마음은 반득이는 잎사귀보다 더 한들리여
밝은불 혀놓은 그대의방을 무연이 싸고돈단다

나는 누를향해쓰길래 이런하소를 하고있단가

8) 박용철, 『박용철 전집1 – 시집』, 깊은샘, 2004, 17쪽.

이러한날엔 어느강물 큰애기하나 빠저도 자최도 아니남을라
전에나 뒤에나 비ㅅ방울이 물낯을 튀길뿐이지
누가 울어보낸 물 아니고 설기야 무어 설으리마는
저기가는 나그내는 누구이길래 발자최에 물이 괸다니
마음있는 듯 없는 듯 공연한비는 조록 조록 한결같이 나리네

—〈비〉 전문[9]

위 기차와 지붕과 나무를 축여주는 비는 생명을 잉태하는 힘의 느낌을 전달하지 않는다. 기차는 웅장한 폭주 대신 빗소리에 묻힌 가녀린 소리 속에 애처럽게 달린다. 내 마음이 흔들리며 역동하는 것은 내 자신이 해야 할 일과 도달해야 할 목적지가 있기 때문이다. 그것은 안타까움에 가까운 것이다. 비에 흠뻑 젖은 닭은 빗속에서 벗어나는 것이 시급하며 물 건너는 뱀 역시 도달해야 할 건너편 육지가 절실하다. 시적 화자는 그러한 닭이나 뱀의 처지와 같지만, '공연한 비가 조록조록 한결같이 나리'는 이상, 시도할 수 있는 수단은 발견하기 어렵다.

따라서 화자의 심정은 무겁기만 하다. 어느 강물에 큰애기가 빠져죽어도 수면 위로 빗방울만 조용히 튀어오를 정도로 자취하나 없을 상황이 화자의 심정을 조급하게 만들지만 역시 그에게도 뚜렷한 방법은 없다. 그 앞에 벌어진 뚜렷한 사건도, 무엇을 해결해야 할 마땅한 입지나 구실도 화자에게 주어져있지 않았기 때문이다. 즉, 그는 당위적 책임을 지니지 않은 사건의 주변적 인물로서 추상적인 공포를 지니고 있다.

가령, 대형 참사를 직접 경험하지 않았으나 사회적 트라우마로 남은 두려움에 휩싸인 적이 있는 이의 경우, 그러한 사태를 자신의 일처럼 사고 속에 재연하는 과정에서 사태의 공포를 간접적으로 체험하게 될

9) 같은 글, 18~19쪽.

것이다. 그러한 간접적 체험자는 사태를 변화시킬 수 없는 현재의 자신에 대해 무력감을 경험하며, 사태의 피해를 방관할 수밖에 없는 상황에 대해 죄책감을 느끼는 것으로 두려움을 반복 재연한다. 위 시들에서 비는 시적 화자의 두려움을 환기시키고 죄책감을 강화하는 대상이다.

한편, 비와 같이 시적 주체를 젖어들게 만드는 물의 이미지로부터 대척점에 있는 것은 가뿐히 날아오를 수 있고, 항상 보송하게 말라있는 가벼운 것이다. 그것은 공기의 심상으로서, 날개, 새, 바람, 하늘 등의 소재를 통해 시적 화자에게 필요하고 그가 이상으로 삼는 주체의 형상으로 발현된다. 그런데, 시적 자아가 투영된 이러한 대상은 쉽사리 깨지거나 소멸하기 쉬운 나약한 것들로 그려진다. 역시 목적을 성취하는 과정에서 주체의 자아 인식은 자신의 입지와 힘을 충분히 갖추지 못하고 있는 것으로 구성되어 있기 때문이다.

이러한 시적 상황에서 공기를 통해 드러나는 주된 정서는 수치심이다. 단, 시적 화자의 수치심은 패배감이나 개인적 무력감 등으로 정체되지 않는다. 시적 화자는 분노의 감정 중에서도 공분의 여지를 반영하며 또 다른 패배적 존재를 끌어 모은다. 이것은 수치심이 사회적 관계 속에서 형성되는 감정의 일종이라는 점과 관계된다.

> 수치심은 행위자가 자신의 지위와 관련하여 부적절함을 느낄 때 경험되는 감정으로 이해할 수 있다. 사람들은 다른 사람들을 평가할 때 보통 지위와 관련된 다양한 특성들을 통해 그들을 평가하는데, 어떠한 사람이 자기 자신을 평가할 때 자신이 갖고 있는 특성이 가치없는 것이라고 느낄 때 수치심을 경험한다고 한다. …(중략)… 수치심은 지위의 격감이라는 상황과 관련하여 부적절한 자아의 경험에 의해 비롯되는 감정이다. 즉, 수치심은 사회관계에서 형성되며, 우울감을 발생시키는 사회조건과도 유사성을 지닌다. 아마도 수치심과 우울감은 함께 발생할 수도 있을 것이다. 그 차이는 수치심이 지위의 상실이 있으나 복구가 가능하다고 볼 때 느끼는 것이라면, 우울감은 복구

의 가능성도 없는 절망감에서 비롯된다는 것이다.[10)]

감정사회학적 연구에서는 두려움이 죄책감으로, 화가 수치심 또는 우울감으로, 만족감이 자부심으로 연결되는 일차적 감정과 이차적 감정의 사회적 관계성을 증명해왔다. 그것은 가정 또는 이와 유사한 소규모 집단이나 개인적 일상 속에서 경험하는 일차적 감정이, 사회적으로 구성되는 이차적 감정을 수반한다는 사실이다. 이는 개인적 삶의 범주를 벗어나는 사안에 대한 공감과 행위가 비합리성을 띠는 상황에서조차 지속되는 경우를 설명할 수 있는 이유이다. 그것은 사회적 감정이 곧 자신의 개인적 감정과 직결되어 있거나 개인적 정서를 구축하는 데 반영될 수밖에 없는 관계적 구조를 지니고 있기 때문이라 할 수 있다. 이러한 점을 반영할 때, 시적 자아는 자신의 입장과 역할을 뚜렷하게 세우지 못한 주변인이자 책임으로부터 자유로울 수 없는 공동체적 주체의 역할 가운데 상당한 번뇌와 공허감을 느꼈을 가능성이 크다.

다음 시에서 드러나는 것처럼, 물의 이미지 대척점에 있는 공기의 이미지는 목적을 향한 생명력과 의지를 지니고 있되 목적을 달성하기 위한 지위와 힘을 상당 부분 상실한 상태로 그려진다.

> 곻은 날개를 너는 헐되히 나래질 치나니
> 푸른 하날은 다흘길없어라
> 꿈속의ㅅ길은 히미하여라
> 곻은 날개를 너는 힘없이 나래질치나니
>
> 이길은 어드메로 가는길이오
> 저기 구름은 어느발로 넘는다오

10) 이성식 · 전신현 편역, 『감정사회학』, 한울, 1995, 150~151쪽.

해는 누엿누엿 산마루에 걸리는데
하날에는 집없는 새들만 가득이 날아드오

참으로 하로는 하로와 같거니
어느날이 새삼스리 못잊히느뇨

마조보는 거울에는
수없이 그림자가 비최여지나
끝간데없이 비최이는 그림자

없는데 혼자 무서워하는 개같이
가끔가다 소리높혀 짖어도보나
너는 참으로 무엇을 기다리느뇨

촘촘히세운 소학생들 가온데
어느것이 나의 슬픈 아들이뇨
…(후략)…

–〈꽃은 날개〉 篇, 일부[11]

‘날개’는 공기의 흐름을 타고 주체를 비상하게끔 하며 물 밖에서 물에 젖지 않은 상태에 있을 때 그 기능을 수행할 수 있다. 이러한 점에서 ‘날개’는 물의 이미지와 대척점을 이루는 공공기의 범주에 속한 소재이다. 이것은 목적지인 푸른 하늘을 향해 ‘나래질’이라는 실천 행위를 시도하지만 그것은 헛되거나 힘없는 모양으로 나타난다. 목적지를 인식하고 있으나 그것에 도달할 힘과 지위를 상실한 주체들은 ‘집없는 새들’의 무리를 지어 공허한 하늘에 표류하는 상태이다. 목적을 수행하기 어려운 지위는 수치심을 일으킨다. 이것은 무엇인가를 지켜내지 못

11) 박용철, 앞의 글, 28~29쪽.

하였거나 수행하지 못했던 과거 '어느 날', '하로'에 결착된 분노에서 비롯되었을 것이다.

화는 해소되지 않은 채로 숱하게 많은 되새김을 양산해낸다. 그러한 반복은 '새삼스리 못잊히'는 나날들이거나, 마주보는 거울 속에 '끝간데없이 비최이는 그림자'이거나, '촘촘히세운 소학생' 사이로 수없이 반복되는 '슬픈 아들'의 투영이다. 그러나 이 모든 것을 견디어내야 하는 주체인 '나'의 '날개'는 곱다. '나'는 푸른 하늘로 비상하고 목적지에 도달해야 하는 과업을 부여받은 특별한 존재이며 이것을 수행할 수 있는 자격은 '곯은 날개'를 지니고 있음으로 증명된다. 자신의 책무를 알고 있는 시적 화자의 정서는 그러므로 더욱 슬프고 처절하다.

> 회색의 배경앞에 나란이 앉은 두 마리의 새
> 이 두 마리의 새는 세상을 서로 등지고 있다
> 하나는 심장이 병들고 하나는 가슴이 아푸다
>
> 누이야 그래 네심장이 물마른데뛰는 고기처럼 두근거리느냐
> 마른앞사귀같이 그냥 바사지려하느냐
> 기름마른 뷘 물레돌아가듯 돌아간단말이냐
> 아- 애처로워라 그럼서도 너는 걱정이
> 오빠의얼굴빛이 피끼없이 누르다는 것
> 가슴에피는 동백꽃잎이 배앝어나오는 것
> 아- 우리의 손이 서로닿으면 하얀초같이 싸늘하고나
>
> 매마른황토의 이나라에 옴추린 이집웅아래 태여난 우리라
> 무슨기쁨 어느질검을 하날끝으로 실려보내고 살아왔지만
> 금비단장막을 바라고 몸소머리좇는 우리다
>
> 빈사의백조는 날개나 찬란스럽다더라
> 변변치못한 우리의날개는 젖인병아리같이 애처롭구나

우리는 아부지어머니 다잃어버린 다만 두 마리 병든새아기
이 무슨 바람이길래 가지가 이리 오들오들 떨려진다냐

—〈두 마리의 새〉 전문[12)]

<두 마리 새>에서 오누이 새와 '젖인병아리같이 애처롭'고 '변변치 못한' 그들의 날개는 비상을 책무와 본능으로 부여받은 주체의 분노와 좌절감을 강조한다. 오빠 새는 병든 누이 새를 지키지 못하는 자신의 역량에 대해 애처러움을 넘어서는 수치심을 경험하고 있다. 두 마리 새는 '매마른황토'처럼 척박한 나라에서 땅에 바싹 엎드린 작은 집의 가난을 안고 태어났음을 이미 알고 있다. 그래서 기쁨과 즐거움을 누리지 못하는 것을 받아들이고 부와 권위와 이상을 향해 머리를 조아리며 살아왔건만 이들이 경험하는 것은 단지 몸을 흔드는 바람과 '하얀초같이' 싸늘한 육신이다. 오빠 새는 누이 새의 병통을 목전에서조차 관망할 수 밖에 없는 처지이므로 '가슴이 아프'고 얼굴에 핏기가 가신다.

이 때 시적 화자를 잠식하는 정서는 망연자실한 슬픔보다는 명백한 수치심과 '오들오들 떨'리는 분노에 가깝다. 이들의 정서가 끝없는 좌절감으로 인한 우울함보다 현실에 대한 황망함과 분노에 결합된 슬픔으로 수치심으로 비치는 이유는 이들이 아직 생명을 부지하고 있기 때문이다. 이들은 '아부지어머니 다잃어버린 다만 두 마리 병든새아기'이지만 서로를 향한 강한 생의 본능과 그로 인한 처절함을 붙들고 있다. '날개나 찬란'한 '빈사의 백조'에게는 그러한 절박함이 없다. 이들은 지금 약한 존재이지만 강렬한 현실 인식과 생의 의지를 지닌 잠재적 강자이며 텍스트에 그려진 장면은 아직 비상(飛上)의 미래가 절식(絶息)되지

12) 같은 글, 86~87쪽.

않은 위기의 순간을 강조한다.

이처럼 약한 존재의 강렬한 의지와 위기의 순간을 그리는 기법은 우회적으로 절박함을 호소하는 결과를 가져온다. 즉, 텍스트를 수용하는 이들에게 강력한 공감과 행위의 동기를 유발할 수 있다. 이는 모순적 현실에 대한 핍진한 묘사와 정열적 호소가 직접적으로 드러나던 계급문학의 시적 실현과 비교할 때 방향의 범주를 같이 하되 방법적 면에서는 구별되는 점이라 할 수 있다.

물의 범주에서 비롯되는 무력감, 두려움, 죄책감, 그리고 공기의 범주에서 양산되는 분노, 슬픔, 수치심에 더해 시적 화자에게 시적 활로를 전개하게끔 하는 현실 인식의 기제는 바로 어둠 속에서 빛을 향해 굽는 굴광성이다. 텍스트에서 빛은 어둠, 달, 밤 등의 소재를 통해 비애적 현실을 조명한다. 빛은 탈출을 위한 비상구 역할을 한다. 즉, 빛을 감지하는 행위는 시적 주체에게 현실을 타개해나가야 하는 당위성을 제공한다.

Ⅰ
온전한 어둠가운데 사라저 버리는 한낮 촛불이여
이 눈보라속에 그대보내고 돌아서 오는 나의 가슴이여
쓰린 듯 부인 듯 한데 뿌리는 눈은 드러 안겨서
발마다 미끄러지기 쉬운 거름은 자최 남겨서
머지도 않은앞이 그저 아득 하여라

Ⅱ
밖을 내여다보려고, 무척 애쓰는 그대도 설으렷다
유리창 검은밖에 제얼굴만 비처 눈물은 그렁그렁 하렸다
내방에 들면 구석구석이 숨겨진 그눈은 내게 웃으렷다
목소리 들리는 듯 성그리는 듯 내살은 부댓기렸다

가는그대 보내는나 그저 아득 하여라

Ⅲ
얼어붙은 바다에 쇄빙선같이 어둠을 헤처 나가는 너
약한정 후리처 떼고 다만 밝음을 찾어 가는 그대
부서진다 놀래랴 두줄기 궤도를 타고 달리는 너
죽엄이 무서우랴 힘있게 사는 길을 바로 닷는 그대
실어가는 너 실려가는 그대 그저 아득 하여라

Ⅳ
이제 아득한 겨울이면 머지못할 봄날을 나는 바라보자
봄날같이 웃으며 달려들 그의 기차를 나는 기다리자
「잊는다」말인들 어찌참아! 이대로 웃기를 나는 배화보자
하다가는 험한길 헤처가는 그의 거름을 본 받어도보자
마침내는 그를 따르는 사람이라도 되어 보리라

－〈밤기차에 그대를 보내고〉 전문[13)]

1연에서 어둠 속에 사라져버리는 촛불은 빛의 완전한 망실감을 나타낸다. 걸음은 눈밭 위에 미끄러지기 쉬우나 갈 길은 멀고 아득하기만 하다. 2연에서는 밤기차에 떠나보낸 '그대'의 서러운 심정을 떠올리며 이별의 정한을 강조한다. 이처럼 상대방의 마음을 공감하며 드러내는 표현은 박용철의 시에서 독자의 감정을 이입하게끔 하는 간접적 호소의 기법으로 사용되고 있다. 3연에서는 영웅이 난세에 드러나고 용기는 불안 속에서 창출되며 빛은 어둠 속에서 유의미함을 증명하려 한다. 완전한 어둠 속에서도 빛을 향해 항로를 잡고 항해를 지속하는 '쇄빙선'에서는 '죽엄'을 무서워하지 않고 '힘있게 사는 길'을 선택하는 자의 강

13) 같은 글, 8~10쪽.

렬한 의지가 그려진다. '그대'에게는 오로지 '밝음'의 의식, '봄날'의 도래와 그것에 대한 믿음이 현실을 개척해야 하는 이유이다. '봄날'의 빛과 밝음 속에 '그대'는 귀환할 것이고 '나'는 그러한 '그대'의 걸음을 따르고자 다짐한다. 이처럼 4연에서는 빛을 향한 방향감과 어둠의 극복 의지가 '그대'로부터 '나'에게로, 그리고 또 다른 누군가에게로 전이되는 가능성이 드러나 보인다.

마음아 너는 더 어질어 지렴아
너는 다만 헐되이
아- 진실로 헐되지 아니하냐

남국의 어리석은 풀닢은
속임수많은 겨을날 하로햇빛에 고개를 들거니

가믄 하날에 한조각 뜬구름을 바랃고
팔을 벌려 불타오르는 나뭇가지같이

오-밤ㅅ길의 이상한 나그네야
산기슭 외딴집의 그믈어가는 촛불로
네 희망조차 헐되이 날뛰려느냐 아-

그 현명의 노끈으로 그 히망의 목을 잘라

걸으라 걸으라 무거운 짐 곤한다리로
걸으라 걸으라 가도 갈길없는 너의 길을
걸으라 걸으라 불꺼진숯을 가슴에안아
새벽 돌아옴 없는 밤을 걸으라 걸으라 걸으라

―〈밤〉 전문[14)]

위의 시에서 시적 화자는 '무거운 짐 곤한다리로' 겨울길을 걷는 나그네이다. 그는 잦은 희망에 농락당하고 숱한 겨울의 속임수를 경험해 왔다. 나그네는 '산기슭 외딴집의 그물어가는 촛불' 한 줄기라도 나타나기를 기대하지만 목적지를 향한 걸음에는 휴식이 없다. 그러한 기대는 가뭄에 한 조각 뜬구름을 보고 비를 바라며 '팔을 벌려 불타오르는' 마른 나뭇가지의 경우처럼 허무한 망상에 지나지 않는다.

시적 화자는 이러한 헛된 기대를 스스로 거두고 나그네에게 당당한 노정을 선택하기를 요구한다. '현명의 노끈으로' 나그네를 농락하는 헛된 '희망의 목을 잘라' 밤을 걸으라 말한다. '불꺼진숯을 가슴에안아/새벽 돌아옴 없는 밤'을 걷는 것은 절망적이고 암담한 상황의 무모한 시도처럼 보이지만, 나그네가 선택할 수 있는 방법은 그밖에 없다. 자신의 '무거운 짐'을 책임지고 '곤한다리로' '새벽 돌아옴 없는 밤'을 걸어 이 겨울을 살아내기 위해서는 나그네는 자신을 믿고 생존해 있어야만 한다. 걷고, 걷고, 또 걸어야 하는 이유는 그것이 바로 극한의 위기에서 생존하기 위한 본능을 일깨우는 인고의 행위이기 때문이다.

마지막 연에서는 역설적이게도, '가도 갈길없는 너의 길'에서 분명히 도달해야 하는 생존의 땅이, '불꺼진숯'으로부터 활활 타오를 수 있는 부활의 불씨가, '새벽 돌아옴 없는 밤'으로부터 환히 동터오는 영광의 아침이 고무된다. 단, 나그네는 어둠을 감내하고 겨울길을 걸어내야만 그러한 밝음과 희망에 도달할 수 있다. 즉, 시적 화자는 현실에 대한 당당한 수용 태도와 도전적 처신을 강조하고 있다. 그리고 이러한 행동 지향의 기반은 빛을 확인하는 과정에서보다는 어둠 속 빛의 존재를 확고히 의식하는 가운데 구성되고 있음을 확인할 수 있다.

14) 같은 글, 100~101쪽.

지금까지 살펴본 바와 같이, 박용철의 시에서는 주로 물과 공기, 빛의 이미지를 각각의 심상이 수반되는 소재들을 통해 투영하고 있었다. 그리고 이들이 공통적으로 전달하게 되는 정서의 특질은 다음과 같이 정리할 수 있다.

표 1 박용철 시의 주된 심상과 정서적 구성

주된 심상	활용 소재	일차적 정서 (시적 화자가 느끼는 정서) → (수렴)	이차적 정서 (삶의 동력이 되는 정서)	방향 설정
물	비, 눈물, 냇물, 눈, 수면, 바다, 빗방울 등	두려움, 불안함, 조급함, 답답함, 막연함, 무력감	죄책감	구체적인 책무를 부여받거나 스스로 발견하여 죄책감을 벗어날 수 있는 출구를 찾는 것
공기	하늘, 허공, 하늘, 해, 구름, 날개, 새 등	분노, 슬픔, 우울, 황망함, 연약함	수치심	충분한 지위와 능력을 갖추어 선택하거나 선택받은 책무를 수행하는 것
빛	어둠, 촛불, 희망, 숯, 새벽, 불 등	절망감, 암담함, 박탈감, 허탈감	의연함	절망적 현실 세태를 인정하고 생존을 위한 역할과 과제를 지속적으로 수행하는 것
⇒	정서적 구성이 나타내는 삶의 대안	강렬한 생존 의지/삶의 수렴 의식/상생을 위한 독려/공감을 위한 독백과 대화		

위의 표에서 일차적 정서는 시적 화자가 텍스트에서 펼쳐 보이는 개별적인 경험과 개인적 정서의 양상을 말한다. 그것은 시적 화자의 삶 속에서 서로 단절되지 않으며 상호 작용하는 관계에 있다. 따라서 물, 공기, 빛의 심상을 통해 전해지는 정서는 전혀 다르거나 새로운 성질이 아니다. 오히려 중첩되는 가운데 그러한 정서가 시적 화자의 내면을 이

해할 수 있는 특질을 드러낼 수 있다. 즉, 시적 화자의 내면은 나약하지만 강인하고, 혼돈스럽지만 출구를 찾는 뚜렷한 목적의식이 있으며, 절망스럽지만 현실에 지지 않는 근성이 있다.

이러한 정서적 특질은 약체가 살아가기 힘겨운 현실을 고난 그 자체로 인정하면서 자신의 주어진 역할과 생존의 본능에 충실하고자 하는 책무 의식으로 이어진다. 주목할 점은, 시적 화자의 나약성이 이기심이나 독단적 행로로 이어지지 않는다는 것이다. 삶을 유지해야하는 그의 책무 의식은 자신과 삶의 공간과 방식을 공유하는 불특정한 대상에게까지 확대 적용된다. 그 대상은 피로 결속된 가족, 그 이상이다. 책무 의식을 투영할 수 있는 대상은 '나→가족(형제/부모자식)→가족이 투영되는 대상(여인/소녀/나그네)→동물'에 이르기까지 확대된다. 동시에, 바로 그 대상이 명확하게 드러나지 않는다는 점, 즉 시적 주체에게 부여된 책무의 대상과 내용이 부유하고 있다는 점이 그 주체를 고난의 정서에 머물게 하는 이유가 되고 있다.

이처럼 박용철의 시에서는 물, 공기, 빛의 심상을 통해 각각 죄책감, 수치심, 의연함으로 수렴되는 고난의 정서, 혹은 고난 의식이 점철되어 나타나고 있다. 그러나 이러한 정서적 구성은 삶에 대한 단절 의식보다 삶의 진행을 위한 방향을 설정하는 데 이바지하고 있다. 고난의 정서 속에서 시적 화자는 강렬한 생존 의지, 삶의 수렴 의식, 상생을 위한 독려, 공감을 위한 독백과 대화의 양상으로 삶의 대안을 제시한다.

이는 저항적 현실 인식, 명확한 적을 향한 적개심, 영웅적 투쟁, 비타협적 지사의 면모 등과 같은 1930년대 여타 유파의 시적 자아와는 구별되는 특질이다. 그러나 그의 시에서도 역시 부당한 현실에 대한 문제의식, 현실 타개를 위한 뚜렷한 목적의식, 온전한 주체로 거듭나기 위해 인고의 과정을 감내하고자 하는 강인한 의지, 개인의 삶에 구획되지 않은 상생 의식, 공감과 소통을 위한 시도가 발견된다. 이러한 점에서는 박용철의 시는 불안한 당대를 내면적 정서 운용으로 대응한 또 한 갈래의 문학적 실천이자 치열한 고뇌를 비추어낸 결과물이라 할 수 있을 것이다.

4. 맺음말

이 글은 식민 시대 불안한 사회성에 노출된 문학 주체들이 시도한 숱한 위기 극복의 활로 중에서도 박용철의 시가 가지고 있는 시대 의식과 정서적 대안을 추적하고자 하였다. 이것은 시문학파의 노정을 단지 언어적 조탁의 미감과 같은 시적 기법의 탁월성으로 조명하는 기존 연구에 더하여 또 하나의 읽기 방식을 제안하고자 하는 시도였다. 또한, 상이한 문학관 간의 거리감을 극복하는 동시에 동질의 문제의식을 타개해나갈 수밖에 없었던 당대 지식인이자 주목되던 문인인 박용철의 시세계로부터, 불안한 현시대를 살아가는 주체들이 수용할 수 있는 정서적 대안을 탐색해보고자 하였다.

앞서 살펴본 바와 같이 용아의 시세계는 고난의 정서와 생존 의지로 점철되어 있다고 해도 과언이 아니다. 삶의 양태와 평가 결과는 사회를 이루는 물질과 유기체로서 개인의 특질, 형이상학적 사고의 발현 양상에 따라 상이하게 나타난다. 용아의 주된 활동 시기인 1930년대는 식민 정책의 군국주의적 전환과 내선일체론의 억압으로 물질, 유기체, 사고의 상호작용적 조합의 결과가 불안, 불행, 부정, 부당의 양태로 발현되었던 시대였다. 당대의 문인들은 이러한 결과를 지각하고 있었으며 이를 공감 또는 소통해야 하는 책무를 지닌 자들로서 혼돈을 지니고 있었다. 용아의 시에서는 불안한 사회를 감내하고 그 속에 생존할 수 있는 태도로서의 정서, 즉 의연한 자아를 전파해야 하는 시적 화자의 책무 의식과 실천이 나타난다. 이 글에서는 그의 시 분석을 통해, 고난의 정서가 강렬한 생존 의지, 삶의 수렴 의식, 상생을 위한 독려, 공감을 위한 독백과 대화의 양상을 띠고 삶을 추동력을 제시하고 있음을 살펴보았다.

실재하는 세계에 대한 수용 의미를 형이상학적 세계의 공간에서 어떠한 방향으로 정리해내는가 하는 문제는 혼돈이 강화된 사회에서 한층 번잡하게 다루어진다. 다수가 요구하고 다수가 답하는 현실 문제의 초점은 환부를 발견하거나 진단하는 것에 우선하여 개인 또는 집단이 현실을 균형 있고 안정된 것으로 인식하게 만드는 과정에 있다. 시문학파의 시세계가 언어의 조탁, 전통적 시가 율격과 같이 주로 비(非)물질적 또는 비사회적 정보를 다루고 있는 것은 사회 불안성에 대한 대안으로 정서적 층위를 선택한 결과일 수 있다.

시대의 불안을 증명하고 혁신을 위한 대안을 설계하는 일은 먼저 불균형과 비감의 세태를 인정한 이후에야 가능하다. 시문학파의 활동이 1930년대 한국 현실의 불안성에 동의하지 않거나 비감을 공감하지 않은 채 이루어진 자구적 문학 활동이었다면 그것은 현실 앞에 눈을 감은 비지성적 행위로 읽힐 수 있을 것이다. 그러나 당시 사회의 병적 징후나 폐쇄적 식민 사회의 비극성을 드러내는 현실적 진단을 거부하고 조선 민족의 자생력을 회복하고자 하는 시도였다면 이는 당대 문학인이 취할 수 있었던 또 하나의 저항 방식이자 감성 투쟁으로 보아야 한다.

작금의 한국 사회의 삶 속에는 선택의 기회 없이 비극에 대한 방관자가 되는 자의 죄책감과 사태를 해결하지 못하는 자의 수치심이 난무

한다. 우리는 불안성이 드러난 역사 속에서 삶의 대안을 발견해야 한다. 박용철의 시로부터 우리는 강렬한 생존 의지가 독단적이고 이기적 양태로 퇴색되지 않고 상생과 공감의 삶을 복구하는 데 쓰이기 위한 내면적 성찰을 차용할 수 있을 것이다.

✪ 참고문헌

1. 단행본

고봉준 등, 『1930년대 문학의 재조명과 문학의 경계 넘기』, 국학자료원, 2010.

김태형, 『트라우마 한국사회』, 서해문집, 2013.

박용철, 『박용철 전집1-시집』, 깊은샘, 2004.

송기한, 『한국 시의 근대성과 반근대성』, 지식과교양, 2012.

오세영 외, 『시문학파의 표층과 심층』, 시문학파기념관 학예연구실, 2012.

이성식·전신현 편역, 『감정사회학』, 한울, 1995.

최윤정, 『1930년대 낭만주의와 탈식민주의』, 지식과교양, 2011.

Antony Easthope, 박인기 역, 『시와 담론』, 지식산업사, 1994.

Chaviva Hošek, Patricia Parker, 윤호병 역, 『서정시의 이론과 비평』, 현대미학사, 2003.

Edward O. Wilson, 최재천, 장대익 역, 『지식의 대통합 통섭』, 사이언스북스, 2005.

Jack Barbalet, 박형신 역, 『감정과 사회학』, 이학사, 2009.

2. 정기간행물

구영산, 「서정적 자아상 형성의 문화적 의미에 관한 연구 : 시문학파를 중심으로」, 『국어교육학연구』 제20권, 2004, 293~331(39)쪽.

신명경, 「박용철 시론의 낭만주의적 성격」, 『동아어문논집』 제4권, 1994, 117~134(18)쪽.

오형엽, 「박용철 시론의 구조와 계보」, 『비평문학』 제18권, 2004, 351~374(24)쪽.

유성호, 「박용철 시 연구」, 『한국시학연구』 제10권, 2004, 225~249(25)쪽.

유윤식, 「시문학파 연구」, 『한국언어문화』 제6권, 1988, 169~203(35)쪽.

이상옥, 「박용철 시론의 내적 논리」, 『우리말글』 제55권, 2012, 213~242(30)쪽.

정 훈, 「박용철 시론 연구」, 『동남어문논집』 제26권, 2008, 1~15(15)쪽.

진창영, 「시문학파의 유파적 의미 고찰 : 박용철을 중심으로」, 『동아어문논집』 제2권, 1992, 219~238(20)쪽.

| 서덕민 |

박용철 시의 이미지와 언술 구조*

1. 박용철 시의 위상과 연구 동향

1930년대의 시인들은 각종 정치적 담론에서 벗어나 시적 언어와 시 정신의 본질에 접근하기 위해 다양한 노력을 했다. "1930년대의 시가 보여준 새로운 변화는 전대의 시에서 볼 수 있었던 시적 관습과 감수성의 변화에서부터 비롯되고 있다. 이는 『시문학』과 같은 시 창작 동인 활동이 보여준 정치성으로부터의 이탈과 함께 시의 순수 지향으로 요약된다."[1] 『시문학』을 중심으로 1930년대 순수 서정을 구현하고자 했던 시인들 가운데서 주목할 만한 시인으로 박용철을 꼽을 수 있다. 박용철은 자신의 시론을 통해 창조적 주체로서 시인의 위상을 정립하는 특유의

* 이 논문은 지난 2013년 11월 한국지역문학회에서 발간한 『한국지역문학연구』 제3집에 게재된 글을 수정 보완한 것이다.

1) 권영민, 『한국현대문학사 I』, 민음사, 1993, 548쪽.

낭만주의적 순수시론을 펼쳐 '시문학파', 더 나아가 1930년대 순수시파의 이론적 토대를 제공한 시인이자 시론가로서 입지를 마련했다.

박용철은 시인이나 시론가로서 뿐만 아니라 동서양의 시를 적극적으로 번역해 발표한 번역가로서, 희곡을 쓰고 연극 활동에 참여한 극작가로서 우리 문학사에서 보기 드물게 매우 폭넓은 활동을 펼친 작가로 각인되고 있다. 그러나 일부 연구자들은 박용철이 자신의 재능을 "적절한 제어 없이 산발적으로 구사했기 때문에 도리어 재능의 성취라는 면에서는 미흡함을 보였다"[2]는 평가와 함께, "서구 낭만주의의 감정 과잉과 20세기 한국 시의 본원적 습작성이 결합하여 단단한 시적 성취로 이어지지 않고 있다"[3]는 평가를 내리며 박용철 시에 의문을 제기하기도 한다.

박용철을 시문학파의 대표 논객으로 평가하는 일에는 흔연히 동의하던 연구자들도 그를 '시인'으로 평가하는 일에는 상당한 유보감을 갖는 이유는 박용철의 시가 동시대 순수시 진영에서 성과를 보인 영랑이나 지용에 미치지 못했다는 평단의 지배적인 평가 때문일 것이다.[4] 이러한 맥락에서 박용철의 시는 1930년대 시문학파라는 유파적 범주에서 바라볼 때는 의미 있는 문학적 사료가 되지만, 미학적 위상을 꼼꼼히 따지는 분석비평의 시선에서 볼 때는 고전의 반열에 오르기 힘들다는 평가가 잇따랐다.[5]

주지하는 바와 같이 박용철의 전방위적 문예 활동은 그의 시에 대한 객관적 분석을 방해하는 요인으로 작용하고 있다. 박용철의 시에 대한

2) 유종호, 『한국근대시사』, 민음사, 2011, 153쪽.
3) 같은 글, 155쪽.
4) 유성호, 「박용철 시 연구」, 『한국시학연구』 10, 한국시학회, 2004, 226쪽.
5) 같은 글, 227쪽.

연구는 대체로 시론을 보완하는 차원에 그치고 있는 경우가 많고, 시론과 번역 분야에 비해 연구가 다양하게 이루어지지 않았다. 1930년대라는, 한국 현대시사에서 가장 주목할 만한 시기에 순수시 진영에 매우 중요한 역할을 수행한 박용철의 문학적 위상을 고려할 때, 그의 시만을 분석의 대상으로 삼는 연구물이 축적되어 있지 않다는 측면이 본 연구에 적극적으로 고려되었다. 이러한 문제의식 안에서 본 연구는 박용철 시에 나타나는 지배적인 심상에 주목하고, 특유의 언술 구조에 대해 살펴봄으로써 박용철 시의 미학적 특징을 밝혀 볼 계획이다.

본격적인 논의에 앞서 박용철 시의 원전 확정에 관한 문제를 소략하게나마 언급해 볼 필요가 있을 것으로 판단된다. 박용철은 8년여에 걸친 창작활동을 통해 70여 편의 작품을 선보였다. 박용철의 시 대부분은 1939년 시문학사에서 간행된『박용철 전집』을 통해 연구자들에게 제공되었고, 대부분의 연구물이 해당 전집의 텍스트를 원전으로 채택하고 있다. 그러나 이 전집은 박용철의 창작 시를 완벽하게 집대성하지 못하고 있다는 한계를 노출하고 있다.[6]

> 詩集 第一部에 收拾된 것이 大概 발표된 작품이요, 그중「고은날개篇」은 數篇의 題目 없는 作品을 한데 모아놓고 그중 한詩에서 우리가 取해붙인 題號이며 제2부는 전부가 拾遺로 완성된 것인지 創作해 보아 만것인지 모르는 것들이요 제3부「눈」과「萬瀑洞」은 今春『女性』新年號와『三千里文學』第2號에 발표된 그의 絶筆입니다. 그 外에는 赤是 拾遺, 元體 休紙들 속에서 그의 글씨로 쓰인글이면 주워 모은것이라 或은 남의 글을 사랑하여 베껴둔것까지 收拾된 것이 있을지도 모릅니다. 그 중에「邂逅」「안가는 時計」「人形」「타이

6) 현재 박용철 연구에 활용되는 저작물은 1939년 시문학사에서 간행된『박용철 전집』이다. 이 책은 박용철의 아내 임정희가 원고를 정리하고 김영랑 등 시문학파의 일원들이 주축이 되어 간행됐다.

> 피스트 孃」의 四篇은 아마 병중에 적은 것인 듯 병원에서 가져온 休紙속에 있던 것이 僥倖 發見된 것입니다.[7]

박용철 사후 전집 발간에 적극적으로 참여한 박용철의 아내 임정희는 간행사를 통해 전집에 수록된 시의 일부는 "습유(拾遺)" 즉, 박용철이 생전에 발표하지 않은 작품을 발굴하여 전집에 수록했다고 회고하고 있다. 이에 따르면 전집 2부에 실린 작품들과 3부에 실린 몇몇 작품들은 "완성된 것인지, 창작해 보아 만것이지 모르는 것들"이며, "그의 글씨로 쓰인 글이면 주워 모은 것이라 혹은 (박용철이) 남의 글을 사랑하여 베겨둔것까지 수습된 것"일 수 있다. 전집의 취지와 보완점을 밝히고 있는 간행사로서는 지나치게 투명한 진술이다. 이러한 진술은 박용철 시의 원전 확정과 관련된 연구가 불가피하다는 점을 시사한다.

현재 박용철 시의 원전 확정에 관한 논의를 통해 밝혀진 것은, 전집에 실린 몇몇의 작품이 박용철의 작품이 아닐 수 있다는 점이다. 전집에 게재된 박용철의 창작시는 총 74편이다. 일부 연구자들은 이 작품 중 세편 「눈은 나리네」, 「달밤 모래우에서」, 「어느 밤」은 이장희의 작품일 가능성이 높다는 의견을 제시하고 있다.[8] 논란이 되는 작품들의 경우 발표 지면이 불확실하고, 해당 작품들이 박용철의 초기 시와 판이하게 다른 기법으로 이루어졌다는 점에 주목하고 있다.[9]

이러한 논란은 전집의 간행 초기에 꼼꼼한 검증절차를 거치지 않고 박용철의 시를 한 권의 책으로 묶어낸 것에서 연유한다. 발간사에서 밝

7) 박용철, 『박용철 전집 Ⅰ』, 현대사(영인본), 1963, 751쪽.

8) 남진숙, 「'박용철 시전집'에 대한 재검토」, 『한국문학이론과비평』 45, 한국문학이론과 비평학회, 2009.

김학동, 「박용철 전집의 문제성」, 『한국문학』, 4월호, 1977.

9) 남진숙, 앞의 글, 158쪽.

히고 있는 바와 같이 「고은날개篇」은 편집자가 임의로 여러 편의 작품을 한데 묶어 한 편의 작품으로 제시한 경우이다. 한 편의 작품이라기보다는 시작(詩作)을 위한 메모에 가까운 것으로 보인다. 마찬가지로 박용철이 병중에 창작했다고 하는 「邂逅」를 비롯한 네 편의 작품은 대개가 한 두 행으로 이루어진 작품으로, 박용철의 다른 작품들에서 드러나는 형식과는 많은 차이를 보이고 있다. 결국 언급된 작품들의 경우는 박용철이 장르적 정체성을 가지고 창작에 임한 결과물이 아님에도 불구하고 '박용철의 시'로 분류되고 있을 가능성이 높다는 결론에 다다른다.

전집 간행 당시 편집자들의 무리한 작품 발굴과 등재는, 과작의 시인에 대한 주의의 기대감을 역설적으로 반영하고 있는 것으로 보인다. 또한 이는 박용철이 시인으로서 남다른 자의식을 갖고 창작에 임했다는 점을 방증하는 것이기도 하다. 그러나 이러한 사실에도 불구하고 박용철 시의 원전 확정에 대한 보다 엄정한 검증 절차가 필요하다는 점은 변하지 않는다.[10]

2. 시적 주체의 분화와 물의 심상

일반적으로 박용철 시는 "식민지 시대의 상실의식을 감상적인 진술과 운율적인 언어로 표현"[11]하고 있다는 측면이 부각되었다. 박용철의

10) 본 연구는 이러한 점을 고려하여 선행 연구자들에 의해 논란의 여지가 있는 것으로 밝혀진 작품 「눈은 나리네」, 「달밤 모래우에서」, 「어느 밤」, 「고은날개篇」, 「邂逅」, 「안가는 時計」, 「人形」, 「타이피스트 孃」 등 8편의 작품은 연구 범위에서 제외하고자 한다.

11) 오세영, 『한국현대시사』, 민음사, 2007, 160쪽.

대표작으로 알려진 「떠나가는 배」, 「밤기차에 그대를 보내고」, 「시집가는 시악시의 말」 등과 같은 작품들은 특히 작별과 이향의 모티브를 다루며, 지리적 이동과 신분 이동이 활발해진 당대의 분위기를 드러내고 있는 것으로 파악된다. 이러한 논의들 대부분은 1930년대라는 시대적 상황을 체험하는 시적 주체의 의식이 분화되어 있다는 관점을 전제로 한다.

박용철의 대표작 「떠나가는 배」 역시 이향의 모티브를 중심으로 하고 있다. "이때 이향이란 식민지 현실 속을 살아가는 피식민자의 고통을 수반하는 것으로 볼 수 있다. '떠나는 자'는 개별적인 시적 자아임은 물론 식민지 현실을 견뎌야 했던 보편적 피지배자의 모습을 의미한다. 즉 박용철 시에서 시적 주체는 타자의 위치로 향하며, 언제나 어디론가 떠나가야만 하는 존재로 그려진다. 이는 존재론적 불안과 정착할 수 없는 피식민자의 슬픔으로 치환"[12]되고 있는 것이다. 동시대의 다른 시인들과 마찬가지로 박용철은 이러한 근대적 주체의 문제를 낭만적인 시선과 함께 주체의 분화라는 모순적인 시선으로 미학화하고 있다.

박용철뿐만 아니라 1930년대 시인들의 작품에서 두루 발견되는 이향의 모티브는 지리적·신분적 이동의 물리적 요인 속에서 일어나는 충돌을 내면 의식의 분화로 보여준다. 박용철 시에 드러나는 시적 주체의 분화 과정을 가장 포괄적으로 드러내는 심상은 물과 관련되어 있다. 특히 시적 화자의 내적 갈등을 매개하고 있는 '눈물', '비', '바다' 등과 같은 시어가 박용철 시 전반에 편재하고 있다는 점에 주목할 수 있다.

12) 신진숙, 「시문학파 시의 근대성과 공간 인식 고찰」, 『우리문학연구』, 우리문학회, 2009, 198쪽.

비가 조록 조록 세염없이 나려와서…
쉬일줄도 모르고 일도 없이 나려와서…
나무를 집웅을 고만이세워놓고 축여준다…
올라가는 기차소리도 가즉이 들리나니…
비에 홈추리젖은 기차모양은 애처롭겠지…
내마음에서도 심상치 않은놈이 흔들려 나온다…

비가 조록 조록 세염없이 흘러나려서…
나는 비에 홈출젖은닭같이 네게로 달려가련다…
물 건너는 한줄기 배암같이 곧장 기여가련다…
감고붉은 제비는 매끄름이 날러가는것을…
나의마음은 반득이는 잎사귀보다 더 한들리여…
밝은불 혀놓은 그대의방을 무연이 싸고돈단다…

나는 누를향해쓰길래 이런하소를 하고있단가…
이러한날엔 어느강물 큰애기하나 빠저도 자최도 아니남을라…
전에나 뒤에나 빗방울이 물낯을 튀길뿐이지…
누가 울어보낸 물 아니고 설기야 무어 설으리마는…
저기가는 나그내는 누구이길래 발자취에 물이 괸다니…
마음있는 듯 없는 듯 공연한비는 조록 조록 한결같이 나리네…

–「비」 전문

작품의 서두는 비 내리는 풍경을 담담하게 묘사하고 있다. 그런데 '나무'와 '지붕'을 가만히 세워놓고 적시던 비는 '비에 흠뻑 젖은 기차'로 이행되고, 급기야는 '내 마음에서도 심상치 않은 놈이 흔들려 나온다'는 행으로 이어진다. 다소 갑작스러운 시상의 전개이기는 하지만, 비가 내리는 날 마음의 동요를 일으키고 있는 시적 화자의 정서를 드러내고 있는 정황 정도로 이해된다. 여기서 비는 다른 세계와의 단절을 상징하며 극복해야할 대상으로 제시된다. 특히 '비에 젖은 기차가 애처롭다'는 진술에 주목할 수 있다. '나무'나 '지붕'과 같이 정적인 심상을 가진 시어와는 달리 근대 문명의 총아가 집결된 '기차'라는 대상, 즉 다른 세계로의 이행을 담보하는 대상이 젖어 있음으로 해서 '밖'으로 향하려는 시적 화자의 의지는 좌절되고 있다.

이러한 좌절감은 2연에서 외부 혹은 타자를 향한 짙은 갈망으로 드러난다. '비에 흠뻑 젖은 닭'이나 '물을 건너는 한 줄기 뱀'과 같이 화자는 물을 건너 외부에 다다르고자한다. 이때 화자가 다다르고자 하는 곳은 다름 아닌 '밝은 불이 켜진 그대의 방'이다. 시적 화자에게 '비'나 '물'과 같은 좌절의 요인은 선술어적 경험의 지평위에 있다. 자신의 욕망을 저지하는 대상이 본질적인 사태로 파악되는 시점에서 시적 화자는 '내 마음'이나 '당신의 방'과 같은 내부의 공간으로 회귀하는 양상을 보인다. 외부 세계로 향하려는 의지가 좌절되는 주요한 요인이 '비'나 '물'과 같은 차원에 있다는 인식은, 박용철의 낭만주의적 입장을 잘 드러내는 대목이다. 본질적 가치가 훼손된 현실을 벗어나 이상향으로의 탈주를 시도하는 박용철의 낭만주의는 이렇듯 물이라는 심상과 결합해 내면으로의 깊은 침잠을 보여주고 있다.

물을 통해 구현되는 화자의 갈등 양상은 3연에 이르러 더 구체적으로 드러난다. "누를향해쓰길래 이런하소를 하고있단가"라는 진술은 타자를 향한 욕망이 차단당한 시적 화자의 상황을 잘 드러내고 있다. 이러한 단절감은 "이러한날엔 어느강물 큰애기하나 빠저도 자최도 아니남을"과 같은 시행을 통해 구체화 된다. 깊은 강이 아이를 집어 삼키고 자취도 남기지 않는다는 진술은 물 이미지의 강렬함을 잘 드러내는 대목이다.

> 내마음은 어디로 가야 옳으리까

쉬임없이 궂은비는 나려오고
지나간날 괴로움의 스린기억
내게 어둔 구름 되여 덮히는데.

—「어디로」 부분

세염도없이 왼하로
나리는비에
내맘이 고만 여위여 가나니
아까운 갈매기들은 다젖어 죽었겠다

—「비내리는날」 전문

「어디로」와 「비내리는날」 역시 물의 이미지가 잘 드러나 있다. 「어디로」의 경우 "내마음은 어디로 가야 옳으리까"라는 의문형 문장을 통해 시적 화자의 내면에서 벌어지는 갈등이 제시되고 있다. 주목할 수 있는 것은 '지나간 날의 괴로움'이 비를 품고 있는 '어둔 구름'으로 전환된다는 것이다. '괴로움'이라는 부정적 정서가 '구름', 즉 비의 인자를 포함하고 있는 대상으로 변주되고 있는 것을 확인할 수 있다. 시적 화자의 내면을 구름(물)이라는 대상으로 치환해 놓고 있는 정황을 통해 박용철 시에 드러나는 물의 이미지는 더욱 명징하게 포착된다. 「비내리는날」 역시 '쉼없이 내리는 비가 마음을 여위게 한다'는 진술로써, 물이 가지고 있는 단절감을 강조하고 있다. 더 나아가 '갈매기들이 다 젖어 죽었겠다'라는 진술을 통해 물은 더욱 내밀한 절망의 의미를 획득하게 된다. 외부로 향하는 주체의 좌절감과 동위에 놓이는 대상으로서, 주체를 가로막는 대상으로서 물의 이미지는 다양한 형태로 변주되고 있다.

나 두 야 간다
나의 이 젊은 나이를

눈물로야 보낼거냐
나 두 야 가련다

안윽한 이항구-ㄴ들 손쉽게야 버릴거냐
안개같이 물어린 눈에도 비최나니
골잭이마다 발게 익은 뫼ㅅ부리모양
주름ㅅ살도 눈에 익은 아-사랑한느 사람들

버리고 가는이도 못 잊는 마음
쫓겨가는 마음인들 무어 다를거냐
돌아다보는 구름에는 바람이 희살짓는다
앞대일 언덕인들 마련이나 있을거냐

나 두 야 가련다
나의 이 젊은 나이를
눈물로야 보낼거냐
나 두 야 간다

-「떠나가는 배」 전문

박용철의 대표작으로 널리 알려진 「떠나가는 배」는 물의 이미지가 작동하는 양상을 매우 다양한 방식으로 드러내고 있다는 점에서 본 논의에 시사하는 바가 적지 않다. "나 두 야 간다"라는 선언적 진술을 통해 외부 세계를 지향하는 시적 화자의 강렬한 열망을 확인할 수 있다. 이러한 시적 화자의 열망 앞에 가로 놓인 것이 바로 물이다. "나의 이 젊은 나이를/눈물로 보낼 거냐"라는 진술에서 확인 되는 바와 같이 떠남과 머무름 사이에서 갈등하는 화자의 정서는 '눈물'이라는 시어를 통해 구체화 되고 있다.

2연에서 '눈물'은 "다시 안개같이 물어린 눈"이라는 구절로 변형되어 제시된다. '눈물'이라는 시어가 시적 화자의 정서를 그대로 드러내는 것이라면, '안개같이 물어린 눈'이라는 언술은 화자의 내면을 '안개'라는 대상으로 전환하여 좌절감을 더욱 농밀하게 재현한다. 박용철은 물이라는 원형 심상에 내재한 부정적 의식을 모티프 수준으로 활용하는 차원을 넘어 수사적 차원으로 활용하고 있다. '지난날의 괴로운 기억은 구름이 된다'(「어디로」), '내리는 비에 마음이 야위어 간다'(「비내리는 날」), '비에 흠뻑 젖은 닭같이 너에게 간다', '물을 건너는 배같이 간다'(「비」)와 같은 시구 역시 '안개같이 물어린 눈'이라는 비유와 일맥상통하는 부분이 있다. 이는 시적 화자의 내면에 도래한 갈등을 물이라는 대상과 결합시키는 과정에서 만들어진 자연스러운 결과물일 것이다.

외부를 지향하는 화자의 열망을 가로막고 있는 것은 화자 앞에 놓인 바다와 더불어 '안윽한 항구', '사랑하는 사람들'과 같은 대상이다. 근대성을 표상하는 대표적인 공간으로서 항구는 수많은 사람을 동시적으로 이동시키는 공간이다. 항구, 또는 박용철 시에 빈번하게 등장하는 기차역은 이러한 근대의 역동성과 상실감이라는 이중적 감성 체계를 동시에 드러내고 있다.[13] 이러한 모순된 감수성은 외부로 향하는 길을 가로막으며 시적 화자의 갈등을 촉발하는 요인으로 작용한다. 이는 3연의 "버리고 가는이도 못 잊는 마음"과 같은 시구를 통해 충실하게 재현되고 있다. 외부로 향하는 존재와 외부로 향할 수 없는 존재의 갈등은 결국 '눈물'이라는 시어로 가장 잘 드러난다. 4연에 수미상관으로 제시되는 "나의 이 젊은 나이를/눈물로야 보낼거냐/나 두 야 간다"는 진술은 이러한 모순된 화자의 심경을 보여준다.

---

13) 신진숙, 앞의 글, 198쪽.

3. '절망'의 표상과 동적(動的) 언술

박용철 시에 등장하는 시적 화자를 간단히 정의하자면 '표박(漂迫)하는 주체'[14]라 부를 수 있을 것이다. 이는 앞서 살펴본 바와 같이 물이라는 심상을 통해 입체적으로 구현된다. 이러한 시적 주체의 심경을 토로하는 언술 양식은 대부분 '동사'를 기반으로 하는 단언적 진술에 있다. 특히 박용철 시에 드러나는 서술어 '가다'에 주목할 수 있다. "나두 야 간다"(「떠나가는 배」)라는 언술로 대표되듯 박용철의 시는 서술부에 동사를 주로 활용하며, 외부를 갈망하는 근대적 주체의 좌절감을 드러낸다.

나아가낫고나 나아가잣고나
새로싸인 눈우이를

–「눈」 부분

나는 영원한 평화와 잠의 나라로 떠나 가련다

–「로–만스」 부분

「나아가잣구나 나아가잣구나」
가자니 아–어디를 가잔말이냐

–「센티멘탈」 부분

기다리든 아비는 너를 못보고간다
아기야 네 일없이자라 큰사람될가

–「失題」 부분

14) 유성호, 앞의 논문.

설만들 이대로 가기야 하랴마는
이대로 간단들 못간다 하랴마는

―「이대로가랴마는」 부분

나는 이제 가네.
눈물 한줄도 아니흘리고 떠나가려네.

―「시집가는시악시의말」 부분

위에 제시된 작품들은 '가다'라는 동사를 적극적으로 활용하여 서술구를 만들어 내고 있다. 특히 "나아가잣구나 나아가잣구나"(「눈」, 「센티멘탈」)나 "나는 이제 가네"(「시집가는시악시의말」)와 같은 언술은 '가다'라는 동사를 통해 분화된 주체의 갈등 양상을 효과적으로 표현해 내고 있다. '가다'라는 서술어를 바탕으로 하는 작품들 대부분은 시적 화자가 세계의 불모성을 선인식하고, 이를 바탕으로 밖을 향해 나아가겠다는 의지를 표현하는 경우가 대부분이다. 이러한 측면에서 박용철 시에 나타나는 '가다'라는 서술어는, 당대의 절망적 상황을 의식하는 시인의 낭만적 포즈를 대표하는 언술 양식이라고 할 수 있다. 역설적이게도 박용철 시에서 매우 빈번하게 활용되는 '가다'라는 동사는 밖을 지향하는 주체의 좌절 양상을 강조하는 역할을 하고 있는 것으로 판단된다.

느릿한 나래질로 나는공중 떠다닌다.
끝없는 시냇물은 흘러흘러 나려간다.

젊은이야 가슴뛰여 하지말아.
저기파란 휘장드린 밝은창이 반즘만 열려졌음 너를기달림이라고
…느릿한 나래질로 나는공중 떠다닌다.

젊은이야 가슴죄여 하지말아
달을잠근 맑은새암 같은눈이
곤웃음 지어보냄 너를 꾀려함이라고
…끝없는 시내ㅅ물은 흘러흘러 나려간다

–「仙女의 노래」 부분

비가 조록 조록 세염없이 흘러나려서…
나는 비에 홈출젖은닭같이 네게로 달려가련다…
물 건너는 한줄기 배암같이 곧장 기여가련다…
감고붉은 제비는 매끄름이 날러가는것을…
나의마음은 반득이는 잎사귀보다 더 한들리여…
밝은불 혀놓은 그대의방을 무연이 싸고돈단다…

–「비」 부분

인용된 작품 두 편의 경우 대부분의 시행이 동사를 서술어로 취하고 있는 것을 확인할 수 있다. 당연한 사실이겠지만 동사를 서술어를 취한다는 것은, 시적 대상을 동적인 것으로 의식하고 있다는 것을 의미한다. 인용된 두 편의 작품에서 드러나듯 박용철 시에서 '사라지다', '흐르다', '내리다' 등과 같은 서술어는 주로 시적 화자의 절망적 정서를 표출하는 형태로 드러난다. 반면 '날다'나 '달리다', '떠다닌다'와 같은 서술어, 혹은 제한적이기는 하지만 일부 '가다'와 같이 역동성이 두드러지는 동사를 취하는 서술어는 밖을 지향하는 화자의 열망을 드러내는 경우가 많은 것으로 보인다.

「떠다나는 배」와 더불어 인용된 두 편의 작품에서 주목할 수 있는 것은 서술어를 동사로 취한 시행을 반복하며, 작품의 주제를 강조하는 형식을 보이고 있다는 것이다. 「떠나가는 배」의 경우 "나 두 야 간다"라는, 한 자리 서술어를 취하는 간결한 문장을 반복적으로 제시함으로써 음율성을 확보하는 동시에 주제를 강조하고 있는 것을 확인할 수 있다. 총 8연으로 구성된 「仙女의 노래」 역시 첫 연에 제시된 "느릿한 나래질로 나는공중 떠다닌다./끝없는 시냇물은 흘러흘러 나려간다"와 같은 시행이 수차례 반복되고 있다. 「비」는 거의 모든 시행이 비 내리는 정경을 드러내고 있으며, 대부분의 시행이 비슷한 문형으로 되어 있다. 서술어 또한 한 두 행을 제외하고는 동사를 활용하고 있는 것을 볼 수 있다. 박용철 시의 많은 경우가 동사를 서술어로 삼고 있는 시행을 전면에 내세우거나 반복적으로 제심함으로써 음율성을 확보하고 주제를 강조하는 형태를 띠고 있다.

박용철은 스스로가 시론에서 밝히고 있듯, 시는 '대상에 대한 피상적 이해를 넘어 사물의 진수'에 접촉할 때 진정한 가치를 발할 수 있다고 믿었던 시인이다. 그는 정서의 강렬성보다는 대상에 대한 '체험'의 깊이와 진정성 속에서 시와 시인의 가치를 찾았다.[15] 이러한 입장에는 대상에 대한 피상적 묘사나 진술 보다는, 시적 주체가 대상 그 자체로 틈입하여 동화되기를 바라는 열망이 내재되어 있다. 시인의 이러한 열망이 대상을 동적으로 그려내는 언술구조에 기여했을 가능성이 있는 것으로 보인다.

15) 오문석, 「박용철 시론의 재구성」, 『비평학회』 45, 한국비평문학회, 2012, 312~314쪽. "우리는 날마다 바라볼 수 있는 한 그루 나무의 몸가짐과 한 포기 꽃의 표정과 푸른 하늘의 얼굴을 참으로는 알지 못하고 지난다고 할 수 있다. 우리의 감각이란 항상 사물의 표현에 그치기 쉽고 참된 시인의 인도를 힘입어 비로소 사물의 진수에 접촉하고 그것을 감득하게 되는 것이다." (박용철, 『박용철 전집Ⅱ』, 현대사(영인본), 1963, 104쪽.

4. 결론

이상으로 박용철 시에 나타나는 심상과 언술구조에 관해 간략하게 살펴보았다. 서두에서 밝힌 바와 같이 본 연구는 박용철 시의 미학적 특징을 규명하고 있는 연구물이 많지 않다는 측면이 적극 고려되었다. 박용철 시에 대한 보다 다양한 연구를 위해서는 우선 박용철 시의 원전 확정에 관한 문제를 조금 더 적극적으로 탐구할 필요가 있다는 점을 간략히 언급했다. 특히 몇몇 발표 지면이 확인 되지 않은 작품들과 시집 발간 당시 충실하게 목록화 되지 못한 작품에 대한 검토가 필요할 것으로 판단된다.

본 연구는 박용철 시의 미학적 특징을 '물 이미지'와 '동적 언술구조'로 규정했다. 박용철 시에 빈번하게 나타나는 눈물, 바다, 비와 같은 시어들은 밖을 향하는 근대적 주체의 갈등 양상을 구체적으로 드러내는 역할을 하고 있는 것으로 파악된다. 이 과정에서 물은 의미론적 차원에 그치지 않고 수사적 차원으로도 활용되고 있다는 것을 확인했다.

박용철 시의 언술 구조에 관해서는 서술어로 활용되는 동사에 주목했다. 특히 빈번하게 활용되는 동사 '가다'는 박용철 시의 언술 구조에서 매우 중요한 역할을 하고 있는 것으로 판단된다. 박용철 시에 나타나는 '가다'라는 서술어는, 당대의 절망적 상황을 의식하는 시인의 낭만적 포즈를 대표하는 언술 양식이다. 박용철 시의 많은 경우가 동사를 서술어로 삼고 있는 시행을 전면에 내세우거나 반복적으로 제시함으로써 음율성을 확보하고, 주제를 강조하는 형태를 띠고 있다는 점을 확인했다.

✪ 참고문헌

1. 기초자료

박용철, 『박용철 전집』 Ⅰ Ⅱ, 현대사(영인본), 1963.

2. 논저

권영민, 『한국현대문학사 Ⅰ』, 민음사, 1993.

김학동, 「박용철 전집의 문제성」, 『한국문학』 4월호, 1977.

남진숙, 「'박용철 시전집'에 대한 재검토」, 『한국문학이론과비평』 45, 한국문학이론과 비평학회, 2009.

신진숙, 「시문학파 시의 근대성과 공간 인식 고찰」, 『우리문학연구』, 우리문학회, 2009.

오문석, 「박용철 시론의 재구성」, 『비평학회』 45, 한국비평문학회, 2012.

오세영, 『한국현대시사』, 민음사, 2007.

유종호, 『한국근대시사』, 민음사, 2011.

유성호, 「박용철 시 연구」, 『한국시학연구』 10, 한국시학회, 2004.

| 전동진 |

박용철의 문화적 대응과 문화언어론

1. 서론

낭만주의의 관점에서는 예술성의 다른 이름으로 천재성이라는 말을 쓰기도 한다. 지난 세기 후반기는 낭만주의 시대가 아니었음에도 불구하고, 문학 연구 분야에서는 유독 천재적인 작가에 주목해 왔다. 그것은 낭만주의적인 발상에서가 아니라 한국전쟁 이후에 문학 연구자에게 주어졌던 과제가 여전히 문화의 확대였기 때문일 것이다. 연구 논문 역시 일종의 산문으로서 국문텍스트의 층을 두텁게 하는 데 이바지해야 할 필요가 있었다는 말이다. 이때 논문의 우수성을 가장 손쉽게 담보할 수 있는 한 방법이 예술성을 인정받은, 소위 천재적인 작가의 작품을 연구 대상으로 삼는 것이었다. 따라서 연구는 주로 한 분야에서 빼어난 성과를 거둔 천재적인 작가를 다룬 경우가 많았다. 박용철과 같이 여러 분야에서 고루 활약한 사람들은 큰 관심을 얻지 못한 것이 사실이다.

박용철에 관한 연구는 주로 시론에 맞춰져 있다.[1] 시론에 대한 평가는 호의적이며, 김윤식의 경우 매우 높이 평가하고 있다.[2] 그러나 시에 대한 평가는 부정적이다. "박용철 시의 비밀이 베르레느적인 센티멘탈을 원하고 있었음에도 불구하고 석상같이 의고해 버리고 마는 점에 있다는 것이다. 눈물이 철철 넘치고 감정이 격동하는 상태가 아니라 몸과 정신이 확 굳어버린 상태에서 시가 창작된다는 것이다'[3]. 이어지는 평가는 대부분 혹평에 가깝다.[4] 연구 초창기 유력한 학자들의 견해가 선입견처럼 굳어진 측면이 크다고 생각한다. 박용철의 시편들에 대한 새로운 접근 경로를 모색하고 있는 연구들은 그래서 주목할 만하다.[5] 박용철이 전개한 다채로운 문학·문화 활동에 대한 그 밖의 연구는 미진한 편이다.

고차적인 문화를 형성하고 있는 원재료는 언어이며, 고차적인 문화의 꽃과 열매 역시 '언어'이다. 1930년대에 우리 민족은 문화의 전 영역에서 획기적인 반전, 변곡을 겪었다. 그 핵심에 자리하고 있는 것은 단

1) 김동근, 「박용철 시론의 변용적 의미」, 『한국어문학회』 제34집, 한국언어문학회, 1995.
손광은, 「박용철 시론 연구」, 『용봉논총』 제29집, 전남대 인문과학연구소, 2000.
오형엽, 「박용철 시론의 구조와 계보」, 『비평문학』 제18집, 한국비평문학회, 2004.
정 훈, 「박용철 시론 연구」, 『동남어문논집』 제26집, 동남어문학회, 2008.
주영중, 「박용철 시론 연구」, 『한국시학연구』 제32호, 한국시학회, 2011.
이상옥, 「박용철 시론의 내적 논리」, 『우리말 글』 제55호, 우리말글학회, 2012.
오문석, 「박용철 시론의 재구성」, 『비평문학』 제45호, 한국비평문학회, 2012.
2) 김윤식, 『한국근대문예비평사연구』, 일지사, 1980.
3) 김윤식, 「용아 박용철 연구」, 『학술원논문집』, 1970, 292쪽.
4) 김명인, 「순수시의 성격과 문학적 현실－박용철의 시적 성취와 한계」, 『경기어문학』 제2집, 경기대 인문대학국어국문학회, 1981.
김진경, 「박용철 비평의 해석학적 과제－「효과주의적 비평논강」을 중심으로」, 『선청어문』 제13권 1호, 서울대학교 국어교육과, 1982.
5) 신재기, 「박용철의 시적 언어론」, 『어문학』 제83집, 한국어문학회, 2004.

연 '쓰기의 문제'일 것이다. 민족어의 정립은 민족 문화의 성립을 위해서 필수불가결한 것이다. 1930년대에 여기에서 자유로웠던 문학인은 별로 없었다. 이 글은 이러한 흐름 속에서 쓰기가 지녔던 문화적 특성을 박용철의 문화 활동 전반에 걸쳐 살펴볼 것이다. 이를 토대로 박용철이 궁극적으로 지향하고자 했던바, 그리고 그것의 문화적 가치를 새롭게 조명하고자 한다. 문화적 가치가 조명되면 문화인으로서의 박용철이 재조명받게 되는 계기가 마련될 수 있을 것이다.

이런 목적을 달성하기 위해서 먼저 문화의 변화된 위상과 역할을 조명해 볼 필요가 있다. 우리 시대에 문화가 차지하는 비중과 역할을 실로 막대해졌다. 시인, 비평가 박용철이 아니라 문화인 박용철을 새롭게 주목해야하는 것은 문화의 위상과 역할의 변화와 무관치 않다. 박용철의 선도성은 시의 언어 자체를 목적으로 삼지 않고 이것을 하나의 문화 전략으로 채택했다는 것이다. 이러한 문화 전략에 기반을 두고 그는 민족을 위한 언어에서 언어를 위한 민족으로 방향을 선회할 수 있었다. 마지막으로 박용철이 지향했던 문화적 활동을 압축하는 개념으로 '문화언어론'을 들고, 이것의 핵심에 자리하고 있는 것이 '無名火'임을 그의 시론을 통해 논구하고자 한다.

잡지 간행, 번역활동, 연극 활동 등 박용철은 실천을 무엇보다 중요하게 생각했다. 주체가 소격된 문화는 이제는 의미 있는 문화가 아닐 것이다. 박용철은 스스로 삶을 확장함으로써, 그의 문화적 행위가 역동성을 획득할 수 있기를 바랐다. 이러한 역동성만이 문화를 다방면으로 확대하는 데 이바지할 수 있을 것이라는 그의 믿음을 그의 문화적 활동 전 영역을 가로지르며 살펴보고 그 의의를 조명하고자 한다.

2. 문화인 박용철

박용철은 자연과학자로서의 자질이 매우 뛰어났다고 한다. 일본 유학시절 급우가 '파란 하늘에서 눈이 날린다'고 표현했다. 이학자로서의 자질이 뛰어났던 박용철은 '어떻게 파란 하늘에서 눈이 내릴 수 있느냐'고 물었다고 하는 일화가 있다. 그런 그가 일본 유학시절 김영랑을 만난 것이 1920년 4월 그의 나이 17세 때였다.

박용철은 1904년 6월 21일 광주 광산구 소촌동에서 태어났다. 위의 두 형이 일찍 죽으면서 장남으로 자라게 되었다. 대대로 내려오는 천석지기 지주 집안으로 풍족하고 유복한 생활을 할 수 있었다. 부친 박하준씨는 호남은행 설립에도 관여해 감사를 지내는 등 대주주였던 것으로 알려져 있다.

용아 박용철은 타고난 수재였다. 『박용철 전집』의 약력에 나와 있는 것을 참조하면, 그는 4세에 『사자소학(四字小學)』을 뗐고, 7세에는 매일 밤 신소설 한 권씩을 읽었다. 1911년에 입학한 광주보통학교는 만 4년 만인 1915년에 졸업했다. 1916년에 단신으로 상경해서 4월에 휘문의숙에 입학했다가 얼마 후 배재학당으로 전학했다. 1918년 졸업을 몇 개월 앞두고 배재고보를 자퇴하고, 동경 유학길에 오르기 위해 고향에 내려온다.

1919년 봄, 16세의 나이로 김희숙과 결혼했다. 그런데 그의 부인은 신교육을 받지 않아 답답한 점이 많았다. 부인을 위해 부친에게 부탁해 가정교사까지 초빙해 주었다. 그러나 별 효과가 없어 실망하곤 별거상태나 다름 없는 결혼 생활을 유지하다 8년 후 이혼을 한다.

1920년에 상경했다가 겨울에 동경으로 건너가 1921년 동경 청산학원 중학부 4학년에 편입한다. 여기에서 평생의 지음(知音) 영랑 김윤식을 만난다. 박용철은 "내가 시문학을 하게 된 것도 영랑 때문이야"라고 늘 이야기했다고 한다. 10대 후반 자신 안에 소년과 청년이 공존하던 시기에 이역만리 타국 땅에서 둘은 친구 이상으로 의지하며 모든 것을 함께 했다.

청산학원을 졸업한 박용철은 1923년에 동경 외국어학교 독일문학과에 입학한다. 그러나 관동대지진과 집안 사정으로 학업을 중단하고 귀국하여 한동안 광주에 머문다. 그리고 그해 다시 자신의 학업과 누이동생 교육을 겸해서 서울로 올라간다.

이때 연희전문학교 문과 1학년 2학기에 편입했다. 몇 개월 후 2학년에서 중퇴한 것은 "교수를 해도 될 사람이 졸업을 해서 무엇하는가?"하고 교수로 재직하고 있던 위당 정인보가 말했다는 일화는 유명하다. 여기서 정인보는 스승으로, 변영로는 선배로 만났다. 연희전문 시절에 그는 첫 콩트 「개싸움」을 썼고, 문학 담당이었던 정인보 선생으로부터 "박군의 작품은 장래가 유망합니다"라는 평을 듣기도 했다.

연희전문학교를 그만두고 누이와 아우들의 교육을 위해 서울에 집을 마련한 것을 계기로 문예운동에 투신할 각오를 하였다. 1929년 10월 25일은 미국 뉴욕주식시장이 폭락한 날이다. 대공황의 서막이 열린 것이다. 그 다음날인 10월 26일, 02년생 정지용, 03년생 김영랑, 04년생 박용철이 한 자리에서 만난다. 김영랑은 정지용과 휘문학교 동창이었던 까닭에 박용철에게 정지용을 소개했다.

시문학파 탄생의 계기가 마련된 것이다. 정지용은 1929년 3월 동지사대학교를 졸업하고 9월 휘문고교 영어교사로 취임한다. 박용철과 김영랑의 문학지 창간 계획은 오래 전부터 기획된 것이다. 나름대로 전국적인 명성을 얻고 있던 정지용의 참여가 절실했다. 정지용은 1927년 3월 『조선지광』 65호에 「향수」를 발표했고, 1930년 1월 『조선지광』 89호에

「유리창」을 발표해 주목을 받고 있었다.

『시문학』 지의 발간에 뜻을 모은 후, 박용철은 김영랑과 정지용에게는 시 창작을 독려하고, 자신은 '동인(同人)' 교섭에 나선다. 문단은 문학 작품에서와는 달리 정치논리가 지배하는 곳이다. 새로운 시도가 주목을 끌기 위해서는 제일 센 문단조직의 대척점에 서지 않으면 안 된다. 일종의 진영 논리가 작용한다. 당시에 문단을 주름잡고 있던 문단 조직은 카프였다.

당시 카프는 어느 때보다 문학적으로 활성화되어 있었다. 그런 분위기를 그대로 보여주는 것이 1931년에 발간된 『카프시인집』 이다. 권환이 7편, 임화가 6편을 실었고, 김창술, 박세영, 안막 등이 참여했다. 카프가 가장 강렬하게 활동하던 때 과감히 카프와 대립각을 세우면서 1930년 3월 『시문학』 지 1호를 창간한다. 김영랑이 시 13편을, 정지용이 4편을 실었다. 이하윤, 정인보, 박용철 등의 시가 10편이 실린다. 『시문학』 1호 후기에 박용철은 다음과 같이 쓴다.

> 우리는 시를 살로 색이고, 피로 쓰듯 쓰고야 만다. 우리의 시는 우리의 살과 피의 매침이다. 그럼으로 우리의 시는 시라는 거름에 슬적 읽어치워지기를 바라지 못하고, 우리의 시는 열 번 스무번 뒤집어 읽고 외여지기를 바랄뿐, 가슴에 늣김이 이러나야 한다. 한말로 우리의 시는 외여지기를 구한다. 이것이 오즉 하나 우리의 오만한 선언이다. (…)
>
> 한 민족의 언어가 발달의 어느 정도에 이르면 국어로서의 존재에 만족하지 아니하고 문학의 형태를 요구한다. 그리고 문학의 성립은 그 민족의 언어를 완성식히는 길이다.(1930.3)

박용철의 말처럼 '오만한 선언'이다. 카프가 문학을 수단으로 여길 때, 우리는 문학을 목적으로 삼겠다는 것이다. 카프가 정치문학을 할 때 우리는 순문학을 하겠다는 것이다. '문학의 성립은 그 민족의 언어를 완성식히는 길'이라는 것은 카프에 대한 도전장에 다름이 아닌 것이다. 이데올로기 투쟁의 현실적 경향성보다는 민족어의 완성이라는 언어 미학에 초점을 둔다는 것을 명백히 하고 있다.

박용철은 경제적으로 큰 어려움이 없는 삶을 살았다. 당시 부친은 매달 박용철에게 200원을 송금해 주었다. 박용철은 30원 정도를 생활비로 쓰고 남은 돈은 잡지를 꾸리는 데 썼다. 이하윤은 이때의 용아를 다정하고 자상하고 침착한 청년으로 회고한다. 그러면서도 창의성이 풍부한 재사였고 사업욕이 왕성한 투사였다고도 말한다.

> 당시 똑똑한 월급장이의 월급은 25원 내지 30원이었고 쌀은 한 가마니에 8원이었다고 한다. 1926년에 개업한 충남 제사회사의 여직공 월급은 20원이었고 쌀값은 한 가마니에 6원이었다고 한다.(http://cafe.daum.net/sinpyeong2)

당시의 물가가 이정도였다 하니 박용철 부친의 후원이 얼마나 큰 것이었는가를 알 수 있다. 현실적인 측면에서 문학은 민족의 해방, 노동의 해방을 부르짖으며, 현실을 좀 더 사람답게 살 수 있는 곳으로 만드는 데 주력할 것을 요구받았다. 그런 현실을 몸으로 겪어본 적이 없는 박용철에게 문학은 그런 비루한 일상이 묻어서는 안 되는 고귀한 것이었다. 일상이라는 것은 그냥 지나는 것이고, 진짜 민족, 진짜 언어는 따로 있는 것으로 상정한다. 고귀한 민족을 회복하기 위해서 우선 필요한 것이 '언어의 완성'이라고 보았던 것이다.

3. 문화전략으로서 문학 언어

박용철의 문단 등단도 남다른 데가 있다. 문학 지망생들은 등단할 무대를 찾아다니는 것이 일반적이다. 그런데 그는 출발하면서 기성 문단을 부정하고 본인이 출자하여 시문학사를 설립하고 『시문학』 잡지를 창간해 들고 나온 것이다. 그때가 1930년 그의 나이 스물일곱 살 때이다. 이때부터 후두결핵으로 타계할 때까지 9년 간의 문예활동은 치열하고, 극적이었다. 『시문학』의 창간으로 가장 큰 시혜를 본 이는 단연 김영랑이다.

> 내 마음의 어딘들 한편에 끝업는 강물이 흐르내
> 도처 오르는 아츰날 빗이 빤질한 은결을 도도내
> 　가슴엔듯 눈엔 듯 또 핏줄엔 듯
> 　마음이 도른도른 숨어 있는 곳
> 내 마음의 어딘 듯 한편에 끝업는 강물이 흐르내
>
> —김영랑, 「동백 잎에 빛나는 마음」, 『시문학』 1호, 1930.3.

김영랑의 시를 높이 사지 않은 평자들은 구체성의 결여를 앞세운다. 선명하지 못한 대상이나 주제뿐만 아니라 이미지마저도 그렇다는 것이다. 그러나 자기 정신세계를 들여다보고 구체적으로 그릴 수 있는 사람은 아마도 없을 것이다. 정지용이 아들을 잃은 비애를 유리창을 통해 선명하게 그려냈다면, 김영랑은 누구도 본 적이 없는 우리의 마음을 '동백 잎'에 담아냈다. 이 시의 제목이 나중에 「끝없는 강물이 흐르네」로 바뀐다. 어떤 연유에서인지 알 수 없으나, 시적 효과는 반감되고 만 것 같다.

박용철은 김영랑의 시를 거의 다 외우고 있을 정도로 아꼈다. 그가 자신감을 가지고 순수 시론을 전개할 수 있었던 데에는 김영랑의 이러한 작품들이 든든하게 바쳐주고 있었기 때문이다. 김영랑이 심미적인 세계에 천착해서 '찬란한 슬픔'을 아름다운 언어로 길어 오르고 있을 때, 박용철은 좀 더 멀리까지 언어가 닿기를 바랐다. 아직 미지로 남아 있는 세계를 언어로 밝혀보고자 한 욕망이 엿보이는 시가 「떠나가는 배」이다.

나 두 야 간다
나의 이 젊은 나이를
눈물로야 보낼거냐
나 두 야 간다

아늑한 항군들 손쉽게야 버릴 거냐
안개같이 물어린 눈에도 비최나니
골잭이마다 발에 익은 묏부리 모양
주름살도 눈에 익은 아, 사랑하는 사람들

버리고 가는 이도 못잊는 마음
쫓겨가는 마음인들 무어 다를 거냐
돌아보는 구름에는 바람이 헤살짓는다
앞대일 언덕인들 미련이나 있을 거냐

나 두 야 가련다
나의 이 젊은 나이를
눈물로야 보낼거냐.
나 두 야 간다.

—박용철, 「떠나가는 배」, 『시문학』 1호, 1930. 03.

박용철이 문학의 길에 본격적으로 접어들게 된 것은 영랑 김윤식의 영향이 크다. 그러나 일설에 박용철이 김영랑에게 시를 배웠다는 것은 과장된 것이다. 박용철은 소년 시절 노트에 소설, 희곡, 시 등 다양한 장르에 걸쳐 습작을 했다. 문학에 관심이 없었던 것은 아니지만 그의 꿈은 특정한 장르에서 최고가 되는 것이 아니었다. 영랑은 박용철을 추모하는 글에 다음과 같이 적고 있다.

> 나로서는 용아가 문학을 읽어서 시조까지도 어느 정도 이해하는 처지임을 나는지라 그가 헤겔의 후예가 되는 것은 모르되 단순한 이과계통의 학도가 되기를 원친 않았다. 더구나 그의 재주가 아무 것이나 하면 되는 사람이에라[6]

1930년 5월에 『시문학』 2호가 발간된다. 이때 동인으로 새롭게 참여한 사람이 김현구 시인이다. 제3호에는 신석정 시인이 결합하지만 발간이 순조롭지 않아 1931년 10월에야 발간한다. 이유는 박용철의 '오만한 선언'에 부합하는 문학적 성취를 이룬 원고가 턱없이 부족했다는 것이다. 필자난이 잡지 발간이 지연된 가장 큰 이유였던 것이다.

그에게 문학의 언어, 시의 언어는 목적이 아니다. '떠나가는 배'는 무엇인가를 가뜩 싣고 가는 배가 아니라, 오직 꿈만을 싣고 빈 배로 언어의 바다로 나서는 배와 다르지 않다. 박용철이 여기에 싣고 오려는 언어는 물론 문학의 언어이다. 한 가득 싣고 온 문학의 언어를 부려 놓았을 때, 여기에서는 자라나 꽃피길 바란 것은 문학이 아니라 '문화'였던 것이다. 그를 죽음에 이르게 한 폐결핵의 발병에 큰 영향을 미친 것이 '번역'이었다. 잡지의 발행과 함께 한시도 손을 놓지 않았던 것이 바로 '번역'이다. 「떠나가는 배」를 통해 우리는 박용철의 문화적 전략을 우

6) 김영랑, 「인간 박용철」, 『조광』, 1938.

회적으로 엿볼 수 있다.

4. 민족의 언어에서 언어의 민족으로

『시문학』으로는 원래 품은 뜻을 다 펼칠 수 없다고 보고 『시문학』 3호를 발간하고 한 달 후인 1931년 11월에 『문예월간』을 창간한다. 또 1934년에는 종합문예지 『문학』을 창간하기도 했다. 그러나 정작 시문학파를 명실공이 한국문학의 한 축으로 자리매김한 것은 잡지가 아니라 1935년 시문학사에서 발행한 『지용 시집』과 『영랑 시집』이다.

1935년은 한국문단사에서 매우 중요한 해이다. 일제가 총동원체제로 전환하기 위해서 사전 정지 작업을 무자비하게 진행한 해이기도 하다. 그 와중에 1935년 5월 20일 김기진, 김남천, 임화는 동대문 경찰서에 카프 해산계를 제출한다. 카프가 해산계를 제출할 무렵 임화는 1934년에 발병한 결핵으로 고통받고 있었다. 시문학파의 박용철, 정지용, 김영랑은 임화의 병문을 간다. 이때를 김영랑은 다음과 같이 회고 했다.

> 지용과 셋이서 탑골 승방에를 나갔다가 병석의 임화를 찾은 일이 있다. 좌익의 효장(曉將) 임화를 우리 셋이서 찾아갔더니 좀 가이아한 감이 없지 않았지만 비록 우리가 시인 임화를 손꼽는다고 하더라도 그가 앓지 않았다면 찾았을 리는 없었을 것이다. 임화가 우리 시를 의식의 문제로 경멸했다 하더라도 임화의 시를 우리가 경멸할 아무 이유가 없었다. 『시문학』에 싣더라도 상극될 아무 건더기도 없는 것이었다. 그 재인 임화가 제3기를 앓지 않느냐 생전에 만나보자는 긴장된 마음! 그도 태연 하였었다. 용아에 못지않게 태연하였었다. 肺를 앓는 사람은 다 그런 성싶었다. 그러나 지용과 내 생각은 좀 달랐다. 나는 더구나 임화와 초면이다. 처음이요 마지막인가 생각되어 섭섭하

기 짝이 없었다. 자기말로는 재기한다 하지만 그 형편이 곧이들리질 않았다.

임화를 만나고 돌아오는 길에 영랑이 지용에게 농담조로 시 쓰는 사람들은 다 폐병이 걸리는데 지용도 걸리게 생겼으니 어떻게 할 텐가 하고 말했다. 그러자 지용은 시집도 한 권 내지 않았는데 그렇게 갈 수는 없지 않느냐고 받았다. 이것이 계기가 되어 셋은 시집을 묶어내기로 하였다. 곧 바로 박용철이 출간에 나섰다. 그해 10월과 11월에 『지용시집』과 『영랑시집』을 시문학사에서 출간한다. 정지용의 시집을 두고 이양하는 "우리도 마침내 시인을 가졌노라"고 말할 정도로 『지용시집』은 문단의 큰 주목을 받았다.

『지용시집』 만큼은 아니었지만, 『영랑시집』 도 큰 관심을 끌었다. 무슨 이유에서인지 모르겠으나 『영랑시집』의 출간 기념회는 해를 넘겨 1936년 5월 12일에 가졌다. 오후 6시에 시작한 모임은 차를 바꿔가며 11시까지 지속되었다고 한다. 이 기념회에 대한 관심을 우회적으로 보여주는 자료가 있어 눈길을 끈다. 이상이 김기림에게 보내는 편지에는 다음과 같은 내용이 담겨 있다.

> 구인회는 인간 최대의 태만에서 부침중이오. 팔양이 탈회했소-, 잡지 2호는 흐지부지요. 게을러서 다 틀려먹은 것 같소. 내일 밤에는 명월관에서 영랑시집의 밤이 있소.

박용철은 주위의 권유에도 아랑곳 하지 않고 자신의 시집만은 묶어내질 않는다. 대신 1935년 말에 그는 「을해시단 총평」을 써서 시단보다는 비평계의 관심을 끈다. 그가 의도했건 의도하지 않았건 그는 시문학파 혹은 순수시파의 대변자가 되어 있었다.

> 시는 아름다운 변설, 적절한 변설, 이로정연(理路整然)한 변설에 그칠 것이 아니다. 詩의 길은 특이한 체험이 절정에 달한 순간의 시인을 꽂이(꽂이)나 혹은 돌멩이로 정착시키는 언어 최고의 기능을 발휘하는 것이다.
> 현실의 본질이나 각각의 전이를 신속 정확히 인지하는 것이 인간 일반에게 요구되는 이상이오 시인은 이것을 인지할 뿐만 아니라 영혼의 가장 깊은 속에서 그것을 체험하는 사람이다(……) 최후의 시인을 결정하는 것은 이러한 모든 깊이를 가진 자신을 한 송이 꽃으로 한 마리 새로 또 한 개의 독이로 변용시킬 수 있는 능력이다.

그는 이해를 넘어서 감정 혹은 느낌이 솟구쳐 오르는 시를 변설을 넘어서는 시로 보고 있다. 시의 길은 언어 최고의 기능을 발휘하는 길이라는 것을 강조하면서 '언어 미학의 논리'를 정초할 수 있는 기반을 다진다.

카프 해산 이후 문단은 새로운 진영 논리가 필요했고, 문단 재편의 기회를 노리고 있던 임화는 기교주의 논쟁을 통해 문단의 주도권을 잡으려고 시도한다. 처음 논쟁은 모더니즘을 대표하는 김기림과 임화 사이에서 진행되었다. 표현이 궁색하지만 뜻하지 않게 박용철이 여기에 말려들게 된다.

박용철이 시론을 전개할 수 있었던 것은 김영랑의 시가 받쳐주었기 때문이다. 마찬가지로 김기림이 모더니즘 시론을 전개할 수 있었던 것은 정지용의 시가 있었기 때문이다. 임화는 정지용의 시 「유리창」을 폄훼하는 글로 김기림을 공격하고 나온 것이다. 둘 사이에 벌어지는 논쟁을 지켜보면 되었을 텐데, 박용철은 「을해시단총평」에서 임화를 신랄하게 비판한다. 임화를 이것을 빌미삼아 박용철을 공격하였고, 처음 공격의 대상으로 삼았던 김기림과는 화해 무드를 조성한다.

"문단 주도권을 유일한 목표로 삼는 비열한 도배"라고 「을해시단총평」에서 박용철은 임화를 단호하고 의미심장하게 비판한다. 박용철은 임화가 그의 대표적인 시론인 「기교파와 조선문단」에서 김기림, 정지용 등을 기교주의자로 치부하고 비판한 것을 문제 삼았다. 박용철의 「을해시단총평」에 대해 임화는 이렇게 화답합니다. "박씨의 논문을 비평으로서 경청하기에는 너무나 지나치는 흥분이 논리의 명확성을 가리고 있어 독자에게 유쾌치 못한 소감을 주는 것으로, 나의 이론적 태도를 비평함에 있어 졸작시에 대한 장황한 비난으로부터 출발하는 등, 비평의 예의로서는 그 배울 바 되는 듯싶지 않다." 그러면서 김기림에게는 다른 포오즈를 취합니다. "기교파 시인 가운데 가장 유능한 시인인 기림씨와 더불어 오랫동안 이야기하고자 한 것이다"

임화가 얼마나 고단수인지 아주 잘 보여주는 대목이다. 일종의 통일전선전술인 셈이다. 카프 해산으로 문단의 헤게모니가 김기림 쪽으로 이동해 갈 것으로 임화는 판단한 것 같다. 그래서 처음에는 김기림을 겨냥하면서, 자연스럽게 정치적으로 중앙(서울)에서 소외된 시문학파 동인이나 기타 순수문학을 지향했던 이들과 연합을 꾀하고자 한 것으로 보인다. 그런데 박용철이 너무도 강하게 나오자 임화는 처음 의도를 수정해서 김기림을 '기교파 시인 가운데 가능 유능한 시인'으로 추켜세우고 '오랫동안 이야기하고자 한 것'이라고 말한다. '용아 당신과는 말을 섞고 싶지도 않다'는 것을 행간에 담고 있다. 임화의 새로운 전선 긋기는 그대로 맞아떨어져, 김기림은 논쟁의 막판에 임화와 공조를 하게 된다.

격렬한 논쟁의 중심에 있으면서도 용아는 그 자리에 매몰되어 있을 틈이 없을 정도로 바빴다. 극예술연구회의 사업 간사를 맡아 『극예술』을 5호까지 책임을 지고 발간한 것도 그였다. 1934년 폐결핵이 처음 발병했을 때 그는 극예술연구회에서 상연을 준비하고 있던 입센의 「인형의 집」을 번역하고 있었다. 공연대본을 번영할 때는 병이 위중해지기도 해서 입원과 낙향을 거듭하였다. 병상에 누워서도 번역하기를 그치지 않았다. "내가 이 작품 공연을 보고 죽어야 하는데"라고 탄식하는 때가 많았다고 한다.

극예술연구회가 공연한 작품들은 대부분이 박용철이 번역한 것으로 알려졌다. 셰익스피어의 「베니스의 상인」과 유치진의 「버드나무 선 마을의 풍경」에는 직접 출연하기도 했다. 극예술연구회에서 박용철의 역할은 지대했다. 1938년 35세의 나이로 타계하자 극예술연구회는 명칭을 변경하고 기관지는 타블로이드판으로 축소되어 딱 1회를 발간하더니 그치고 말았다.

익히 알려진 바와 같이 용아는 언어 수재이다. 영어는 배재고보 시절부터 익혔고, 독일어는 동경외국어학교 독문과에 재학했던 1학기와 연희전문 영문과에서 약 1학기 정도 강의를 들은 것이 전부였다. 또한 프랑스 시를 번역하기도 했는데, 혹자는 일역시를 중역한 것이라고 말하기도 한다. 그런데 최근에 상당한 수준의 불어 학습 노트가 유품에서 발견되어 프랑스어 실력도 수준급에 이르렀음을 짐작케 했다.

"용아 선생의 시 번역은 아직도 따를 사람이 없다"고 서정주는 회고한다. 그는 탁월한 외국어 실력을 바탕으로 300여 편의 시와 5편의 희곡을 번역하였고, 영미문학, 독일, 프랑스, 중국, 일본의 산문, 시론 등을 번역하였다. 국문 글쓰기를 시작하고 겨우 30여 년이 흐른 즈음에서 우리말의 지층은 매우 얇을 수밖에 없었다. 좋은 문학이 자라나기에는 언어의 토층이 깊지 않았다. 용아는 외국의 우수한 문학작품, 시론들을 번역해서 쩍쩍 갈라진 한국 문학의 봄 논에 지칠 줄 모르고 언어를 대었던 것이다.

그는 조금이라도 언어적 토양을 비옥하고, 두껍게 해서 커다란 시인을 자라게 하고, 그 나무에서 핀 아름다운 꽃들로 후발 주자인 조선민족이 다른 선진 문화국가에 버금가는 문화민족으로 거듭날 것을 희망했다.

1937년 1월 그는 새로운 잡지 『청색지』의 발간 취지서를 돌리며 동분서주했다.[7] 시전문지 『시문학』에서 『문예월간』 그리고 『문학』으로 잡지가 담아낼 수 있는 영역을 넓혀 온 것으로 보아 이 잡지는 '문학' 잡지보다는 '문화잡지'를 지향했을 것으로 짐작된다. 그가 세상을 떠나고 한 달 후인 1938년 6월에 『청색지』 1호가 구본웅의 주간 아래 발간되었다. 1940년 8월까지 10호가 발간된 이 잡지에서 용아의 흔적을 직접 찾을 수는 없다. 그런데 참여한 문인들의 면면을 살펴보면, 모더니즘과 리얼리즘 그리고 순수문학을 지향했던 이들이 망라되어 있음을 알 수 있다. 극예술을 함께 했던 이헌구, 대표적인 시문학파로 들 수 있는 신석정 그리고 다방면에서 우정을 나누었던 정지용이 필자로 참여하고 있는 것으로 보아, 이 잡지의 준비 과정에 박용철이 관여했다는 것을 짐작할 수 있다.

『청색지』의 발행인은 화가인 구본웅이 맡았다. 이상의 「환시기」, 「김유정」, 「정식」 등의 유고가 실리게 된 것은 아마도 이상과 친분이 두터운 구본웅이 잡지를 주재했기 때문이 아닌가 생각한다. 문학인 전체를 아우르며 고품격 문화잡지를 표방한 『청색지』가 박용철의 기획에 의한 것이었다면 이것은 구체적인 자료로 명확하게 밝힐 필요가 있다. 그렇게 되면 그가 지향한 문화적 맥락이 좀 더 뚜렷해질 것이다.

---

7) 최동호, 앞의 글, 67쪽.

5. 결론

이 글은 박용철의 문화 활동 전반에 대한 심층적인 연구를 진행하기 위한 예비단계로서의 성격이 강하다. 문학인 박용철을 중심에 두고 진행되어 온 그간의 연구로는 그의 활동의 중요성을 제대로 조명할 수 없기 때문이다. 그에게 문학은 최종 목적이 아니라 하나의 전략이었다는 것을 전제로 삼았다. 그는 식민지 상태의 조선이 문화적으로 후발주자이지만, 언어의 수준을 고도로 높임으로써 서양에 못지않는 문화민족으로 자리매김할 수 있을 것이라는 믿음을 가졌음이 분명하다. 이러한 그의 전략들을 세부적인 부분에서 탐색하기 위한 사전작업으로서 이 글은 문화인 박용철을 조명하기 위한 본격적인 작업의 시론(試論)적 성격을 띠고 있다.

먼저 문화적인 측면에서 박용철의 삶과 활동이 왜 중요한가를 문화의 위상과 지평의 변화를 통해 살펴보았다. 박용철은 잡지의 발간과 번역을 창작보다 우선시했다. 이것은 그가 문학 언어를 문화 전략의 일환으로 선택했음을 우회적으로 보여준다. 1930년대 문화 활동을 그의 잡지 발행을 중심으로 정리했다. 초반 민족을 위한 언어에서 출발한 그의 언어관이 언어를 위한 민족으로 전환한 과정을 살펴보았다. 민족어의 완성에 진력한 박용철의 언어적 자세는 '시적 언어론'이 아니라 '문화 언어론'이라고 할 수 있는 것은, '무명(無名)'이 어떤 것이 되기 전의 순수한 상태를 가리키는 것이 아니라 모든 것을 경험하고, 체험하고 그것이 융해된 이후의 '無名'이기 때문이다.

박용철은 시인으로서도, 평론가로서도, 극예술가로서도, 번역가로서도, 잡지발행인으로서도 큰 조명을 받지 못했다. 그간의 비평적 시선은 한 분야에서 최고의 자리에 오른 이들에게 집중되어 있었다. 이것은 문학, 문화의 전반을 아우를 수 있는 비평 이론의 부재도 맞물린다. 그러나 이러한 비평이론의 부재 혹은 비활성화는 이론을 적용할 만한 상황이 딱히 없었기 때문에 발생한 것이기도 하다. 문화의 시대에 적합한 문화적 삶을 조명하기 위해 근래 들어 문화 관련 이론이 활발하게 전개되고 있다. 그러나 이론에 걸맞은 구체적 활동을 찾는 것은 쉽지 않다. 이때 박용철의 문화적 삶 전반은 좋은 텍스트가 될 수 있다. 서정시의 영역에서만 보면 박용철은 김영랑이나 정지용에 미치지 못한다. 비평 활동에서는 김기림이나 이상의 타자로서의 역할이 강조된다. 각 영역에서 박용철은 주체적인 역할보다는 대타적인 입장에 자리매김하는 경우가 많았다.

이러한 비평 자세에서 벗어나 박용철의 시는 외부가 아니라 그의 비평, 번역, 잡지 발간, 문화 활동 속에서 새롭게 읽어낼 필요가 있다. 비평 역시 순수문학파의 대변자로서가 아니라 그의 시와, 잡지와 문화 활동 전반과 함께 새롭게 읽어낼 필요가 있다. 이것이 그의 문화 활동과 삶을 새롭게 조명하고, 오늘날 발현할 수 있는 효과를 최대치로 끌어내는 방법이 될 것이다. 이후의 작업은 여기에 바쳐질 필요가 있다.

✪ 참고문헌

김동근, 「박용철 시론의 변용적 의미」, 『한국어문학회』 제34집, 한국언어문학회, 1995.

김명인, 「순수시의 성격과 문학적 현실-박용철의 시적 성취와 한계」, 『경기어문학』 제2집, 경기대 인문대학국어국문학회, 1981.

김영랑, 「인간 박용철」, 『조광』, 1938.

김윤식, 『한국근대문예비평사연구』, 일지사, 1980.

_____, 「용아 박용철 연구」, 『학술원논문집』, 1970.

김진경, 「박용철 비평의 해석학적 과제—「효과주의적 비평논강」을 중심으로」, 『선청어문』 제13권 1호, 서울대학교 국어교육과, 1982.

손광은, 「박용철 시론 연구」, 『용봉논총』 제29집, 전남대 인문과학연구소, 2000.

신재기, 「박용철의 시적 언어론」, 『어문학』 제83집, 한국어문학회, 2004.

오문석, 「박용철 시론의 재구성」, 『비평문학』 제45호, 한국비평문학회, 2012.

오형엽, 「박용철 시론의 구조와 계보」, 『비평문학』 제18집, 한국비평문학회, 2004.

이상옥, 「박용철 시론의 내적 논리」, 『우리말 글』 제55호, 우리말글학회, 2012.

정　훈, 「박용철 시론 연구」, 『동남어문논집』 제26집, 동남어문학회, 2008.

주영중, 「박용철 시론 연구」, 『한국시학연구』 제32호, 한국시학회, 2011.

저자 소개(게재순)

정미선 전남대학교 국어국문학과 박사과정
강영훈 전남대학교 국어국문학과 박사과정
정다운 전남대학교 국어국문학과 박사과정
김동근 전남대학교 국어국문학과 교수
김미미 전남대학교 국어국문학과 박사과정
정도미 전남대학교 국어국문학과 석사과정
김민지 전남대학교 국어국문학과 석사과정
염승한 전남대학교 국어국문학과 석사과정
최혜경 전남대학교 국어국문학과 박사
서덕민 전남대학교 국어국문학과 BK21+사업단 박사후연구원
전동진 전남대학교 국어국문학과 박사

지역어와 문화가치 학술총서 ②

文化人 박용철

초판 1쇄 인쇄 2015년 3월 2일
초판 1쇄 발행 2015년 3월 9일

지은이 전남대학교 BK21+ 지역어 기반 문화가치 창출 인재 양성 사업단
펴낸이 이대현
편 집 박선주
디자인 이홍주
펴낸곳 도서출판 역락
서울시 서초구 동광로 46길 6-6(문창빌딩 2F)
전화 02-3409-2058(영업부), 3409-2060(편집부)
팩시밀리 02-3409-2059
이메일 youkrack@hanmail.net
등록 1999년 4월 19일 제303-2002-000014호
ISBN 979-11-5686-173-7 93810
역락 블로그 http://blog.naver.com/youkrack3888

정가 18,000원